# ざ・りべんじ

（『ざ・れいぷ』改題）

安達 瑶

祥伝社文庫

# 目次

# プロローグ

「もっと……もっといじめて、もっと恥ずかしいことをしてください。わ、わたしは、淫《いん》乱《らん》な変態の牝犬《めすいぬ》なんです」

口の中に突っ込まれていたボール状の猿ぐつわを外《はず》された私の唇から、言えと命じられた言葉が迸《ほとばし》った。

私の両手首はまとめて縛《しば》られ、ロープに結びつけられていた。両方の膝《ひざ》にも別々にロープをかけられて左右に引かれていて、膝を割られた私は無惨に脚を広げられ、全身のすべてが見せ物にされている。

闇《やみ》の中に沈んだ廃屋《はいおく》の中で、まぶしいほどのライトが当たっている。その闇の中に幾《いく》つもの目があった。大股《おおまた》びらきの姿勢で身動きできない私の姿を、息を凝《こ》らして見つめている。

光の輪の中に、一人の男が進み出た。黒い毛糸のスキーマスクで顔を隠している。両手にはめた黒い革の手袋が不吉だ。

「その女、頭よさそうな顔してんのに、けっこう巨乳っすね」

「ほんと、お嬢さんぽい顔してるくせに、エロいカラダしてるぜ。マン毛も濃いし」

欲情に汚れた、頭の悪そうな声と言葉だ。私は目を閉じた。躰《からだ》が凌辱《りょうじょく》され、侵入される前に、男たちの言葉が私の心を汚していく。が……突き刺さる幾つもの視線や声に反応して、躰の奥に、小さなうねりが出来た。もどかしい、むず痒《かゆ》いような、かすかなうねりが。

全身が恐怖で鳥肌立っているというのに、躰の中がゆっくりと熱くなっていく。乳首も硬くなり、勃《た》っているけれど、それが恐怖のせいなのかそうではないのか、よく判《わか》らない。

私は、耐えられるだろうか。でも、これが初めてではない。

最初の時は恐怖で声も出なかった。そのとき私は処女だったのだ。

『私は汚れている。私は罪深い』……その考えが頭から消えない。けれど今、こうしている間だけは、その考えが消える。

私がこんな女になったのはどうして？　あのとき無理矢理に輪姦《りんかん》されたから？　それとも、その前から？　『その前』に何があったの？

頭に靄《もや》がかかって考えられない。躰に苦痛がほしかった。精神的にもとことん堕《お》ちて、最低の、汚い泥のような屈辱のぬかるみを這《は》いずりたかった。そこには、奇妙なやすらぎがある。

「じゃ、いってみようぜ」

「いっ、痛いっ」

靄がかかったような私の思いは、鋭い痛みと私自身の悲鳴に断ち切られた。剝《む》き出しになった乳首を、金属のクリップがはさみつけた。左。そして右。鋭い痛みに、私は喘《あえ》いだ。でも、それは快感でもある。

次の瞬間、激しい衝撃が両胸の先端を襲った。クリップが電極になっているのだ。びりびりと全身が引き裂かれるような強い電撃に私は口も利《き》けず、しばらくは呼吸も出来なかった。でも、それが私の躰を蕩《とろ》かせていく……。

スキーマスクの顔が近づいてきた。毛糸の裂け目から覗《のぞ》く瞳《ひとみ》が、冷たく愉《たの》しげに光っている。

「これやると、どんな奴でも大人しくなって、何でも言うこと聞くようになる。お前もそうだよな？　これからおれらの言うとおり、どんな恥ずかしいことでもするよな？」

私は無言で頷《うなず》いた。私にはこんな仕掛けなんか要らないのに……。

「それじゃ、とりあえず極太バイブの二本挿しからいってみるか。カメラ、きちんと撮っとけよ」

眩《まばゆ》いばかりのライトの向こうで、ビデオカメラが回っているのだろう。

闇から手が伸びて、不気味に節くれだった物体が渡ってきた。スイッチが入り、二本のそれは蝿《はえ》が唸《うな》るようなモーター音を響かせて、蛇《へび》のような形の頭部を蠢《うごめ》かせ始めた。

ロープが緩《ゆる》められ、男は私の尻《しり》を掌《てのひら》で持ち上げて、躰をくの字に折り曲げさせた。これで秘部がさらに剝き出しになってしまった。

これまで何度も経験してきたけれど慣れることのない「あの感触」を、またお尻の穴に感じた。

ずるり、と、冷たく硬い異物が侵入してくる感覚。本来物が出てゆくところに、物が入ってくるのだ。何かが根本的に間違っている、という邪悪な感覚。

物凄《ものすご》く気持ちが悪いが、その中に、一筋のお湯の流れのような、むず痒い感覚がある。

私の、前の感じる部分を、お尻の穴の中で蠢く器具が刺激しているのだ。

炙《あぶ》られるような、生殺しにされるような感覚は次第《しだい》につのり、私は呻《うめ》いた。

あそこに太いのを突っ込んで滅茶苦茶《めちゃくちゃ》にしてほしいと願う自分が、殺したいほど憎《にく》い。

大勢に見られながら反応してしまう躰。そしてもっと恥ずかしいことをしてほしいと願う私自身が。

滅茶苦茶にされて、ひどい苦痛に投げ込まれて、すべてを忘れてしまいたかった。

「お前、気分を出してきたな。もう尻の下までべとべとだぜ。下の唇もぷっくりふくらんでよ。ほんとにイヤらしい女だな、お前」

私の割れ目に太く、硬いものが押し付けられた。待ち望んでいたバイブだった。巨大なモノが入ってくる感覚に私は鳥肌を立て、涙を流した。スイッチが入りモーターの音とともに快感が襲った。必死に腰を前に突き出し、バイブの幹の部分にクリトリスをこすりつけた。躰の奥の一番感じる部分でもバイブの先端を捉《とら》えようと、私は必死になった。

だが、侵入してきたときと同じくらい唐突に、バイブは引き抜かれてしまった。

あとに残されたのは、空っぽの穴。私の心と同じくらい空っぽな穴……。

「ど……どうして……お願い、続けてください」

私は泣きながら哀願していた。

べとべとに濡《ぬ》れた巨大バイブを男は私の鼻先に近づけ、嘲笑《あざわら》った。

「欲しいか？　なら自分でやれ。自分でこれをあそこに突っ込んで、掻《か》き回して見せるんだ」

大勢の男たちが見ている前で？　お尻にも別のバイブを装着したままで？

だが数分後、私は夢中になって、太いバイブを自分のあそこに出し入れしていた。手首が痺《しび》れ、脚の間はべっとりと濡れそぼり、奥の細かい襞《ひだ》も何もかもが全部、奮い立っていた。内腿《うちもも》の筋肉が痛いほどつっぱり、ぶるぶると震えた。バイブの先端が奥の敏感な一点を捉えるたびに、瞼《まぶた》の裏に真っ白な電流が走った。やがてクリットから肉襞までがひくひくと痙攣《けいれん》を始め、それが全身に広がって、私はあられもなく絶叫《ぜっきょう》しながら、数分間にもわたって躰をのたうたせ……果《は》てた。

激しくひくつく膣口からバイブが押し出され、床に落ちた。痙攣する躰をそこだけで支えていた左手首にロープが食い込んで、腕全体が抜け落ちそうに痛んだ。

熱に浮かされたような陶酔《とうすい》がみるみる引いていくと、濡れてべとついた股間《こかん》が冷たく、不快だった。後ろでは、アナル用の極太バイブがまだうねっている。少年たちの声が遠くに聞こえた。

「すげえ。もうたまんねえっす。おれたちもハメていいっすよね?」

また大勢にやられて、そしてイッてしまう……でも、それでいいのだ。それがふさわしいのだ、私には……。

何もかもが終わったあと、あの男が私に言った。

「今日の出来は最高だった。お前が、あんな凄いバイブオナニーまでする女だとは思わなかった。ちょっとぐらいの刺激じゃそそられない俺だが、今日は特別だ。今からプライベートで……いいよな?」

スキーマスクと革手袋をはずした男の革のパンツの前がそれと判るほど勃起していた。疲れきった私は、気が進まなかった。

それを察したのだろう、男は一枚のＤＶＤを取り出して、デッキにセットした。

「お前は真性のマゾだよな。なら、これを見りゃ気分が出るはずだ。滅多に見せない貴重品だ」

……最初は、何が映っているのか、よく判らなかった。一昔前の、古いビデオカメラで撮ったような画質の悪さで、手ぶれのしている、素人《しろうと》が撮ったのが歴然と判る映像だった。

そこにいる女の子は私と同じように髪の長い、ほっそりした躰の子で、一瞬、それが私自身であるような気がして、どきっとした。その子が泣き叫ぶ声も、何本ものビデオに撮られた私自身の声とそっくりだった。

でも、その子は私ではなかった。その泣き声と哀願と悲鳴には、本物の恐怖と、そして苦痛があった。その子がされていることは、私とくらべて何十倍も、何百倍もひどいことだった。見ながら、私は震え始めた。

その子は殴られ、服を剥《は》がされ、何人もの少年たちに犯され、そして……。

信じられないまま画面から目が離せず、これでいいのか？　という思いが湧《わ》いた。手足の先まで冷たくなりつつビデオを見ている私の喉元《のどもと》に、熱いものがこみあげてきた。

この子が、こんな仕打ちを受けて、いいはずがない。私とは違って、絶対に。

ものごとを正しい姿に戻さなければ。

唐突に、激しくそう思った。私はどこかで間違って、汚されて悦《よろこ》ぶ女になってしまった。

でもこの子はそうではない。このビデオに映っている少年たちに出会いさえしなければ、愛らしく綺麗《きれい》で、ぴかぴかのままでいられたのだ。かつての私がそうだったかもしれないように。

ずっと続いていた躰の震えがとまっていた。そして胸のあたりに冷たく固い、何かの塊《かたまり》のようなものが居座っていた。それは、たった今生まれたばかりの、恐ろしいほどの意志だった。

ものごとを、「あるべき姿」に戻さなければならない。

# 第1章　暴行犯の死

「……ということで、何かご質問がありましたら」

郊外の文化センターで開かれている、少年犯罪をめぐるシンポジウム『この社会に未来はあるのか～過激化する少年犯罪をめぐって』の講演を終えた一橋葉子《ひとつばしようこ》は、客席を見渡した。

今日の演題は「モンスターか犠牲者か？～加害少年矯正《きょうせい》の現場から」。自分のクリニックを持つ精神科医である彼女が、警視庁と協力して進めている『犯罪者矯正プログラム』で扱った事例から、いくつかを報告するものだった。もちろん関係者のプライバシーには配慮《はいりょ》して、複数の事例を合成したり、微妙に事件の詳細は変更《へんこう》してある。

大勢の前で喋《しゃべ》ることにも大分慣れてきたが、やはりまだ緊張する。

葉子は知性美に溢《あふ》れた顔を紅潮《こうちょう》させて、客席を見渡した。

「質問は、ありませんか？」

均整の取れた長身で美形。しかも東大医学部卒の医師。才色兼備ゆえに近寄りがたく、うっかり声もかけられない。そういう雰囲気が彼女にはあった。

客席の明かりがついて聴講者の見分けがつくようになると、見覚えのある二つの顔を見つけた。

普段は中規模のコンサートにも使われるというホールのシートは、落ち着いた色調の布が張られている。その上品な椅子《いす》に、大柄な、プロレスラーのような体格の男が、場違いな空気を漂わせて座っていた。

新宿《しんじゅく》から私鉄で数十分のニュータウンにある、ギリシアの神殿のような白い建物はすべてに上品でセンスが良い。聴衆の雰囲気も同様で、専門家を講演者として招く催事《さいじ》のせいか、カルチャースクールが似合いそうな裕福な主婦、教育関係者など、みな線が細くて上品だ。

その中で、大きな体をくたびれたスーツに包んだ男は異様に目立っていた。

会場の雰囲気から浮いている人間がさらにもう一人いる。

その男は最前列の端《はし》のほうで、これ見よがしに脚を組んで座っている。仕立ての良いスーツと、ぴかぴかに磨きあげられたイタリア製らしい靴という姿に見覚えがあった。

彼の存在に気づいたのが自分の出番が終わった後で良かった、と葉子は内心ほっとしていた。

彼——沢竜二《さわりゅうじ》は葉子の『患者』なのだが、彼の病気——解離性同一性障害《かいりせいどういつせいしょうがい》、いわゆる多重人格——を葉子が発見する前は、『犯罪者矯正プログラム』の適用を受ける元犯罪者だった。罪名は強姦《ごうかん》および恐喝《きょうかつ》。セックスをネタに、ほぼヤクザと言っていい悪事で収入を得ている女の敵のような男だが、面と向かうと、どうにも憎めないところがあるのが始末に悪い。

そして沢竜二が宿っている肉体は本来、まじめで大人しいプログラマー・浅倉大介《あさくらだいすけ》のものだ。二つの人格が、性格と能力においてこれほどまでに対照的な症例も珍《めずら》しい。

この症例を発見した葉子は結果的に、ただの主治医以上に竜二／大介の生活に深く関わるようになっていた。竜二と警察との間に立つ、言ってみれば保護観察官のような存在だ。『犯罪者矯正プログラム』の「矯正」の効果はともかく、規定のセッションをこなした竜二はめでたく不起訴になったが、竜二は引き続き彼女の観察下にある。

一人の人間の影の部分、いわゆるホンネの要素だけを集約したような人格・竜二は脚を組み、周囲の善良な市民たちに比べると異様なリラックスの仕方で、葉子を眺めていた。二週間に一度と決めているカウンセリングの時と同じニヤニヤ笑いを頬《ほお》に浮かべているのが、何となく腹立たしい。

今の講演について何か質問はないか、という葉子に、心理学科の大学院生だという男と、PTAの役員をやっているという主婦が手をおずおずと挙げた。その質問は、講演の内容に即した、加害少年の矯正と更生に関する、ごく常識的なものだった。

手際よく答え、それでは、と壇上《だんじょう》を去ろうとしたとき。

「えー、私もいいですかな、先生」

という場の雰囲気に似合わない塩辛声がホールに響いた。さっきの大柄な男だった。

「失礼だが、先生のおっしゃることは非常に甘い。申し遅れましたが、私、警視庁で現職の刑事をやっている菅原《すがわら》と申します。少年犯罪のひどい実態を日々、自分の目で見聞きしておりますので」

菅原という名前を聞いて、葉子ははっとした。以前関係した、凶悪な事件の担当だった刑事だ。

「いいですか」

菅原は咳払《せきばら》いして居ずまいを正した。菅原が少年犯罪者に厳罰を科せという強硬派だったことを葉子は思い出し、長広舌《ちょうこうぜつ》と激しい反論を覚悟《かくご》した、が、菅原が喋り始めた内容は葉子の予測を超えていた。彼は自分が担当した少年事件の実情、それも、マスコミでさえ報道出来なかったほど酷《ひど》い犯行の内容を喋ったのだ。

「たとえば今でも忘れられない、ある事件の被害者は十六歳の少女でした。複数の少年たちがその子を拉致《らち》して、およそ一か月にわたって監禁し、ありとあらゆる凌辱《りょうじょく》を加えたのです。被害者の絶叫をかき消すために大音量でラジカセで音楽を鳴らし、もっといい声で泣けと音楽に合わせて殴った。主犯の少年は猫にも虐待《ぎやくたい》を加え、体毛にオイルを垂らして火をつけて、火だるまになった猫が狂ったように駆け回るのを見て楽しんでいて、一度、人間で試してみたかったと、仲間に洩《も》らしてもいたそうだ」

ニュータウンの上品な聴衆たちが蒼《あお》ざめ、引いていく気配があった。現職の刑事がこういうことを明らかにしていいのか、と葉子もはらはらしたが、菅原は構わず続けた。

「そういう血も涙もないような人間でも、ただ未成年であるというそれだけで、先生は、彼らが社会や親の『犠牲者』で、立ち直る可能性があると言うのですか？」

葉子には菅原が『例の事件』のことを言っているのだと判った。

「……その事件のことなら、私も知っておりますが」

冷静に、と自分に言い聞かせながら葉子は答えた。

「複数の少年が関わっていましたが……けれども、一部の少年を別にすれば、やはり『犠牲者』としか言いようのない複雑な家庭環境にあった子供たちが、いわば引きずられるような形で……」

「冗談《じようだん》も休み休み言ってほしい」

それまで抑えた口調で喋っていた菅原がいきなりキレた。

「あなたが『引きずられた』という少年たちの一人は、被害者の少女の髪の毛を刈り取った。なぜか？　女の髪の毛に異常に興奮する変態性欲の持ち主だったからだ。被害者の少女は髪を長く伸ばしていて、年ごろの女の子らしく綺麗《きれい》に手入れをしていたそうだ。だが、被害者の死体……というより、はっきり言わせてもらおう。その頭部だな。その頭部が発見されたとき」

客席はざわめいている。耳を塞《ふさ》いでいる女性もいる。アカデミックで平穏《へいおん》、というより、退屈《たいくつ》でさえあった会場の雰囲気は完全に一変していた。

「……というのは被害者の首は切断されていたからだが、犯人どもは死体の処理に困って被害者をバラバラにし、そこに警察が踏み込んだわけだが、そのとき」

菅原は壇上の葉子を睨《にら》みつけ、次いで会場を見回してから言葉を継《つ》いだ。

「被害者の頭部からは無残に髪が刈り取られ、ざん切り頭にさせられて、ところどころは地肌が露出《ろしゅつ》して血が滲《にじ》んでさえいた。リンチの一環として、その髪フェチのガキが、髪を刈り取らせてほしいと言ったそうだ。そんな鬼畜どもが、更生なんてするわけがないじゃないか！　唾棄《だき》すべき腐った人間は一生腐ったままなんだ！　それが証拠に、少年院を出ても犯罪を繰り返す者は非常に多いという事実がある。先生、この事実をどう考える？」

葉子は咄嗟《とっさ》に返す言葉がなかった。どんなに冷静に理を説いても、感情が激して手負《てお》いの獣のようになっている菅原の迫力には勝てないと判ったからだ。それに、何といっても、葉子は菅原のように、被害者の無残な遺体を目の当たりにしたわけではない。

「一橋先生、あなたのやっている『犯罪者矯正プログラム』など、何の役にも立っていない。アンタ方関係者の、自己満足の偽善にすぎん！」

「……そうと決まったもんでもないっすよ、刑事さん」

へらへらした口調がいきなり割って入って、葉子はどきっとした。最前列で、葉子の患者にして『矯正プログラム』の適用者、すなわち元犯罪者である沢竜二が立ち上がっていた。

「おれはまあ、刑事さん言うところの『鬼畜』だろうな。ガキのころは強姦なんてしょっちゅうだったし、別に悪いとも思っちゃいなかった。けど、刑事さんが自己満足だと決めつける、その『犯罪者矯正プログラム』のお世話になって、一橋葉子先生に出会ったおかげで、おれは変わったよ。この先生、美人でスタイルがいいだけじゃないんだぜ。医者としてもスグレモンだぜ」

竜二は、自ら犯罪者であったことを大勢の前でカミングアウトしていた。予想もつかない行動に出る男だと知ってはいたものの、葉子は驚いた。

「今のおれの、この格好を見てもらえば判ると思うが、今はちゃんと職があって、金回りだって悪くはない。今日ここにはベンツで来た。もう女を襲う必要なんかないんだ。女が、向こうから寄ってくるようになったんでね」

「ふん。粗暴な犯罪者が、巧妙な犯罪者になったにすぎんだろ」

菅原が腹立たしげに言い返した。

「まあ何とでも言ってよ。刑事さん。おれをしょっぴきたくても尻尾《しっぽ》は多分、見つからないだろうけどね。まあ、要するにおれは一橋先生と出会ってプログラムの適用を受けて、それで、おれ自身のことがよく判るようになったんだ。病気だったんだよ、おれは。それが判ったら、社会に迷惑をかけることもなくなった。社会的不適応者から、青年実業家に大変身さ」

「病気って、それは何だ？ 都合《つごう》よく罪を逃れるための、例の心神喪失ってやつだろうが」

「ご冗談を。そんなベタなもんじゃない。DIDとかMPDとかっていうやつで、日本語では、解離性同一性障害、いわゆる『多重人格』って言われてるけどね」

思いがけない展開に、場内は驚きを通り越して呆気《あっけ》にとられている。

「沢さん……」

葉子は竜二のカミングアウトを止めようとした。だが竜二は涼しい顔だ。

「別に、いいじゃないっすか先生。隠す必要がないと、おれ自身が思ってるんだから」

「でも、大介さんのほうが……浅倉さんがどう考えているか」

うっかり『もう一つの人格』の名前を言ってしまった葉子はマズいと気がつき、口を噤《つぐ》んだ。

「ふん。この嘘《うそ》つき野郎が」

　菅原が吐き捨てると同時に、先ほど質問した大学院生だという若い男が挙手して立ち上がった。

「すみません。それではそこにいらっしゃる沢さんという方が、一橋先生がお書きになった『危機に晒《さら》される自己』に出てくる症例R、ということなんですね？」

　葉子は立場上、それを肯定《こうてい》するわけにはいかない。

「申し訳ありません。あの本の内容については、関係者全員の同意が得られないかぎり、事実関係を明らかにするわけにはいかないのです」

　竜二が割って入る。

「隠すことないって。関係者全員つってもオモテに出たくないのは、あの大介のやつ一人なんだからさ、気にすることはない」

「いやあ……凄《すご》いなあ。そのジコチューっぷり、症例Rまんまだ」

　葉子が書いた多重人格に関する本の読者であるらしい大学院生は、勝手に興奮し、感激した。一方の菅原は、きわめて面白くなさそうにその成り行きを見ている。

「いや、『症例R』とか呼ばれると、おれも照れるけど」

　竜二は聴衆全員の注目を集めて愉《たの》しそうだ。

「何にせよ、おれがここにいらっしゃる一橋葉子先生に『病気』を見つけてもらい、それで社会復帰っていうのかな、更生だか矯正の道を開いてもらったのは確かなことだ。先生のやってることには意義があると、おれは思う」

大学院生を中心とした聴衆の一部から拍手が起こった。

面白くなさそうな菅原は席を離れ、出口に向かった。そして振り返りざま、竜二に言った。

「おいお前。自称青年実業家さんよ。今日のところは見逃してやるが、おれには判る。お前は更生なんかしちゃいない。どんな治療《ちりょう》を受けようが、どんなプログラムが適用されようが、お前のような腐った人間の本性は変わらない。おれがお前に会うのが今日初めてだということも関係ない。数十年仕事してきたおれのカンが、そう言ってるんだよ。いつか取調室で会いたいもんだな」

ホールの二重になった扉が閉まり、菅原は出て行った。

「ったくキレやすい刑事さんだな。困ったもんだよ。最近の少年犯罪がひどいってのも事実かもしれないが、挙げる側もアレじゃ、ほんと、どっちもどっちだよな」

竜二は肩をすくめて腰をおろした。葉子はその機を逃さず講演を締めにかかった。

「それでは、時間もなくなりましたので、この辺で」

客席がざわめく中、葉子はさっさと舞台から下がった。

このあとの講演は無視して、竜二は出演者控え室に向かった。今日ここに来たのは用事のついでだが、一応、葉子に挨拶《あいさつ》して帰ろうと思ったのだ。

「先生。いるかい」

ノックして返事を待たずドアを開けると、葉子は険しい表情で何かの書類に目を通していた。慌てて封筒に書類を仕舞う葉子に、彼は冗談を飛ばした。

「んだよ。そんな世界の不幸を一身に引き受けたみたいな顔して。早く老《ふ》けちゃうぜ」

竜二の目にちらっと入った封筒には『部外秘・警視庁』の文字があったが、葉子がそういう書類を読んでいるのはいつものことだ。

葉子は顔を上げた。

「さっきは助け船を出してくれてありがとう、と言ったほうがいいのかな。でも、あなたが口を出したのは、あの刑事さんにムカついたからでしょ。無闇《むやみ》に敵をつくるのは感心しないわね」

「いや、先生のためなら刑事の一人や二人、睨まれても何てことないっすよ」

竜二は相変わらず調子がいい。

診察室で相対するときは、葉子も気を張っている。竜二は、ただの粗暴な元犯罪者というわけではなく、頭が良くて一筋縄ではいかない男だ。しかも葉子より年下で、患者という立場でありながら、図々《ずうずう》しく主治医である葉子を口説《くど》いてくる。それを軽く受け流せないほどウブなお嬢さんというわけではないが、一瞬も気を抜くことが出来ない相手であることに変わりない。そんな竜二に治療以外の場で出くわしただけで動揺した自分に腹が立つのだ。

一言で言えば、葉子は、この年下の男が苦手だった。それでも主治医を辞めないのは、沢竜二の『病気』が日本ではまだ珍しいもので、医者として研究者としての意欲を掻《か》き立てられるから……。

あくまでもそう思うことにして、葉子は竜二に向かって曖昧《あいまい》な笑顔で頷《うなず》いて見せた。喋り出そうとした時に、ノックがして葉子の返事も待たずにドアが開いた。

「おい。勝手に入っていいのはオレだけだぜ」

と竜二がガンをつけた相手は、女だった。カジュアルなパンツスタイルで小柄、背丈《せたけ》は竜二の肩ぐらいまでしかないが、全身から一種異様なエネルギーを発散させている。

「どうも。私、フリーライターの樋口逸美《ひぐちいつみ》っていいます。専門は心理学とメンタルヘルスです。インターネットでメンタルケアのためのサイトを運営してます。今日の会にも嚙《か》んでます。実際に人を集めてワークショップもやってますので、機会がありましたら是非、覗《のぞ》いてみてください」

立て板に水で機関銃のように喋りまくる逸美はバッグから次々にパンフレットのようなものを取り出して葉子に渡し、次いで竜二にも一枚のチラシを押し付けた。

「はい、あなたにも。これはワークショップの案内ね。明日の、午後一時から渋谷《しぶや》区の区民会館。あなた病気なんでしょ？　ここには問題を抱えた人がたくさん来るから、あなたにもきっと役に立つと思うわ」

突然入ってきて勝手に喋りまくる無神経で押し付けがましいこの女の態度に、竜二はキレた。

「こら。今、おれの言ったことが耳に入らなかったのかよ？　勝手に入ってくるなよ」

彼は樋口逸美と名乗った女の胸ぐらを摑《つか》んで揺さぶった。

「ちょっと。なにするのよ！」

もろにヤクザの迫力を見せつける竜二を、逸美は鋭い目で睨みあげた。

「あたしは一橋先生に取材したいの。ずいぶんとガラの悪い患者さんね。用心棒兼用なの？」

「あんたこそ、ガラが悪いとか人に言えるガラかよ」

竜二は逸美の襟《えり》から手を離してドアに向かった。

「じゃ、用事もあるんで、これで失敬するわ。先生、筋の悪い取材にあれこれ喋らないほうがいいぞ」

葉子に声をかけ部屋を出ようとする竜二の目に、何かに気をとられたらしい逸美の姿が入った。

逸美は葉子の傍《そば》のデスクをまじまじと見ている。口の大きく開いた封筒には、ビデオテープにカセットテープ、写真などがぎっしり詰まっている。

「警察の封筒がそんなに珍しいのかよ」

竜二は嫌みを残して控え室を出た。

さあて、と彼は頭の中のスケジュール帳を広げた。葉子先生の講演をわざわざ聴きに来たのではない。これは、ちょうどいい時間潰《つぶ》しだった。近くのシティホテルに特上のエスコート嬢を派遣してあるのだが、その仕事が終わるのを待っているのだ。経営者である竜二が女の送迎をすることはないが、今日は事情があって竜二自ら出張ってきた。

彼は館内のエスカレータを昇って、文化センターの裏口から、背後の丘陵《きゅうりょう》にある公園に出た。正面玄関は駅からの道に面しているが、丘の中腹に建てられたこの建物は、上の階から外に出ればそこがそのまま丘の頂きにある公園だ。芝生《しばふ》が広がる中に、湖と呼べるほど大きな池もある。

まだ時間もあるので携帯に連絡が入るのを待ちながら、少し散歩でもしようかと歩き出した時。背後からぱたぱたと駆けてくる足音があった。

「沢さん。どうもぉ。さっきは失礼」

振り返ると、その足音の主は、さっきの樋口逸美だった。

「ちょっと思いついたことがあってぇ。名刺、お渡ししてませんでしたよね？」

逸美は竜二の横にぴったりついて、強引に名刺を差し出した。

羽織《はお》っているジャケットの下に、Tシャツの深い襟ぐりが覗いている。バストを強調したスタイルだが、それが寄せあげブラの偽乳《にせ》なのは、女の場数を踏んでいる竜二にはすぐ判った。

髪は肩までのセミロングだが、手入れが悪いのか毛先が跳ねて、まとまっていない。そして、ノーメイクだった。

竜二の経験から言えば、ノーメイクの女には二種類ある。男にもセックスにも実際に興味がない女か、化粧《けしょう》などしなくても男などいくらでも寄ってくるという自信を持つ女かだ。

逸美はあきらかに後者だった。その小柄な躰から発散される一種奇妙なセックスアピールが、独特の臭気と結びついて美味だといわれる熱帯の果物のように強烈に漂《ただよ》っている。

「さっそくですけど、沢さんは多重人格なんですよね。さっきカムアウトされたでしょ？」

なんだこいつは、と竜二はムカついた。その場のノリで自分から告白したとはいえ、こうも無神経に多重人格と呼ばれると、まるで多重債務者か何かのような気がする。

「本を書かせてほしいんです。あなたについての……絶対、売れると思う。取材させてくれませんか？　どこか、二人きりになれるところで、お話を伺いたいわ」

逸美はすっと躰を寄せてきた。熱意のあまり気がつかないという風を装《よそお》っているが、バストの横が微妙に竜二の腕に触れるように、巧《たく》みに歩調を合わせている。声や喋り方にも、男ウケしようという、あざといまでの計算が見える。甲高《かんだか》いつくり声が、媚《こ》びるような上目づかいとセットになった喋り方……。

「多重人格者の告白……うん。これ、絶対いけると思う。沢さんが顔出しNGじゃなければ、あたし、マスコミの偉い人にいろいろコネもあるし、絶対、テレビにも渡りをつけられますよ……うん。沢さんって、今日会場で思ったんだけど、絶対、テレビ受けするキャラですよね。有名人になれますよ。あたしが書く本とダブルで売り出せば」

逸美は勝手にうんうん、と自分で頷きながら話を進めている。年増《としま》女には絶対許されないアイドル口調に竜二はますますムカついて、コイツはどうしようもない勘違い女だと早々に断定した。

「あ。もちろん沢さんにも謝礼を出します。取材させて貰《もら》えるのなら喜んで。早いほうがいいと思う。今晩からでも書き始めたいくらい。……ねえ、早速だけど、どこかきちんとお話できるところに行きましょうよ」

逸美は竜二にほとんどぴったり躰を密着させて、腕を組みかねない様子だ。畳《たた》み掛けるようなボディコンタクトが手慣れていて、気がつくと言葉づかいまでが馴《な》れ馴れしくなっている。

だが逸美は竜二の反感にはまったく頓着《とんちやく》なく喋りまくった。

「なんか、あたし、今日あの会場であなたと出会ったことに運命を感じるな。そうだよ。これは絶対、前から決まっていたことだと思う。物凄く興味を持っていた相手で、でもまさか会えると思っていなかった人が、目の前にいるんだもの。これは運命の出会いよ。きっと売れる本が書ける」

この女、男をナメてるなと直感した竜二のムカつきはさらに大きくなったが逸美は頓着しない。

「うれしいなあ。あたしが本に書こうと思ってる人が、こんなにルックスよくて、マスコミ的にイケそうなキャラなんだもん。ね。絶対一緒にテレビ、出ようよ。うん。二人でトップを狙《ねら》おうよ。メディアミックスのベストセラー。話題騒然で全国制覇……」

「あんた、発想がヤンキーだよな」

一人で舞い上がっていた逸美は一瞬、ぽかんとした表情で竜二を見上げた。

「あいにくだが、おれはテレビで見世物になる気はない。あんたの金儲《もう》けのネタになる気もない」

「だって……有名人になれば沢さんにだってお金が」

「だからさっきも会場で言ったろ。おれは金には不自由してない。誰もがテレビに出たがってるって思い込んでるのは、あんたらマスコミ人種の大きな誤解だ」

「判った判った。じゃあ、テレビには出なくってもいい。でも本は書かせて。あたしになら書ける。さっきの女医先生よりずうっと一般受けして、部数も出る本が」

「あんた、葉子先生に言われて来たのか？　つか、先生が許可を出したのかよ。おれがそんな本のネタになることを」

「そういうわけじゃ……先生には取材を断られちゃったし。でもあの先生は……一橋先生っていうの？　彼女はたまたまあなたの主治医ってだけで、あなたのエージェントでもマネージャーでも、恋人でもないんでしょ？　あなたの行動を縛る権利はないはずよ」

それに、と逸美の口調にはいっそうの熱が籠《こも》った。

「言っちゃ悪いけど、一橋先生って、いかにもお嬢さん育ちの優等生って感じだよね。あいうアカデミックな先生に、あなたのことは判らない。これは、あたし断言出来るよ」

逸美の瞳《ひとみ》は熱を帯《お》びて光り、そして自信たっぷりに言い切った。

「あたしにはあなたのことが判るの。うん。アウトローって言うの？　あなたは、あたしと同じ匂《にお》いがするから」

とんでもねえ、と竜二は思った。ガキのころから何度もサツのお世話になったし、今でもアンダーグラウンドな商売で儲けてもいるが、この女の言う「アウトロー」と一緒にされたくはない。

「ね、だから、今日これから取りあえず食事かお酒でもどうですか？　いきなり取材っていうのもアレだから、ひとまず仲良くなるってことで」

竜二が取材に応じるものとすでに決めつけたような逸美は、露骨《ろこつ》に腕を絡《から》ませてきた。

媚びる口調にいっそうの熱意が籠り、上目づかいの視線に目力がある。

「おい。勘違いするなよ。あんた、男なら誰でも自分と仲良くしたいはずだと思ってるだろ。そういうバカもいるだろうが、おれは違う。ほら、そうやってカラダくっつけてくるミエミエの色仕掛け。そんなのに引っ掛かる男じゃないんだ、おれは」

堪忍袋の緒《お》がキレかけている。

逸美は訳が判らない、という表情だ。

「ま、根本的にあんたは男をナメてるよな。言いたいことはそれだけだ。じゃ」

「ちょっと待ってよ！　どういうことよ？　失礼よ、あんた！」

媚びた表情から一変した逸美の目つきは、憎しみの炎が瞳の中でぎらぎらと燃え上がっている。

「せっかくあたしがこうして誘っているのに、断るって言うの？」

「そうだよ。おれが興味があるのは、あの一橋先生みたいに頭のいい女か、性格のいい女。そのどっちでもなけりゃ、半端《はんぱ》じゃなく飛び切りのビジュアル系の女だ。残念ながら、あんたはそのどれでもない。失格ってことでヨロシク」

「なによ！　元は犯罪者のくせに。頭おかしいくせに」

逸美は唇を噛み、物凄い目つきで竜二を睨みつけてから、くるりと踵《きびす》を返して歩み去った。

同時にタイミングよく携帯が鳴り、スピーカーからハリのある麻由実《まゆみ》の声が聞こえてきた。

『今終わったところ。ホテルのティールームにいるから、すぐ迎えに来て』

麻由実は『半端じゃなく飛び切りのビジュアル系の女』で、竜二がマネージメントしている超高級エスコートクラブの売れっ子だ。若く美しく、セックスが好きでテクもあり、その上プロ意識に徹《てつ》した彼女は仕事に手を抜かず、わがままも言わない。それだけに指名も多く、店にとっては大事な女だ。だが今日の麻由実は、どこかおかしいと思わせる嫌がり方でこの仕事を渋った。

麻由実が嫌がった上客は、常連の歯医者だ。身元も確かで金払いはいい。普通の外見だし、これまでに変態的行為でクレームがついたこともない。女にチップもはずむ。だが、どことなく無気味な感じがして、そこが嫌なのだと麻由実は言うばかりだ。

まさかとは思うが、万一のことがあっては困る。竜二はそう思って、ホテルの近くでずっと待機し、そのついでに葉子の今日の講演にも顔を出したというわけだった。

『判った。すぐ行く。まずいことはなかったんだな？』

竜二は少し気が抜けながら、足を速めた。

こういうとき麻由実の機嫌《きげん》をとるには、ゴージャスな扱いをしてやるに限る。VIP待《たい》遇《ぐう》でメインエントランスに横付けした車に丁重《ていちょう》に乗せてやろう、と思った竜二はホテルの駐車場に入れておいた車を正面玄関に回し、麻由実をピックアップした。

「あたしやっぱりあの客イヤ。次からはNGにしてね」

後部座席で高々と脚を組み、タバコを吹かす麻由実の娼婦《しょうふ》然とした仕草《しぐさ》は、その可愛《かわい》らしい声と顔、そしてお嬢さまOL風ファッションとは完全にミスマッチだ。

「何が不満なんだ。何をされた？」

竜二はバックミラーで、艶《つや》やかなブラウンのストレートヘアを掻きあげる麻由実を見やった。

「特には何も。乱暴もされてないし……でも、もう嫌なの。変態よ、あいつ」

麻由実はパステルピンクのシャネル風ミニスーツの裾《すそ》を引っ張って直した。白いストッキングに包まれた形のいい膝《ひざ》小僧と太腿《ふともも》の半分以上までが、たくしあがった裾から剝《む》き出しになっていたのだ。

「説明してもらわなきゃ判らないな」

竜二の言葉に、麻由実はいらいらとタバコを灰皿で揉《も》み消した。

「ビデオを見せるのよ、あの客は」

「エロビデオか。お前だっていい年した大人なんだから、それぐらい」

「違う！　そんなんじゃないの。もう説明するのも嫌。とにかく、あの客はNGにして。あたしが辞めたってことにしてもいい……っていうかホントに辞めるかも」

「そこまで嫌がるんなら、ちゃんとした理由があるんだろ？　お前のことだから、わがまま言ってるんじゃないのは判るよ。だから理由を教えてくれよ。事と次第によってはブラックリストに載せるから」

竜二は女たちの接客マナーや出勤、テクニックや身だしなみにはうるさいが、筋が通る話は聞く。そんな竜二を信用している彼女は、ためらいながらも重い口を開いた。

「あの客……人殺しのビデオを無理矢理見せるのよ。人が、じわじわ殺される……物凄くひどいビデオ……」

麻由実の顔は蒼白《そうはく》になっていた。

＊

同じ頃。フリーライターの樋口逸美は、麻由実が客を取っていたのと同じホテルの一室にいた。竜二が話に乗ってくればそちらを優先させて、この男との約束はドタキャンしようと思ったが、幸か不幸かその必要はなくなった。竜二に逃げられたのは残念だが、この男とのセックスもいい。

「おい。今日もあれをやってくれないか」

ベッドに入った相手の男がそんなことを言いだしたので、逸美はそら来たと思った。

「俺は、お前みたいな女に悪態をつかれたり罵詈讒謗《ばりざんぼう》を浴《あ》びせられるのが好きなんだ」

「そういうのは、専門の場所があるんじゃないの？」

そう言いながらも、逸美の気分は悪くない。自分より年収も社会的地位も上の男を思いっきり罵倒《ばとう》出来るのは、逸美にも愉しいことだった。

「いや、お前でなければ駄目だ。人の臓腑《ぞうふ》を抉《えぐ》るようなことが言える女はあまりいないから」

期待どおりのことを男が言ったので、逸美は満足した。先ほどから指でしごいてやっているのに、男のモノはいっこうに元気になる気配がない。ストレスのせいだろう。こういう人間の相手はある意味、自分の専門のようなものだ。

「じゃ、遠慮なくやるわよ。……あんた、自分が女にモテると思ってんの？　そうして裸になってれば、ただの生っ白《ちろ》い秀才のなれの果てじゃない！」

ひく、とペニスが反応した。

「いい気になるんじゃないわよ。ほんとなら、誰があんたなんか相手にするもんですか。セックス下手《へた》なくせに。アソコだって小さいくせに。変態で、罵《のの》られなきゃ勃《た》ちもしないくせに！」

逸美が握っているペニスが熱を持ってきた。本当のことを言い過ぎかな、と内心どきどきしながら、それでも、この男を思いっきり罵って逸美もスッキリしたかった。

「いい？　あんたは男としても人間としても最っ低なの。世間にはそれがバレてないだけでしょ。勘違いするんじゃないよ！」

逸美は、男の顔を覗き込み、顔を近づけると思いきり歪《ゆが》め、蔑《さげす》んだ表情を作ってやった。

感に堪える、という表情で男が言った。

「ああ……やっぱりお前みたいな女に言われるとグサグサと効くなあ。こういうのは、上品にやっても駄目だから」

いい女に言われてもダメなんだと言わんばかりの相手の言葉に逸美はムッとしたが、そのムカつきをそのまま言葉責めにして返してやった。

「何を偉そうに。薄汚いマゾ男のくせに。あんたなんかどうせ体裁《ていさい》だけで、中身は腐りきったクソじゃない？」

相手の男根が、むっくりと大きくなってカリも張ってきた。ここぞと逸美は言い募《つの》った。

「あんた、ホントはみんなに嫌われてるよ。だって陰険で、性格最悪だもの。ちょっと頭がいいぐらいのことで威張ってんじゃないわよ！」

逸美はなじりながら毛布を捲《めく》った。男のペニスは半勃ち状態だ。

「まったく。こんな粗末なモノで、なにが男よ。ええ？　情けない」

指先でぴん、と弾《はじ》いてやった。

男の顔に怒りが湧《わ》いた。が、それに比例して男根はぴん、と反《そ》り返った。

「この変態。ド変態のマゾ！　ええ？　あんたのケツを指で犯してやろうか？」

逸美は思いっきり顔を歪めて言葉を叩《たた》きつけた。人を嘲《あざけ》るのはもともと嫌いではない。

「くそうっ！」

突然、相手は飛び上がるように跳ね起きて、逸美を組み伏せた。

「偉そうな口、利きやがって。このダメ女！　無教養の低学歴女がっ！」

男は、彼女の腿を押し開くと、レイプするような勢いで秘唇をこじ開けて挿入してきた。

「はうっ！」

言葉責めを受けて最大限に勃起したそれは、一気に根元まで侵入し、逸美の女壺を思いきり突き上げた。

「くそくそくそっ！」

男は、まるで復讐《ふくしゅう》をするかのように逸美を責め立てた。

「ねえ？　あなたはいつごろからこういうセックスなの？」

激しい肉弾戦が終わった後、タバコを燻《くゆ》らせながら逸美が聞いた。

「学生のときも、偏差値の低い女子大と合コンして似たようなことしてたなあ」

男は逸美の曲線に手を這《は》わせながら言った。彼女の肉体は適度に肉が付き、出るところは出てくびれもあり、女体の凹凸《おうとつ》を誇示している。性格はともかく、いわゆる男好きのする躰だ。

「どうして？　子供の頃、親に虐待されたとか？」

「単純な推理だね。だが、そうじゃない。私の両親は立派なひとだ。行った学校が悪かったんだ。親が妙な平等主義を持っていたせいで、近所のレベルの低い公立中学校に通わされて……そこに低脳なくせに力と悪知恵に長《た》けた不良女がいた。そいつに目をつけられてしまってね」

地獄の三年間だったたと男は言った。たぶん酷いいじめを受け、それに性的なリンチが含まれていたのだろうと、逸美は似たようなことをやっていた自分の経験から推測した。

「で、ま、私は、そのバカ女もその取り巻きも絶対行けないような凄い高校に入ろうと、必死で勉強した。それしか逃れる道はなかったからね。で、今の私があるわけだ」

性的にも社会的にもね、と逸美は皮肉を言った。

「そのまんまのノリで、出世競争を勝ち抜こうとしてるワケね」

「男に生まれた以上、それは当然のことだろ」

男は、ふふふ、と冷たい笑みを浮かべて、逸美の乳房にかぶりついた。

「さ。もう一度やろうじゃないか。今度はノーマルで結構だ。思い切り君をいたぶってやろう」

マゾ男はサディスティックに微笑《ほほえ》んだ。

＊

翌日の午後八時。Q少年刑務所職員寮の通用門から、一人の小柄な男が出てくるのを、樋口逸美は見ていた。

普通の公団住宅のような建物は住宅街に自然に溶《と》け込んでいる。その向こうにあるのは少年刑務所だが、予備知識がなければ高校かと見間違えるほど普通の建物だ。

一般民家の塀に隠れるように立っていた逸美は、その男の跡を追った。

逸美は功を焦っていた。目立った経歴も業績も、誇るべき学歴もない無名ライターは山ほどいる。その中に埋もれている三十過ぎの女性ライターとして、彼女は年齢的な岐路に立っていた。

数年前にはそこそこ売れた本を出した。『奇跡のサイコドラマ』というタイトルのその本は、あるアメリカ帰りの自称セラピストがほどこしていた演劇とサイコセラピーを結びつけた独自の療法に、逸美が心酔し絶賛する形で紹介した本で、出版当時はかなり話題になった。彼女も「メンタルヘルス評論家」として脚光を浴びかけた。

しかし、成功は彼女の目前で去ってしまった。演劇の形で過去の怒りを吐き出し、抑圧された感情を解き放った参加者たちは、確かに一時的には症状が改善した。通院や投薬を止めてしまうほどの効果があったのだが、その中の数人がやがて以前より症状が悪化し、自殺を図《はか》った。その結果、幾つかの訴訟《そしょう》が起きて逸美の本も悪書として絶版になり、彼女は信用を失ってしまったのだ。

現在は名前の出ない雑文の、数をこなすことで生活している。セラピー本の取材時に見よう見真似《みまね》で身につけたテクニックを活用して、セミナーめいたものも主宰《しゅさい》している。こちらはあまり金にはならないが、何人かの熱心な取り巻きがいて、ちょっとしたカリスマ気分を味わえる。劣等《れっとう》感と焦燥《しょうそう》感に駆られた逸美には、プライドをくすぐってもらえる場が必要だった。

だがその程度の収入と局地的な知名度では、逸美の野心と自己顕示《けんじ》欲はまるで満たされない。一度は摑みかけた成功を、一刻も早く摑み直したい。「学歴もないくせに」「いい加減なことを書き散らして」「オヤジころがし」などと陰口を叩いている連中を見返して、名のある文筆家の座を手にしたい。押しの強さと図々しさで仕事を取って雑文を書き散らす生活はもう嫌だし、便利屋として走り回るのも年齢的に限界が見えていた。

そして今。彼女の成功のために必要な『ネタもと』が、数メートル先を歩いていた。逸美に金と名誉《めいよ》をもたらしてくれるはずの情報源。その男は盛《さか》り場の灯《あか》りと雑踏《ざっとう》の中にまぎれようとしている。

逸美が尾行している男は、Q少年刑務所の看守、いや正確には処遇部矯正処遇官の村井《むらい》義男《よしお》であり、彼女が書こうとしている「衝撃的なノンフィクション」の題材は「少年犯罪」だった。

村井は独《ひと》り、盛り場を歩いてゆく。逸美は距離を置いて跡をつけたが、店が疎《まば》らに、人通りも絶えたところで足を止めた。前方の村井に、若い女が近づいてきたからだ。

白いセーラーカラーの上衣が闇に浮かび上がっていた。高校の夏の制服のように見える。下は濃紺らしいプリーツスカート。そして白のハイソックス。うらぶれた盛り場の外れには、まったくそぐわない女に見える。

村井が手に持ったものを差し出し、女がそれを受けとった。

CDかDVDのディスクに見えた。

村井は何度も首を横に振っている。トラブルがあって、言い争いになっている様子だ。距離が離れていることもあって村井の表情はよく見えないが、怒りで強《こわ》ばっているようにも感じた。盗撮ビデオかなにかの売買交渉で高値を吹っかけられたのか、それとも公務員という身元がばれて脅《おど》されているのか。

突然、村井が膝を折って崩れ落ちた。同時にセーラー服の女が弾かれるように飛び退《の》き、身を翻《ひるがえ》した。白い上衣が闇に溶けて消えた。

仰向《あおむ》けに倒れ込んだ村井の首筋から、どす黒い液体が勢いよく噴《ふ》き上がった。

あれは……血！　頸動脈《けいどうみゃく》を切られた？

逸美は、大声を上げて助けを呼ぶか駆け寄って助け起こそうかと一瞬迷ったが、結局、そのどちらもしなかった。たまたま来合わせた通行人が先に声を上げ、警察だ救急車だ、と喚《わめ》き、その連《つ》れが携帯電話を取り出したのを見たからだ。

目撃者になったりしたら、面倒なことになる。実際に目撃した自分にも非現実的な光景だった。嘘をついてるだろうと刑事に絡まれるのは必至だ。それに、まさかこんなことになるとは思いもしなかった。

逸美の目に、道に落ちたディスクが飛び込んできた。さっき、村井が女に渡そうとした、あのディスクだ。

逸美はさりげなく村井の死体に歩み寄り、ディスクを素早く拾い上げていた。救急車のサイレンが近づく音を聞きながら、逸美は逃げるようにその場を離れた。

＊

多摩《たま》でのシンポジウムの数日後。

一橋葉子は自分のクリニックに『都合により本日午後は休診《きゅうしん》いたします』の札を出し、地下鉄日比谷《ひびや》線の駅に向かった。極秘の会議への出席を突然、要請されたのだ。

精神科医で警察の嘱託《しょくたく》をしている葉子は、東大病院と警視庁の合同プロジェクト『犯罪者矯正プログラム』には毎回出席しているのだが、今回に限り、いつもの警視庁ではなく都内A区にある小さな警察署が会場に指定されていた。その理由は、今日の会議の内容が、絶対に外部に知られては困るものだからだ。

彼女を乗せた電車は地上に出、高架《こうか》の駅に着いた。駅前にはデパートがあり、二層のデッキもあるが、そこから線路沿いに戻る道はひどく狭い。その先にS警察署があった。

一階の受付で、来意を告《つ》げた。事前の連絡では『地域青少年健全育成懇話《こんわ》会』への出席を申告するよう指示されていた。今日、ここに集められたメンバーとその目的を、マスコミから隠す必要があるからだ。

会議は午後四時からだが、まだ少し早い。どこかで時間を潰そうかと思ったが、適当な場所がなかった。仕方なく四階に上がると喫煙コーナーに、壁に寄りかかった無骨で大柄な男がいた。

「これはこれは、一橋先生。先日はどうも。こんな場末《ばすえ》の警察署にようこそ」

数日前、シンポジウムの会場で葉子に絡んできた菅原刑事だった。

葉子は早く来過ぎたことを後悔したが、案の定《じょう》、菅原は嫌みたっぷりに絡みはじめた。

「しかし何ですなあ、先生。先生はこんな場末のごみごみした街までわざわざ出てこなくても、日本橋の小ぎれいな診察室で『プログラム』から回されてきた悪人どもが並べたてる嘘八百を、ハイハイとそのまんまカルテに書いてりゃ、楽でいいんじゃないんですか？」

一応、先生と呼んではいるが、あくまでもセンセイと揶揄《やゆ》する口調だ。

叩き上げで現場をよく知っている菅原は、これまでに数多くの犯罪者や非行少年と接してきている。永年の間に担当した幾つもの事件から、「クズはどこまで行ってもクズ」が信念となってしまい、そもそも『犯罪者矯正プログラム』の存在自体が気に入らない。その反感が、プログラムを中心となって推《お》し進めている葉子個人に集中する感がある。

現場を知らない理想主義者。役たたずで頭でっかちの学者先生。菅原にそういう目で見られていることは、先日彼と初めて会ったときから、ひしひしと感じている。

「相変わらずですね。菅原さん」

ここで感情的になってはいけない。葉子は軽く受け流そうとした。だが、それが菅原の目には尊大に映り、よけいに刺激したようだった。

「相変わらず？　そうだよ。おれはガサツで品が悪い刑事だから、毎日ゴミタメみたいな現場を這いずり回ってるよ。こんなクソ会議に出る暇があったら、今抱えてるヤマの聞き込みをしたいね。しかし先生。あんた本気で信じてるんですか？」

菅原は面白いものでも見るかのような目で葉子を見すえた。

「何を、ですか？」

「あんな事件を起こした連中が、いつかはマトモになるってことだよ。もしそういうこと言うなら、この前のシンポジウムでも言ったが、あんたには何も判っちゃいない。とおれは断言したいね」

菅原は、フィルターぎりぎりまで短くなったタバコをリノリウムの床に投げ捨てると、年季の入った革靴の、光沢《こうたく》の褪《あ》せた爪先《つまさき》で踏み付けた。

「あんたのような、やわなお嬢さん育ちの先生には信じたくないことだろうが」

ニコチンで黄色く染《そ》まったような指先を、振り立てるようにして言い募った。

「ワルは最初っからワルなんだ。ああいう酷い事件を起こすようなガキは、生まれつきのクズなんだ。あんたみたいなインテリはすぐに社会や親のせいにするが、そんなことはない。金持ちのウチに生まれて親が大事に育てたガキだって、やるやつはやるんだよ。実際、そうじゃないか。あの事件でおれが挙げた、加賀雅之《かがまさゆき》。あんたもやつを『診察』したから知ってるだろう？」

葉子は頷いた。たしかに加賀雅之という『元少年』に関しては、残念ながら菅原の言うことが正しいと、葉子も同意せざるをえない。菅原は続けた。

「やつのうちは金持ちだ。何不自由なく育ってる。親父は会社のオーナー社長だ。その金で蛆虫《うじむし》野郎の岸和田《きしわだ》を弁護士に雇《やと》って、うまいこと主犯の罪状は逃れたが、裁判官は騙《だま》せてもおれは騙されない。あいつが、あの事件で一番のワルだ。糸を引いてたのも加賀だ」

「菅原さん、私だって騙されていたわけではありませんよ」

葉子は刑事を遮《さえぎ》った。

「だから『プログラム』の適用から加賀雅之は外したでしょう？　でもね、加賀のような人間はむしろ例外なんです。全体として見れば、やはり、明らかに家庭や地域社会や学校が要因となって非行に走り、犯罪に手を染める少年たちが数多く存在するわけで……」

「はいはいはいはいそうですか」

菅原は声を荒らげて葉子の言葉を遮った。

「ならば先生にお伺いしますがね。片親の子供はみんな女の子をさらって強姦するか？　ガラの悪い町に住んでるガキは全員ヤクザになるのか？　いじめや体罰のある中学の出身者は全員、犯罪者か？　虐待されて育った子供は全員人殺しか？　単純な窃盗《せっとう》と凶悪犯罪を一緒にするなよ！」

菅原は次第に激してきて感情的になり、無茶苦茶なことを言っている。葉子は辟易《へきえき》したが、辛抱《しんぼう》づよく言い返した。

「そうは言ってません。あの事件にはたくさんの少年たちが関わっていたし、彼らの家庭環境もさまざまです。犯行に加わってしまった彼らに、自分のしたことの意味を悟《さと》らせて、その上で、被害者がどんなに苦しんで亡くなったかを考えさせる。被害者や遺族の苦しみを、心から実感出来るようになってもらう、そうすることが……」

菅原は歯茎《はぐき》を剝いてせせら笑った。

「話にも何もならんよ。頭の中だけで考えた、意味のないタワゴトにすぎん」

頭ごなしに決めつけられて、さすがに冷静な葉子もムッとした。葉子を敵と思っている強面《こわもて》の刑事は、たまたま二人きりになったこのチャンスを得て、日ごろの鬱憤《うっぷん》を晴らしているのだろう。

「おれに言わせりゃ、先生。あの酷い事件に関わったガキどもは全員ぶち殺されて当然だ。それも実際に挙げられた五人六人じゃない。少なくとも数十人は被害者に突っ込んでやがったんだ。そいつらも実際に強姦したくせに、みんな知らん顔だ。だがな先生、知ってるか？　あの街のスナックじゃ、被害者とヤッたけど、オレは捕まらなかったと、英雄気取りで自慢してる糞《くそ》野郎がいるんだよ。先生、あんた、そういうの、女としてどう思う？　え？」

「それは……」

急所を突かれた葉子は返答に窮《きゅう》した。

「自分と同じ年ごろの女の子を、文字どおりオモチャにして殺して棄《す》てたガキ連中だ。そんなやつらに『自分のしたことの意味』を悟るような脳味噌《のうみそ》があると思うのか？　ええ？　先生よ？」

菅原はますます激してきている。白髪《しらが》まじりの眉毛《まゆげ》の下の、色の薄い瞳が鋭く、熱を帯びている。その表情はどこか狂気じみていて、有能な叩き上げの刑事だと知らなければ、いわゆる『危ない人』にしか見えない。

「まったく、十年も前の事件だが、やつらを取り調べた時のことを思い出すと、今でもはらわたが煮えくり返る。弱い女の子を男どもが寄ってたかって、それもさんざん長い時間をかけて弄《もてあそ》んで、嬲《なぶ》り殺しにするなんてな……。ましてや、あの空《あ》き家《や》に女子高生が監禁されてたことは、地元の百人からのガキどもが知ってやがったくせに、誰一人、大人に知らせようとはしなかった。いいか、誰一人だぞ」

「菅原さん。声が大きいですよ」

さすがに葉子はあたりをはばかって菅原を制した。人気のない上階の廊下とはいえ、誰が聞いているか判らない。そして葉子たちに今日こうして招集がかけられた件は、ほかならぬ、元加害少年たちの連続『自殺』事件についてだ。

十年前に起きた、複数の少年たちによる無残な少女監禁・暴行・殺害事件。

かつてない残虐な犯行として世間を震撼《しんかん》させ、近年の凶悪な少年犯罪多発の先がけとなった象徴的な事件だが、その主犯とされた元少年のうち、まだ刑期が終わらず、少年刑務所に収監されていた受刑者二人が、ここわずか十日ばかりの間に、立て続けに謎《なぞ》の死を遂げていた。

監視が厳しい少年刑務所での自殺は非常に難しく、しかも、同じ事件に関わっていた二人が連続して自殺するのは異常だ。

事態を重く見た警察上層部が、今後の事態をコントロールするため、緊急かつ極秘の招集をかけたのが今日の会議だった。

「おれとしては、二人どころか犯人を全員、誰かがぶち殺してくれないものかと、本気で思ってるんだ。ああいう鬼畜どもを誅殺《ちゅうさつ》する仕置き人ネットワークみたいなものがあれば協力したいね」

冗談を装ってはいるが、菅原の眼《め》は笑っていない。

「そもそも世の中から正義とか人間として当たり前の常識ってもんが、どんどん消えてなくなってるんだ。誰かが、何かが、その代わりをしなきゃならないんじゃないのか?」

葉子も菅原も、現状に危機感を抱いているのは同じだが、結論は正反対になってしまう。

北風と太陽か、と葉子がため息をつきかけた時、階段ホールに人声があり、本日の会議の出席者たちがぞろぞろと下から昇ってきた。

「改めて申し上げますが、本日の会合の内容は、絶対に他言無用ということでお願いします」

S署の人気のない上階の会議室で、ダークスーツ姿の見るからにエリートらしい男が口火を切った。会合を仕切るこの男は添島尚人《そえじまひさと》という警察庁関東管区警察局監察官。立派なキャリア官僚だ。

晩春の夕方、窓外の陽差《ひざ》しは穏やかで、すぐ下を通る常磐線《じょうばん》の踏切の警報音がのどかに聞こえてくるが、この部屋に集められた数名の表情には緊張があり、雰囲気は重苦しかった。

まず、第一の自殺者・木原学《きはらまなぶ》について、収容していたQ少年刑務所の看守長から報告があった。独房で、入手出来ないはずのスカーフ様の布で首を吊《つ》ったというくだりに、葉子はおやと思った。

つい先ほどまで菅原と意見を戦わせていた『あの事件』の、被害者の顔写真を思い出したのだ。全国紙に載った、被害者である少女のバストショット写真の襟元は、古風なセーラー服だった。紺地に白く三本線の入ったセーラーカラー。胸元に結ばれた白いスカーフ……。

「そのスカーフの色は白ではありませんでしたか？」

気がつくと葉子の口からその質問が出ていた。

「一橋先生、なぜあなたがそれをご存じなのです？」

添島の鋭い詰問《きつもん》が飛んだ。

しまった、余計なことをと一瞬後悔したが、葉子は仕方なく言った。

「いえ。単なる連想です。十年前の、この事件の被害者の制服のスカーフも、確か白だったと、つい思い出したものですから。余計なことを申し上げました」

「余計なことだとはおれは思わないが」

口を挟んだのは、葉子の隣に座っていた菅原刑事だった。

「十年前、おれが……いや私が例の事件を担当した時、被害者のその制服を見た。確かにスカーフは白だった。犯人の少年たちが被害者の手首を縛ったり、猿轡《さるぐつわ》に使ったりしてたんで、汚れてよれよれだったがな。一橋先生、あんたの考えてることは判る」

菅原は『葉子の考え』なるものを勝手に決めつけて喋った。

「要するに、そのスカーフが何かのメッセージだって可能性を先生は言いたいんじゃないのか？　十年前、あの事件を起こした糞ガキども……いや元加害少年を殺すのに、被害者のものと同じスカーフをわざと使った。復讐のメッセージを凶器に込めたんだと」

「憶測《おくそく》で物を言うのはやめたまえ、菅原君」

添島が遮った。

「凶器だの復讐だのと……そもそもこれは自殺なんだ。少年刑務所の中で他殺など有り得ない。そういう根拠のない憶測が独り歩きして、この、二件の自殺が過去の事件と結びつけられてしまうことを危惧《きぐ》しているのだよ、我々は。だから今日、こうして会合を持ったというのに、その趣旨《しゅし》が当事者である君にさえ理解されていないのは、嘆《なげ》かわしい限りだ」

「けど、添島さん、自殺ってのは確かなところなんですかね？」

添島の高圧的な物言いに屈する気配もなく、菅原は食い下がった。

「じゃあそのスカーフは誰が持ち込んだ？　それに、独房には十五分ごとに監視が回ってるはずだよな。その目を逃れて自殺なんてなかなかできることじゃない。首吊りの方法はお定まりの、ドアノブかどこかに紐《ひも》をかけて、輪っかに首突っ込んで膝を突いてってあれだろうが、ちゃんと時間どおりに見回ってりゃ、蘇生《そせい》できたんじゃないのかい？　いや、完全に死んだところを見はからって見に行った、とまで言う気はないが」

そう言ってるのも同然だ、と葉子は思ったが黙っていた。

「いや……菅原刑事のご指摘《してき》にも一理、ないことはないのでして」

ハンカチで額の汗を拭《ふ》きながら口を挟んだのはQ少年刑務所看守長の大場《おおば》だった。

「問題の、スカーフ様の布が持ち込まれた経緯は判明しておりません。また、当夜、記録によりますと、当該受刑者が自殺を図った時間帯の見回りが、午前二時および午前二時三十分と、なぜかそこだけ間があいてしまっておるのです」

「理由は？　当然、その夜の担当者から説明があったはずだが」

菅原の質問に、大場はふたたび汗を拭《ぬぐ》った。

「実は……当夜の当番である村井義男は、一件目の、塩瀬光男《しおせみつお》の自殺の時も当番でして」

「塩瀬のほうは便所に顔を突っ込んで溺死《できし》、と。文字どおりクソな死に方をしたんだよな？」

資料をぺらぺらと指で弄びながら菅原が言った。

「クソはクソらしい死に方をするぜ。だがその村井って看守が一番怪しいじゃないか。おたくとしては、内部調査はしないのか？」

「そのことですが……添島さんはすでにご存じなのですが、村井は一昨日急死しまして……それもあって、今日の会合が持たれたのだと理解してますが」

「急死？」

一同がざわめいたところに添島が割って入った。

「Q少年刑務所の看守である村井義男は一昨日、職員住宅からそう遠くない商店街の外れの路上で、死体となって発見された。所轄《しよかつ》からの報告では、現場は人通りの少ない夜の路上で、犯行の目撃者もおらず、遺留品もほとんどなく財布金品等は奪われておらず、通り魔もしくは怨恨《えんこん》の両面で捜査を進めている」

添島は資料を棒読みした。

「その犯人が、木原学と塩瀬光男のコロシとも関係があるって線はどうだ?」

身を乗り出すようにして聞いたのは菅原だ。

「菅原君。君はまた予断で物を言っている。木原学も塩瀬光男も自殺だ。君の言う『コロシ』などではない。二件の自殺と、村井義男の殺害とのあいだには関連性はない……と常識的には見るべきだろう。まずその認識を共有したうえで、無責任な憶測や風説の流布《るふ》を防ぐことが、今日ここに集まっていただいた理由なのだから」

添島が不愉快そうに断定したが、ここで葉子は質問せずにはいられなかった。自殺した元少年の名前を聞いた時に感じた違和感が、段々大きくなってきたからだ。

「添島さん。たびたび申し訳ありません。ですが、自殺したのは木原学と塩瀬光男に間違いないのですね?」

「その通りですが……どういう意味でしょう? 一橋先生は控訴審の時に、二人の精神鑑定をされていますね」

添島は神経質に銀縁《ぎんぶち》の眼鏡の位置を直しながら、葉子を見た。

「はい。この二人だけではなく、あの事件に関わった少年数人と、実際に何度か顔を合わせ、精神状態や責任能力の評価を行ないました。その際に受けた印象では、もっとも自殺する要因のない数人の中に、木原と塩瀬は入っていたのです」

「自殺するようなタマじゃねえってことか」

菅原が聞こえよがしに呟《つぶや》いたが、それが、まさに葉子も感じていたことだった。

「精神科医として適切な発言かどうか躊躇《ちゆうちよ》しますが、当時の二人の反省の意思は非常に表面的なものでした。被害者の遺族宛《あて》に謝罪の手紙を書いていますが、文章にはほとんど自分で考えた形跡がなく、筆跡も丁寧《ていねい》とは程遠いものでした。誤字脱字も多いですが、決定的なのは、ことに塩瀬光男が被害者の名前を間違えていたことです。指導されて、謝罪の手紙を強制的に書かされるということはあるにしても、あれは酷いものでした。遺族が受け取っても、被害感情が悪化するだけでしょう。そんな彼ら……特に塩瀬が、今になって自殺に追いやられるほど罪の意識に苛《さいな》まれていたとは、ちょっと考えにくいのですが……」

これがたとえば加害者たちの一人、坂本淳二《さかもとじゆんじ》であったなら、自殺ということも大いにあり得るのだが、と葉子はある種の痛みを覚えながら思った。淳二はすでに少年院を出ているが、罪の意識に堪えかねて、完全な引きこもり状態になっている。

菅原が口を開いた。

「そうだな。あの二人は自殺なんかしないな。人権派の一橋先生はご不満かもしれないが、少年院にちょっと入った程度で反省するくらいなら、ハナから犯《や》らんだろうな。そういう連中なんだ、あいつらは」

菅原は続けた。

「おれが聞いた話では、木原はともかく、あの塩瀬は少年刑務所の教官に嬉々《きき》として犯行の模様を喋っていたそうだぞ。嬉々として、な。おれも最初、聞き間違えたかと思ったくらいだよ。自殺だろうが他殺だろうが、くたばってくれてせいせいするね」

「菅原さん……」

さすがに葉子は隣の菅原を小声でたしなめた。

添島がまとめに入った。

「とりあえず、これは皆さんに重々念押ししておきたいことですが、元加害少年二人の死は『自殺』です。万一マスコミに漏れた場合も、それで通していただきたい。まあ……自殺した両名が、ともに『あの事件』の加害者であったということは、関係者が黙っている限り、マスコミにも知る方法がない。収容先の少年刑務所で、たまたま自殺が二件あった、ということで片付けられるでしょう。もちろん、実際のところも、それ以上のものではないと私は考えているが。それと今後、外部に『あの事件』と、今回の自殺を結びつける情報が漏れることがあれば、私としては、誠に不本意ながら、ここに本日お集まりいただいた皆さんのうち、どなたかを情報源として疑わざるを得ない。そういう事態が決して出来《しゅったい》しないよう、くれぐれもお願いいたします」

「なるほどね。口裏合わせと恫喝《どうかつ》ってわけか、今日の会合の趣旨は」

またも菅原が聞こえよがしに呟いたが、添島は彼を完全に無視して会議室を出ていった。

葉子も、怒りが収まらないという感じの初老の刑事を残して、S署を後にした。

帰り道、彼女はあらためて加害者の一人、坂本淳二のことを思い出していた。

彼は完全な巻き込まれ型の加害者で、しかも警察の調べに対して、自分は暴行に関与していない、と主張することが出来なかった。無責任な父親に遺棄《いき》された離婚家庭に育ち、気丈な母親は「世間様にだけは迷惑をかけるな」を口癖《くちぐせ》に息子を厳しく育てた。その結果、自己主張が出来ず、警察の取り調べにも言いなりになった淳二は、少年院送致になった。そこでも教官や仲間から激しいいじめを受けたらしい。退院して実家に戻った彼は、前にも増して寡黙《かもく》になり、一切の外出すら出来ない人間になってしまっていた。

それを知った葉子は、早期に治療をしないと一生社会復帰が不可能になる、と激しい危惧を抱いたのだが、誰にも会いたくないという少年自身の意向もあって、未《いま》だにどうにも出来ずにいる。

たしかあのうちは……と葉子は思った。母親も事件の心労から入院してしまい、少年の身寄りは、まだ二十代の姉ただ一人だけのはずだ。自分とも大して歳《とし》の違わない若い女性が、極悪非道の犯罪者の家族という世間の視線に耐え、病気の母と引きこもり状態の弟を支えている……。

葉子は暗い気持ちになり、菅原のようにただ怒り糾弾《きゅうだん》するだけならどんなに楽だろうか、と思わずにはいられなかった。

# 第2章 償《つぐな》いの日々

浅倉大介は、S区民会館にいた。会議室の入り口に『檸檬《れもん》の会』という紙が貼《は》られている。

この集まりのことは今朝知ったばかりだ。目が覚《さ》める、というより、浅倉大介としての自分の意識を取り戻した時に、ゴミ箱の横でくしゃくしゃになった薄い緑色のチラシを見つけた。

子供の頃から優秀で母親の期待を一身に背負い、スパルタ教育という名の虐待に耐えて生きてきた大介は永年、解離性同一性障害に苦しんでいる。いわゆる多重人格だが、それでも大手企業に勤《つと》めて平穏な生活を送るまでにはなった。しかし、別人格・竜二が以前に増して頻繁《ひんぱん》に現れるようになり、その生活は一変してしまった。身に覚えのないトラブルが続出して勤めを続けられなくなり、今ではフリーのソフトウェア・プログラマーとしてカツカツの状態で暮らしている。

自分がいわゆる多重人格者であると一橋葉子に診断されて以降、「竜二」という名の、自分を苦しめるだけの存在だった別人格と共存する方法もなんとか見えてはきた。それでも人並みの平穏な生活を手に入れるのは難しい。とにかく「竜二」という人格は、大介から見て常軌を逸《いっ》しており、彼を憎んでいるとしか思えないのだ。

そんな竜二が捨てようとしたチラシ。入手経路は例によって判らないが、心に何らかの傷を負った人々の自助グループ、ということがなぜか気になって、会場に来てみたのだ。

背丈は当然ながら「竜二」と同じだが、地味なジャケットにジーンズ、ぼさぼさの髪にメガネ、とまったく対照的な格好で、同じ顔でもケバケバしいスタイルが好みの「竜二」とは別人のような印象を与える。

会議室に入ってすぐ受付の机があり、本が何冊も積み重ねられていた。その横には、痩《や》せて顔色が悪いストレートヘアの女が待ちかまえていた。なぜか手首に幅広のリストバンドを巻いている。

「初めての方ですね。今日は樋口先生は御都合があって来られないんですが、どうぞ、気軽に見学していってください。先生の御著書は読まれたこと、あります?」

受付の女は『奇跡のサイコドラマ』と表紙に派手派手しく印刷された本を大介に差し出した。

「定価千七百円ですけど、このセラピーに来られた方には特別に千円でお頒《わ》けしてます。

とてもいいことが書いてあるんですよ。いかがですか、千円で？」

これはあまり筋のよくない集まりかもしれないと思ったが、やっとのことで本のセールスを断って会議室の隅《すみ》に座った。

立ち上がって自分の体験談を話しているのは、中年の男性だ。子供の頃に母親に冷たくされ辛《つら》く当たられた結果、自分の心が歪《ゆが》んでしまったと涙ながらに語っている。

その体験が自分に似ているので、聞いていて居たたまれなくなった。竜二ならきっと、

「ふん。テメエの苦労のアレコレを、よくもまあ恥ずかしげもなく人前で喋《しゃべ》れるもんだ。青年の主張かよ。気色悪いぜ」と吐き捨てるだろう。一つの身体を共有してはいるが、大介と竜二は光と影だ。大介の心の傷は竜二には見えないし、痛みを感じることすらない。

自分だって、本当はあの男性のように、辛かった過去を打ち明けて楽になりたい。実の母親から、毎日のようにひどい折檻《せっかん》を受けていたのは、自分も同じだ。

大介はそう思ったが、それが出来ない理由がある。十四歳のときに起こった『あのこと』のせいだ。その夜、母親の前に初めて『竜二』が現れたのだ。

その夜、あまりにもひどい母親の仕打ちにショックを受けて意識がブラックアウトし、心の奥深くに逃げた大介の代わりに『竜二』が現れた。そして物心ついて以来、十数年分におよぶ虐待の『リベンジ』を、母親に対して一気に遂行《すいこう》したのだ。

辛い体験を他人とわかち合うのなら、すべてを告白しなければフェアではない。気の毒

な『犠牲者』を装えば同情してもらえるだろうが、それが事実ではないことは、大介自身が良く知っている。自分が加害者でもあったことを打ち明けなければ意味がない。だが、その勇気はない。それほど、あの夜、自分の分身とも言える竜二が母親にしたことは酷《ひど》すぎた。

中年男性による告白はまだ続いていた。曰《いわ》く、幼いときの辛い体験の影響で、現在の妻や子供たちとの関係もうまくいかない、心を開けない……。しかしこの男性は大介とは違って、自分ではどうにも出来ない、邪悪な部分を抱えているわけではないのだ。

やっぱり自分は場違いだ。解離性同一性障害という、自分と同じ「病気」に苦しんでいる人がここにいるとも思えない。来るべきではなかった。

大介がそう思い始めたとき、区民会館の会議室のドアが開き、一人の女性が入ってきた。そのとたん、部屋全体の雰囲気が変わったように思えた。

ほっそりとした、まだ若い女性だ。細かい花柄の、あっさりしたブルー系のワンピースを着ている。化粧も控えめで、肩までの長さの髪も、染めていない自然な黒だ。だが、その全身から発散する張り詰めた緊張感が見るものの注意を惹《ひ》きつけずにはおかない、そんな女性だった。

「遅れてすみません」

大きくはないが震えを帯びてきれいな、よく透《とお》る声だ。その視線が大介の目と合った。

強く、磁力さえ感じさせる眼の輝きに、大介は思わずどぎまぎして顔を伏せた。かつて、こういう一途《いちず》な瞳を見たことがある。大介が初めて、そして今までにたった一人愛した女性、夏山零奈《なつやまれな》の瞳がそうだった。

いけない。零奈とのことも、思い出すには辛すぎる……。

大介が記憶に無理やり蓋《ふた》をしたとき、進行役の男が、その美女に声をかけた。

「園田緋沙《そのだひさ》さん、でしたね。今日、ここにいる皆さんとシェアしたいことがありますか？」

進行役のうながす声に、緋沙と呼ばれた彼女は、はい、と答え、少し震える声で話し始めた。

「はい。まだ私自身のことについて、全部を話す決心はつかないんですけど……ここに来てよかったと思います。いえ、そう思いたい……」

彼女は、ゆっくりと話し始めた。

「突然、ひどくなじられることが何度もあって……それも自分では覚えのないことばかりなんです。お金を借りて返さないとか、約束を平気で破ったとか。それに……あの、ちょっとここでは言えないような恥ずかしいことまであって……多分、記憶力に問題があるんだと思うんですが……いえ、学校の成績は普通だったんですけど……」

必死に、勇気をふりしぼって我が身の恥《はじ》を打ち明けている様子だった。か細い躰が、今にも壊れそうに見えて心配になった。肩を震わせ瞳を涙で潤《うる》ませながら、喋るたびに小さく頷く様子が痛々しい。途方に暮れ、それでも何とかしなければならない、と藁《わら》にもすがる気持ちでいることが、ひしひしと伝わってくるのだ。

彼女の話を聞くうちに、大介は身体が震えるような衝撃を覚えた。毎日の生活や対人関係が、あらゆる局面でうまくいかないこと。訳も判らないうちに周囲の人間が腹を立て、離れていってしまうこと。知らないところで自分が、親しい人に迷惑をかけてしまっているらしいこと……。

彼女の抱えている問題は僕と同じだ。彼女も多重人格で苦しんでいるんじゃないのか。

大介はそう直感すると、動悸《どうき》が激しくなった。

自分と同じ苦しみを抱えた人間……このひととなら理解しあえる。いやそれ以上に、自分なら彼女の力になれる。いや、なるべきだ。彼女はおそらく、自分を苦しめている『病気』の正体を知らない。自分が多重人格者であることにすら気づいていないのだ。

義務感に駆られた大介は、セラピーが終了したあと、園田緋沙という女性に声をかけていた。

「すみません。もしご迷惑でなかったら、少しお話ししたいんですが。実は僕も、あなたと同じ……つまり、記憶の問題で苦しんだ経験があるもので」

緋沙は怯《おび》えたように振り返り、目を見ひらいた。

「あの、僕は決して怪しい者ではありません。でも、その、うまく言えないんですけど、ただ、僕には、あなたの苦しみが判るんです」

自分でも驚くほど一生懸命になっていた。別人格の竜二とは違って内気で人づきあいの苦手な大介が、自分から他人に、それも女性に声をかけるなど生まれて初めてのことだった。

「僕にも同じようなことがありました。とても自分が嫌だった。自分がとことん駄目な人間に思えて、でも恥ずかしくて誰にも言えなかった。あなたも、自分のことを責めていますよね? けど、それはあなたのせいじゃない。ちゃんと理由のあることなんです」

緋沙の表情から、見知らぬ男に声をかけられたという怯えと緊張が、徐々に消えていった。

「あなたにも……記憶が途切れてしまうことが、あるんですか?」

真剣な眼差《まなざ》しだ。強い眼の光を、すっきりした眉《まゆ》と鼻筋が際だたせている。間近に向かい合った緋沙は第一印象以上に美しく、聡明《そうめい》に見えた。大介はさらにどぎまぎし、喉がからからに渇《かわ》いてしまった。

だが緋沙は、彼の懸命さを受け止めて、心を決めたように言った。

「お話を伺わせてください。私も、今の自分の状態を何とかしたいんです」

お天気もいいし、近くにある公園のベンチでお話ししませんか、と緋沙は言った。

「美味《おい》しいサンドイッチをテイクアウト出来るお店も知ってます。レストランか、喫茶店にでもご一緒できたらいいんですけど……私、さっき言ったような事情で、普通のお勤めが出来なくて……あまりお金に余裕がないんです」

恥ずかしがりながらも率直《そっちょく》に打ち明ける彼女に、大介は好感を持った。なんとか力になりたい、という気持ちもますます強くなった。

「両親は千葉でドライブインをやっていたけれど、経営がうまくいかなくて。結局、閉めてしまったんです。今では心霊スポットみたいに言われていて、廃墟マニアのような人も始終やってくるし……困るわ」

公園のベンチで緋沙は俯き、膝に置いた手でハンカチを握りしめた。

「……両親は、私のことをとても大事にして可愛がってくれたんですけど、ドライブインを閉めてすぐ、二人とも事故で亡くなってしまって……私が十九の時です。それからだったと思います。辛いことが多くなったのは」

一人っ子だった彼女は、天涯《てんがい》孤独の身の上になってしまった。両親の結婚そのものにも何か問題があったらしく、一切の親戚《しんせき》づきあいというものがなかった。

「私、お友達も少なくて……家で本を読んだり、ケーキを焼いたり、そんなことのほうが好きでしたから、一人で居ることは別に苦ではなかったんです。でも、生きていくのに、家の中に閉じこもっているわけにもいきませんよね。社会に出た途端に、自分の至らなさベンチに降り注ぐ木洩《こも》れ日に艶《つや》やかな黒髪がきらきらと輝き、透《す》き通るような白さの頬に、金色の産毛《うぶげ》が光の粉をまぶしたように美しい。

「あ。なんだか私ばかりお喋りしてしまって」

そういって頬を赤らめるところは、うぶな少女のようだ。

「不思議だわ……私、他にもちょっと事情があって、男の人とお話しするのが苦手だったんです。でも浅倉さんとは、とても自然に話せて、楽な気持ちになれるので、自分でもびっくりしてるんです」

「僕なんかでよかったら、いくらでも話し相手になりますよ。いえ、なってください。なにしろ人畜無害だから、僕は」

気弱げに自嘲《じちょう》する大介に、緋沙はしばらく黙っていたが、やがて、重い口を開いた。

「初めて会った方にお話しすることではないのだろうと思うのですが、あの、思い切って正直に言います」

そうは言ったものの、彼女はその先をなかなか口にすることが出来ない様子だった。

大介は辛抱強く待った。それが緋沙の心を開く作用をしたのか、彼女は大介の顔色を窺《うかが》いながらも、おずおずと話し始めた。

「両親が亡くなるちょっと前に、私……未成年の男の子たちでしたけど……男の人たちにとても怖い目に遭《あ》わされて、入院したんです。三か月くらい。身体の怪我《けが》はすぐに治ったんですけど、心の傷が……。それっきり外に出るのが怖くなって……高校も卒業出来ませんでした」

突然、緋沙の声が震えた。こみあげるものを必死に堪えている様子だ。ハンカチを握りしめる手も、口元も、長いまつげも、何もかもが震えた。

大介もショックを受けた。はっきりした言い方ではないが、まだ少女だった緋沙をどんな出来事が襲ったかは、充分に察しがついたからだ。

どうしてこんな何の罪もない、美しいひとに……両親に愛され、世間の荒波や邪悪さから守られて育った女性に、そんな酷いことが起こってしまったのか。彼女が一体、何をしたというのだろう。ただ、女性として美しく生まれついたばっかりに……。

「あの、辛かったら無理して話さなくてもいいけれど、それであなたが楽になるのなら、なんでも話してください。さっきの集まりで言ってた『シェアする』って、そういうことですよね？　僕でよかったら……」

緋沙の切れ長の瞳に、大粒の涙が浮かんだ。唇を嚙みしめているのだが、涙はみるみる盛りあがり、つっと透明な滴《しずく》が頰に流れた。

「ごめんなさい」

そう言いつつも、堰《せき》を切って溢《あふ》れ出る感情はすぐには収まらない。大介は思わず彼女の手をぎゅっと握りしめていた。身を切られるほど緋沙が可哀想《かわいそう》だと思う気持ちとともに、怒りが湧いてきた。

「一つだけ教えてくれないかな。あなたを、そんな目に遭わせた連中は……もちろん、捕まったんだよね？」

「捕まる？」

緋沙は驚いたように、涙に濡れた顔を上げた。

「そんな、こちらの恥になるようなことを、他人になんて言えるわけが……」

「じゃあ……警察にも届けなかった？」

大介は驚いた。おそらくは婦女暴行、はっきり言えば輪姦《りんかん》されて三か月も入院するほどのダメージを被《こうむ》り、まともな社会生活も送れなくなったほどの被害を、泣き寝入りしてしまった、というのか？

「私がぼろぼろになって家に戻ったあと、母が泣きながら言ったんです。お前はもう、傷ものなんだよって……おかしいですよね。私は何も悪くないのに……」

大介は、緋沙を傷つけたという少年たちに、身体が震えるほどの怒りを覚えた。

「そんなのおかしいよ、絶対。あなたのご両親の考え方は間違っていると思う」

「それは……両親を恨まなかったといえば嘘になりますけど……でも、仕方ないんです。世間に後ろ指をさされない、そのことを何よりも大事に考える人たちでしたから」

語尾が震えた。

「辛かったのは、それが近所の男の子たちで……名前も顔も知っているんです。でも私のほうが表に出られなくなってしまって。まるで私が悪いことをしたみたいに」

緋沙は俯き、しゃくりあげ始めた。握りしめていたハンカチで頬を拭《ぬぐ》っているが、涙はあとからあとから溢れてくる。大介は言った。

「他人の僕が言うべきことではないかもしれないけれど……そのことは、今のまま放って置いてはいけないと思う。あなたがセラピーに通ってくる大きな理由が、その事件でしょう？　事件が有耶無耶《うやむや》になったままで、犯人が罰されず、それなのにあなたは傷ついて、癒《いや》されていないからじゃないんですか？　ならば、はっきりさせたほうが」

「はっきりさせるって？」

緋沙は目を見開いてじっと大介を見つめた。深海の漆黒《しっこく》を思わせるような瞳だ。

「たとえば、加害者の名前、覚えていますか？」

「忘れるものですか。三浦明雄《みうらあきお》と高野隆一《こうのりゅういち》、木崎晴樹《きざきはるき》……」

緋沙はよどみなくハッキリと名前を告げた。

「そいつらが、今どこで何をしているか、僕は調べることが出来る。僕は取り柄《とりえ》のない人間だけど、そういう情報を手に入れることにかけてはエキスパートです。そいつらのところに行って、土下座して謝らせよう。心から悪いことをしましたと、許しを乞《こ》わせてやろう。そしてその事実をご両親に見せてやるんだ。そうすれば」

「やめて！」

緋沙は動揺していた。

「だってもう両親もその人たちも……」

そこではっと口を噤《つぐ》み、ややあって聞き返してきた。

「でもどうやって調べるの？　名前さえ判れば、あなたにはその人の居所を突き止めることが出来る、そういう意味なんですか？」

「そうです。大きな声では言えないけれど、そして悪事に使うつもりもないけど、僕にはハッキングの技術がある。だから……」

「いいえ。駄目」

緋沙の声が震えた。

「今更そんなことをしたって……。私が苦しんで歯車が狂ってしまった日々は帰ってこないし、元に戻ることもないんです。いいえ、そんなことをしたら、今よりもっと苦しむかもしれない……」

涙声の彼女に大介は困惑した。震える肩を抱いてあげるべきなのか？　でもこの人には男性恐怖があるのだろうから、かえって良くないか。じゃあ、どうすればいいんだ？

大介はためらったが、彼女の嗚咽《おえつ》は大きくなって、背中がふるふると震えている。

自分が泣かせたようなものだから、黙って見ていることもできない。

大介は思いきって、緋沙の肩に手を回し、抱き寄せた。

彼女の髪が揺れて、頬に触れた。清潔な香りがふわりと広がって鼻孔《びこう》をくすぐった。

緋沙は素直に躰を預けてきた。熱い息がかかり、体温も服越しに伝わってくる。

肩から腕にかけての肌の弾力が、何とも言えず好もしい。男にはない、女性だからこその柔らかな肉付き。

緋沙、さん……。

大介が心の中で名前を呼んだ、その時。

「男の趣味が変わったのか？　おい」

ドスの利いた声が降ってきた。

二人が肩を寄せ合っているベンチの前に、若い、背の高い男が立ちはだかっていた。

一見、育ちのよさそうな整った顔だちを、目つきの卑《いや》しさが台無しにしている。だぶだぶのルーズなストリートファッションに身を包み、髪は金色に染めて立たせている。大介がファッションに詳しければ、男が身につけているジャージやパーカーが高価なもので、総額数十万ぐらいになることは判っただろう。だが、大介の目にはイマドキの軽薄なヤツにしか見えない。蛇のように執念深そうな目が、金髪に全然似合っていない。

「渋谷なんかに出てきて、しけた区民会館に出入りして、冴《さ》えない男を逆ナンかよ」

『冴えない男』が自分のことだと判って、大介はかっと頬が熱くなった。

「ひどい。こんな所にまで……どうして私を放っておいてくれないの？」

緋沙は怯えながらも必死に抗議している。

若い男は、ふん、と鼻を鳴らし、大介を見下ろした。

「おいオマエ。言っておくが、その女だけはやめろ。なんせ、最低の女だからな。嘘と空涙で塗り固めたお城に住んでる、頭のネジが緩んだ、狂ったお姫様なんだよその女は」

男はルーズフィットのジャージの尻ポケットから革表紙のシステム手帳を取り出し、ページをめくりながら言葉を続けた。

「オマエはどうせ、女を見る目なんかないだろうから判らないだろうがな。いいこと教えてやるよ。その女に関わるとろくなことはないぜ。人生を誤る」

緋沙が必死に言い返した。

「このひとは何の関係もないでしょう？　失礼なことを言うのはやめて」

大介も怒りに駆られ、思わず立ち上がった。

「いや。僕はいいけど、このひとに失礼じゃないか！」

男はすっと後ずさりし、何事もなかったように手帳を閉じて尻ポケットにしまった。

「このひとに失礼じゃないかって、何だそれ？　昔のカビの生えた青春ドラマかよ」

まあいいや、と男は立ち去りかけたが、その前に捨て台詞《ぜりふ》を吐いた。

「緋沙。お前が何しようと、おれは何も言わない。が、仕事に穴はあけるな。次は明後日の三時だ。場所はいつもと同じ、あの家だ。じゃ」

「い……いやよ。私、行かない。この前の時、そう言ったはず……」

「いつもそう言うんだ。けど絶対来る。躰がそういうふうになってんだよな」

緋沙は怯えきって蒼白になっている。大介は黙っていられずに男に詰め寄った。

「やめろ。このひとは怯えてるじゃないか」

男は鼻先で笑った。

「怯えてるのはフリだけさ。本当は悦《よろこ》んで、そのきれいな脚のあいだをぐっしょり濡らしてるんだ。そういう女なのさ、こいつは」

だが緋沙は、振り絞《しぼ》るような声で大介に訴えた。

「嘘よ。このひとはまったくのでたらめを言ってるの。ずっと私につきまとって、あることないこと言いふらしてるの。私の友達や知り合いとの仲を裂いて……私を社会的に抹殺《まっさつ》して、自分になびかせようとしているの。お願い……助けて！」

頰を引きつらせ恐怖に震える儚《はかな》げな女性と、口を歪め、ふてぶてしい笑みを浮かべる若者と……どちらを信じるかは考えるまでもない。

「とにかく、彼女は嫌がってる。警察を呼ぼうか？」

男は、大介の言うことを鼻先で笑い、緋沙に一言残して立ち去った。

「お前、後でどうなるか判ってるよな。たっぷりお仕置きしてやるぜ」

大介は思わず緋沙の顔を見た、その彼女の表情がふっと変わったような気がした。

恐怖に震えていた唇が一瞬、陶酔するような微笑《ほほえ》みを浮かべ、涙に濡れているはずの瞳に、妖《あや》しい輝きが宿ったのを見たように思ったのだ。

「ふん。やっぱりな」

男はなぜかそう吐き捨てると、悠然と立ち去っていった。

だが振り向くと、緋沙はやはり肩を落とし、涙に頰を濡らしている。

「……あれは、なんというか、もしかして」

「そう。ストーカーなの。警察は、私が刺されるか殺されるまで、何もしてくれないんだわ」

緋沙の顔には、絶望的な表情があった。

両親を失い、身寄りもなく、揚《あ》げ句《く》の果てに筋の悪い男にまでつけ狙われるとは、なんて気の毒なひとなのだろう。

大介は、自分のことのように怒りが込み上げ、緋沙が気の毒でたまらなくなった。

「送りますよ。あの男がどこで待ち伏せているか判らない」

そう言って、緋沙の肩をぎこちなく抱いた。

腕を回されて一瞬身を硬くした緋沙の様子を見て、彼はますます彼女の不幸に同情を抑えられなかった。本来なら誰からも愛され、安心して生きられるはずだったのに……彼女をこんな風にしてしまったのは、残虐な暴行を加えた少年たちと、ああいう心得違いの自己中男たちなのだ。

なんとかして守ってあげて、彼女をまた幸せにしてあげたい。

激しい使命感のような気持ちが、込み上げてきた。

もしあの男がどこかに潜《ひそ》んでいても、大介は身を挺《てい》して彼女を守ろうと思った。

過去に心から愛した女を、大介は守り切ることが出来なかった。それと同じことを、もう二度と繰り返したくないという、切実な想《おも》いが湧きあがってきた。

緋沙の住むアパートは、区民会館からそう離れてはいない。幸い、その道筋に男の姿はない。

「ありがとう。知り合ったばかりなのに、気をつかわせてしまって」

憔悴《しょうすい》しきった表情で、緋沙は大介に礼を言った。

「どこか……私によくないところがあって、それが悪い男の人を引き寄せるのかも」

あなたのその美しさが男を狂わせるのです、という台詞を口にすれば、歯が浮いてボロボロと落ちてしまいそうなほどキザだろう。しかし大介には、そうとしか思えない。

駅や商店街からはかなり離れた古びた木造のアパートの前で、彼は、また来週会いましょうと別れを告げた。緋沙は、お礼にお茶でも飲んでいってと言ってくれたのだが、それに甘えるような図々《ずうずう》しい真似《まね》は出来なかった。

駅に向かう道を独りで歩きながら、彼は、さっき感じた肌のぬくもりを反芻《はんすう》していた。

＊

「ったく、掻《か》き集めたなあ」

どの壁も一面、ＤＶＤやビデオテープの原版で埋め尽くされた部屋で、竜二は呆《あき》れ果てていた。大石《おおいし》が答えた。

「社長。この商売ヒジョーに厳しいンすよ。ライバルは多いし警察は怖いし。その中で生き残るにはただ一つ。如何《いか》に多くの、状態のいい原版を確保出来るか、です」

竜二の下で宅配裏ビデオ業を営《いとな》む大石は、年齢的にもキャリア的にも、竜二の弟分のような存在だ。同じセックス業界で、竜二は女の宅配、大石は裏ＡＶの宅配で分業している。大石の凝り性でマニアックなビデオ・オタクぶりを見込んで竜二が『ＡＶ事業部門』を任せたのが図に当たり、開業一年で見事な繁盛《はんじよう》ぶりだ。

商品であるコピーはアイテムごとに山積みにされているが、大切な原版はきちんとラックに整理保管されている。

「古くは『洗濯屋ケンちゃん』から最新作まで、ウチにない物は、ないです」

オタク的コレクターの権化《ごんげ》と呼ぶべき大石は、状態のいい原版・オリジナルテープを捜しまくり、プロ用の機材も調達して、最高の画質で鮮明な裏ＤＶＤを消費者に供給するという悦びの虜《とりこ》になっていた。

「デジタルになって、コピーしても画質は劣化しないとは言え、データが欠けると画《え》も音も出ませんからね、ウチは出来る限り高級な機材を使って最高の品質を……」

「判ったよ。餃子《ぎょうざ》食ったクサい息をオレに吹きかけるな」

昔は瘦《や》せていたのに、部屋にこもっての作業が忙しくなった今や、でっぷりと太ってしまった大石は、妊婦のような腹を揺すって苦笑した。

「ウチが儲《もう》かってるのを妬《ねた》む奴らがいるのが玉にキズなんですけど。どうも最近、ヨソに客を横取りされるんですよ」

「状態のいい原版を揃《そろ》えてても、か？」

「トーシローの客は、とにかくえげつないのを見たがりますからね。それも安く。孫コピーを集めてる連中が安く商売しちゃうんです。今はデジタルだから孫でもひ孫でも画質は変わらないのが痛いンですが」

「客を横取りされるって、お前、顧客情報が流出してるんじゃないのか？　まずそれを疑えよ」

あっと虚を衝《つ》かれたような表情になった大石に竜二は言った。

「まあその件についてはコンピューターのエキスパートに調べさせる。で、殺人ビデオの件だが」

「ええ。『殺人ビデオ』ですね。けっこう出てますよ」

裏AVの生き字引があっさりと言ってのけたので、竜二はずっこけそうになった。

「やっぱりあるのか？　ウチのお姉ちゃんが客に見せられて逃げ出したぐらい凄いヤツだぜ。ホラーやスプラッター映画が好きな女で、多少のことじゃビビらないんだが」

竜二がそんなことを言っている間に、大石は十本の原版ビデオを選び出していた。

「そんなにあるのかよ！」

「あれ、社長。案外モノ知らずですね」

大石は優越感をチラと見せると、ディスクを編集用のデッキにセットした。

「これがね、今のところ極《きわ》めつけと言われてるんですが」

チャプターを送って現れた画面は、恐るべき物だった。

全裸で吊《つる》された東南アジア系の女が、チェーンソーでぶった切られている。ばうーんという轟音《ごうおん》をたてて回転する鋭利な歯が女のくびれたウエストにみるみる食い込み、肉片と鮮血が飛び散った。

「う、うげえ……」

顔面蒼白になった大石はハンカチで口を押さえた。

「なんだよ。売り物でそんなに興奮出来るなんて、便利なやつだな、お前」

大石の狼狽《ろうばい》ぶりが大袈裟《おおげさ》なので、竜二はついからかってしまった。

「いや、頭出しがバッチリ過ぎて目を逸《そ》らす暇が……社長は……平気なんですか」

「別に。なんだかステーキ食いたくなったな。血のしたたりそうな、レアのやつ」

「社長やっぱり、どっか壊れてますよ……もしかして、作り物だって見破ってません？」

「え？　ネタかよ、これ？　おれはマジだと思って見てたのに」

「ええそうですとも。これは、作り物です。それもかなり出来の悪い、Z級スプラッター」

大石は、吐き気を押さえるためかスプライトの缶を開け、ごくごくと飲んだ。

「お前はハナから作り物だと判って見てたんだろ？　なのにどうしたんだ」

竜二は大石の顔面蒼白ぶりが不思議だった。

「ほら、ボクは繊細《せんさい》だから。指先をカッターで切ってちょろっと血が出るだけでもイヤなんです。でもまあ、怖いモノ見たさというか饅頭《まんじゆう》怖いというか、そんな感じで」

「要するに、マゾみたいなもんか？」

竜二は自分が理解出来るパターンに無理矢理当てはめようとしている。

「スプラッター映画の先駆者にハーシェル・ゴードン・ルイスって人がいるんですが……元祖安物血みどろ映画の巨匠《きよしよう》。これはまあ、そのクラスの初歩的特撮ですね。豚の肉とか臓物とか使って。切断された下半身はマネキンかなんかです。体の後ろにホースを隠して、派手に血糊《ちのり》を撒《ま》き散らしてますね」

いいですか、と大石はＤＶＤの画面を戻し、カット替わりで止めながら解説を始めた。吐き気はおさまったらしい。

「絶叫する女のアップが入るでしょ。その後の切断される体、これが作り物です。こういうものは、アップが入ったら臭いと思わなきゃ。ラストのぐったりしてる女の上半身は本物ですけど、女の下半身はマスクして、切断面を合成してますね。ハリウッド映画と違って金がないから、合成がバレないように、わざと画面を暗くして汚してる」

やっぱりそうか、と竜二は知ったかぶりをした。

「で？　お前が持ってる他の九本も、全部作り物か」

「もちろん。ナイフをぶすぶす突き刺してるのは、浅く刺してるんで、怪我はしてるけど死んだフリです。本当に殺すのは、ウチにはないです。だって、殺しはエロじゃないですもの。限りなく本物っぽいけどウソ、という安心つうか、暗黙の了解があって、エロが成立するんであって」

竜二は、ほーお、とわざと感心して見せた。

「そうか。ウチにない物は、ないです、とか大口叩いたくせに『本物はない』んだな。お前の客はみんな健全なスケベなんだな。けど、中には一線を越えちまったヤツもいるだろ？　たいがいのモノは見飽きて、よりハードなのを見たがるヤツ。そういう連中は本物を見たいんじゃないのか？」

裏ビデオなら全てあると豪語した手前、品揃えの不備を指摘された大石は不機嫌になった。

「そりゃあ、まあねえ。死体ビデオが好きな人もいますし。けど、本当にぶっ殺すビデオってのは……いや、そりゃ噂《うわさ》は聞きますけどね。社長はどこで聞いたんです？　ヨーロッパ物ですか？」

逆に質問を浴びせてきた。

竜二は、エスコート嬢の麻由実が見たという『本物の殺人ビデオ』のことを話した。

「いや……女がゆっくり死んでいく物凄くひどいビデオ、としか言わないんだがな」

竜二は彼女にもっと詳しいことを訊《たず》ねたのだが、麻由実はそれ以上、話したがらなかった。

「それもたぶん、凄く良く出来たフェイクなんじゃないですかねえ。高円寺《こうえんじ》にある有名なマニア・ショップの常連になれば、店主が奥からとっておきを出してくるって噂がありますけど……」

「おう。その店、教えてくれよ」

不快なものとはいえ、気になることは放っておけないのが竜二の性分だ。特に、セックスがらみのことについては商売になるかもしれないという嗅覚《きゅうかく》も働いている。

「結論から先に言うと、その噂もガセでした。やっぱり巧妙なフェイクです。こういうの、映画のスタッフが小遣い稼《かせ》ぎで噛めば、いくらでも迫真のショットが撮れますって」

大石は面白くなさそうに答えた。

「しかしだぜ、殺人シーンの見過ぎで感覚が麻痺《まひ》してしまって、本物なのに偽物に見えてしまうって事、ないのか？」

「それはないと思いますよ。本物なら、画面から伝わってくるものがありますもん」

「本物を見たことがないくせに、そう言うか？」

竜二は、残りの九本から適当に選んだテープをデッキに入れて再生した。

「社長。裏ビデオ業界って零細《れいさい》なんですよ。零細なくせに裾野《すその》は広い。警察だってバカじゃないから、『本物のスナッフ・ビデオ』なんて噂が出たら調べますよね。科捜研で画像を分析すれば、偽物か本物かは正確に判るはずです。本物となれば、国内物なら、警察は徹底的に捜査して製作者を捕まえますよ。それこそ警察の威信にかけて、ね。外国物ならICPOを通して捜査依頼するだろうし、どっちにしろ、うちらみたいに細々やってる流通ルートは根こそぎにされて壊滅ですよ。裏ビデオを供給しているヤクザにも恨まれる。たった一本の『本物』を作ったばっかりに、サツには睨《にら》まれ、ヤバい筋の恨みを買い、下手すれば命まで狙われて……プロのやるこっちゃないですね。スナッフなんてもんは割に合わないんです。同好の連中が密《ひそ》かに作って回し見してるかもしれないけど、少なくとも、ルートには乗りませんね」

と言い切った大石だが、「ただね」と話を続けた。

「お客の中には、本物を見たがオマエのところにはないのか、としつこく言ってくるヒトもいるし、ある程度の需要《じゅよう》があるのは確かです。それに、一番ハードでえげつないビデオばかり漁《あさ》っていた客が、よその業者に持ってかれてたことがけっこうあって」

「それだよオマエ」

竜二の目が光った。エスコート嬢である麻由実からの、クレームの背景を知りたいという、それだけなら大石の説明を聞いてふーんと納得しただろうが、商売が絡むとなれば話は別だ。

「その『よその業者』ってのが『本物』を持っているわけだ。つまり、この世の中に、絶対、本物の殺人ビデオはあるんだよ。警察の目をかいくぐって、巧《うま》く商売してやがる連中がいるんだ。そうと知った以上はウチとしても」

竜二の考えを察して大石は飛び上がった。

「ダメですって！　捕まっちゃいますって！」

「おれを誰だと思ってるんだ。この手の商売にかけては日本有数、と組の最高幹部も認める沢竜二様だぜ。言わばエロの王様だ。そのおれを出し抜いて、裏でチョロチョロ汚ねえ商売してる奴らを潰《つぶ》す。そして、そいつらが持ってる本物ビデオを手に入れる。ついでに向こうの客もそっくり頂く。マニアからトーシローまで。黄金ラインナップの完成じゃねえか。大儲けのチャンスだ」

反論してもムダだと思ったのか、大石は何も言わなかった。

二十分後。竜二は目下《もっか》、事務所にしている市《いち》ケ谷《や》のマンションに戻っていた。都心のどの一流ホテルにも至便なここは、エスコート嬢の送り込みには格好のロケーションなのだ。

「おはようございます」

電話番兼経理の坂本明子《あきこ》が声を掛けてきた。

明子は2LDKのキッチンに立ち、フライパンで何かを炒《い》っている。焙《ほう》じ茶のような、香ばしい匂いが狭いマンション中にあふれていた。

「いい匂いだな。何つくってんだ？」

「買い置きのお茶が古くなったので……こうして炒っておけば、まだ美味《お》しく飲めますから」

「あんたは相変わらずつましいなあ。いいよ。お茶っ葉ぐらい。玉露《ぎょくろ》でも中国茶でも、最高級のものをどーんと買えよ。ほら」

竜二はクロコダイルの札入れから万札を数枚抜き取って、キッチンのテーブルに置いた。そこには明子が経理に使っているパソコンが据えられ、室内のほかの部分と同様、きちんと片付けられている。

明子は炒り終わった茶の葉をフライパンから茶筒に移し、次いで一万円札を取り上げて、収納ケースから取り出した封筒に収めた。

「これはオフィスの経費ってことですか？　今日じゅうに口座に入金しておきますけど、こんなには必要ないです。先日、経費の明細は出しましたよね」

「まったくお堅いんだから。気は心って言うじゃないか。あんたは良くやってくれてる。あんたが来てからここの事務所の光熱費も雑費も、劇的に下がった。これはまあ、ボーナスだな。経費は明細出さなくても定額にするから、余った分はあんたが取っとけばいい」

「そんな……いただく謂《いわ》れのないお金は」

まったく遠慮深い女だよなあ、と竜二は改めて明子を眺めた。

まだ若い。履歴書《りれきしょ》では二十八歳という話だったが、浮《うわ》ついたところがまったくなく、苦労が身に染まっている感じがする。細身で、スレンダーというよりは、ほとんど栄養失調かと思うほどに痩せていて、顔色も悪い。だが、ジーンズに包まれた腿《もも》と、きゅっとあがったヒップの形のよさは隠しようがない。洗いざらしの白いトレーナーから覗く腕の白さが鮮烈だ。大きめの手の、長い指も形がよかった。

マニキュア一つ施《ほどこ》していない荒れ気味の手指だが、その手が素早くパソコンのキーボードを叩いて会計ソフトを使いこなし、事務所と女の控え室と竜二の住居兼用の、このマンションをチリ一つなく掃除し、必要だと見れば申し訳程度のキッチンで簡単な食事ぐらいはすぐに調えることを彼は知っている。そして、この事務所に来るとなぜか自分の心が安らぐことにも気がついていた。

サラ金の取り立てからエスコート嬢派遣業まで、裏街道ビジネスを手広くやっている『沢グループ』の、すべての経理を担当しているのが、明子だ。

「いいから取っとけって。口紅の一つも買えよ」

「あの……私、化粧しなくちゃまずいでしょうか、やっぱり」

明子が不安そうに訊《き》く。

いや、そんな意味じゃなく、と竜二は慌ててフォローした。今日も、明子の顔にはまったく化粧っ気がない。肌はきれいだが、疲労で蒼《あお》ざめた顔色も、目の下の隈《くま》も、すべてが蛍光灯の冷たい光に晒《さら》されている。

「あんたは今のままでいいよ。性分で訳判らない金は受けとれないってことなら、きちんとギャラをアップすることも考えよう。で、変わったことは？」

「はい。美沙子《みさこ》さんは今日、大学の試験が迫っているのでお休みです。就職活動でまとまった休みが欲しいとも言ってました。瑠美《るみ》さんがギャラの前借りを五十万したいそうです。バリ旅行に必要だということで。それと、紀香《のりか》さんが新人を紹介したいので、今日の五時に連れてくると」

「そうか。美沙子にはいいとこに就職しろと伝えてくれ。高偏差値女子大生のあとは一流企業のOLってブランドで商売できるようにな。瑠美には肌を灼《や》きすぎるな、現地でセックスするときはゴムつけろって言っとけ。あと、面接の新人はここじゃなく『ルノアール』に連れてこい……と、あとは？」

「いつものように都倉《とくら》さんが麻由実さんを指名されましたけど、NGにしてほしいとのことでしたので、お断りしました」

「ああ。そうしてやってくれ」

都倉とは、先日、麻由実に多摩のホテルで変態ビデオを見せた歯医者だ。上客だけに惜しいが客一人のために、質の高い女に辞められるわけにもいかない。

「ウチは女の質は揃ってるが、バラエティというか、どうもそっち方面が弱いよな。サービスの質を保証し顧客のあらゆるニーズに応《こた》え、ってのも言うほど簡単じゃないもんだ」

変態の客もNGではない、真性のM女、みたいなタイプも探しとくべきかもな、と竜二は思った。

いつの間にか目の前には香り高い焙じ茶と、餡《あん》をゼリーのような透明な衣に包んで緑の葉の上に載せた和菓子が置かれていた。これも明子の心配りだ。竜二は甘党ではないが、疲れている時はうれしい。

明子は事務所の経費の中から細ごまとこうしたものを買って、仕事でここを出入りする女たちにも出しているらしい。そういえば明子が働くようになってから、めっきり女からのクレームが減り、事務所の雰囲気も和《なご》やかになった。竜二自身もここに立ち寄るたび、思いがけずほっとしている自分に気づいて内心苦笑した。女性からおやつを出してもらった記憶など、絶えて無い。

おれがほんの小さなガキだったあの時分は、まだ『あの女』もマトモで、世間並みのことをしてくれてたんだがな……。

過去を思い出しそうになり、竜二は慌てて嫌な記憶を封じ込めた。過ぎたことでメソメソするのは大介にまかせておけばいい。

いつもならすぐに仕事に戻る明子が、テーブルのかたわらに立って、何かを言い出しかねている様子だ。

「どうした？　何か話でもあるのか？」

「あの……さっきお給料を考えてもいい、って社長はおっしゃいましたよね？」

明子の化粧っ気のない顔には、何かを思い詰めたような表情が浮かんでいる。あまり注意して見たこともなかったが、その淋《さび》しそうな顔だちがとても整っていることに、竜二は今さらのように気がついた。

「今のお仕事で、これ以上いただくのは心苦しいんですけど、私……お金は必要なんです。まだ考えを決めたわけではないんですけど、近日中に少し……相談に乗っていただけませんか？」

ああいいとも、と竜二は軽く請け合《う》い、同時にちょっとうれしくなった。なぜだか、この真面目《まじめ》な女に頼りにされたことが誇らしい気がしたのだ。

＊

「あの……その地鶏もも肉のパック、セールで百九十八円じゃないんですか？」

レジに表示された金額の多さに、明子は思わず声を掛けた。

「たしかに広告のお品ですけど、百九十八円は、百グラム当たりのお値段なんですね。このパックは三百六十四グラムですから七百二十一円になりますけど」

スーパーのレジの女が言った。

「すみません、じゃ、それいりません」

混み合った列の後ろから露骨に舌打ちする音が聞こえて、明子は身を竦《すく》ませた。鶏肉の一パックぐらい買えよ、という声が聞こえる気がする。だが、今の彼女には七百二十一円は大金だった。

午前中はスーパーでレジを打ち、午後から夜は竜二のオフィスで経理の仕事と、掛け持ちで働いているが、母親の入院費を払い2DKのアパートの家賃を払い必要な公共料金を払ってしまうと、残りはいくらもない。アパートの大家に内緒で飼っている猫の餌《えさ》代だって必要だ。食費は最低限に抑えなければならなかった。安いからたまには銘柄の地鶏で水炊きでも、と思ったのが間違いだった。

肩を落として商店街を歩く彼女に声を掛ける人はいない。

坂本明子と書かれたキャッシュカードをATMに挿して残高を調べてみても、どうしても足りない。

淳ちゃんが働いて家にお金を入れてくれれば……いえ、せめて夜、きちんと寝てくれるだけでもいいのに、と明子は唇を噛んだ。

だが、考えてみても仕方がない。光熱費を切り詰めたいのだが、弟は完全に昼夜が逆転している生活だ。昼間寝て、明け方までパソコンをやっている弟に、それをやめろとは言えない。

何故《なぜ》なら弟の淳二は、昼間の光や物音が怖いのだ。いや、その光や物音の背後にある世間が怖いのだということは、明子にも判っている。彼女自身、怖いのだから。

弟が起こした『あの事件』以来、家族三人は肩を寄せ合い、息を詰めるようにして生きてきた。どこで調べたのか、アパートの外にカメラを持った男たちが張っていて「今の気持ちは？」という、答えようのない質問を浴びせてくる。記者の中には、ご丁寧にも大家さんに「あそこには『あの事件の犯人』が住んでるんですよ」と告げ口した人までいた。幸い追い出されはしなかったが明子たちの生活は、まさにいつ崩れ去ってしまうか判らない、砂上の楼閣《ろうかく》そのものだった。

だからといって、弟を責めてはいけないことは判っている。ただでさえ自分を責め抜いている弟は、そんなことをしたら完全に壊れてしまう。だから明子は、弟の淳二の前では愚痴《ぐち》一つこぼさない。完全に引きこもり状態の弟を、これ以上悪化させたくないからだ。

弟は、姉ともろくに口を利かず、飼い猫だけを可愛がっている。アパートの外に出ることは一切なく、インターネットだけが外界との接点だ。『事件』の裁判の過程で知り合った、精神科医の一橋葉子からだけは定期的にメールが来ているようだが、弟が返事を出している様子はない。

母親は力尽きる形で入院し、二十五になった弟は三畳間に引きこもっている。

消耗《しょうもう》するだけの日々に心底疲れ果ててしまった明子は、いっそ弟と心中しようかと思い詰めたこともあった。実際、包丁を握りしめたのだが、それ以上は出来なかった。

淳ちゃんは、悪い子じゃない。本当は優しい子だ。でもいつも黙っているから、学校の先生や周囲の大人にも誤解されたままだ。

自分や母親もよくなかったのだ、と明子は絶望的な気分になる。

明子の家族は、無責任な父親に捨てられた母子家庭だった。頼る親戚も身近にいなかった母親は、ひたすら頭を下げ波風を立てないようにして生きてきた。幼かった淳二がいじめられても、万引きの濡れ衣《ぎぬ》を着せられても、母は息子を庇《かば》うことなく謝り、言われるままに金を払った。

だから、淳ちゃんは諦《あきら》めちゃったんだ……と明子は思う。ただ一人の親も自分を信じてくれない。誰も判ってくれないのだと見切って、いつしか社会との関わりを放棄してしまった。学校にも次第に行かなくなり、ゲームに没頭した。そんなときに出会ったのが、『あのグループ』だった。全員が、近所でも学校でも、白い眼で見られている少年たちだ。同い年の子供たちが高校に進学し、社会に出る準備を進めていくなかで、いわば『大人になるための梯子《はしご》』を踏み外してしまった彼らは、お互いに吹き寄せられるように集まり、そして、事件を起こした。

加賀雅之……あいつさえ居なかったら。いや、やっぱり、自分も悪いのだ。自分は長女のしっかり者で、勉強も出来たし大人たちの受けもよかったから、いじいじした弟がじれったくて堪《たま》らなかった。男の子ならもっとしっかりしなさいと、叱咤《しった》するようなことしか言わなかった。どうして、あんな取り返しのつかないことになる前に、弟の悲しさや淋しさを、世間に対して抱いていた恐怖を判ってやれなかったのだろうか。今なら明子にも、その『恐怖』が判る。

高校を中退し仕事も続かない弟が吸い寄せられた、似たもの同士のグループは、何の罪もない少女を拉致《らち》し、監禁し、酷い暴行と凌辱《りょうじょく》の果てに殺してしまった。暴行にも凌辱にも積極的に関わることはなかったが、少女の監禁場所になった溜《た》まり場にしか居場所を見つけることが出来ず、傍《そば》でゲームをしていただけとはいえ、弟にもやはり責任はある。彼が部屋の中で起きていることを一言、大人に話していれば、少女は死なずに済んだのだから。

それを考えると、辛いけれど耐えていくしかないのだ、と思う。

明子は鍵《かぎ》を取り出し、アパートのドアを開けた。猫の名を呼ぶと、ちょっと心がなごむ。

「ギコ……ギコ……ごはんを買ってきたよ。あんたの好きなカニカマ入りの猫缶……」

スーパーの袋を持ち直し、足にまとわりついてくる柔らかな毛皮の感触を予想する。だが、今日に限って猫は出てこなかった。その代わりに苦しげな、にゃあという鳴き声が……。

狭い台所の床にうずくまっている大きな人影を見て明子はぎょっとした。

「淳ちゃん……どうしたの」

いつもなら台所にさえ出てこない淳二が、猫をぎっしりと抱いて床に座り込んでいた。

淳二は毎晩、明け方までノートパソコンの前に座って、インターネットをやっている。本当なら、もうとっくに眠っているはずの時間帯だ。

こちらを見た弟の、打ちのめされたような表情を見て、明子に戦慄《せんりつ》が走った。

「どうしたの？　また変なメールが来たの？」

弟の許《もと》には「この人殺し、さっさと死ね！」というメールがたまに来る。どこをどうやってアドレスを調べたのかは判らないが、そういう糾弾メールが差出人不明で舞い込む。

弟は、幽鬼のようにやつれた顔になっていた。落ちくぼんだ目は虚《うつ》ろで、顔色は蒼白を通り越して、どす黒い。

「殺しに来る……あの子が、殺しに来る……冥土《めいど》から蘇《よみがえ》って、殺しに来るんだ……」

三畳間にある淳二のパソコン・モニターには、びっしりと真っ赤な文字が並んでいる。

「あの子が、復讐をはじめたって書いてある」

「ちょっと……しっかりしなさいよ。あの子は亡くなったんじゃないの」

だが、明子のなだめる声にも弟は耳を貸さない。

「死んだけど……蘇ったんだ。そしてマナブとミツオが殺されたんだ」

「マナブとミツオって……あの木原君と塩瀬君のこと？」

魂が抜けたようになっている淳二は、ああそうだと頷いた。

「あいつら、まだ刑務所に入っていたのに、独房の中で死んだんだって……あの子は、蘇ったあの子は、自分を殺した奴らを、自分と同じくらい苦しめてから殺すんだって……」

淳二はどす黒い顔を歪めた。

「それ、ネットに書いてあったんでしょ。そんなのデタラメよ。無責任な噂話でしょ。嘘に決まってるじゃない。そんなの信じちゃ駄目！」

「嘘じゃない。ちゃんと木原と塩瀬の名前が書いてあって、奴らがどうやって死んだかも書いてあるんだ。毎晩、あの子の声が聞こえてきて、マナブは狂い死んだって。ミツオは怨霊《おんりょう》に頭を押さえられて、トイレで溺《おぼ》れ死んだって。これを書いた奴はオレや姉ちゃんのことも、全部知ってるんだよ！」

明子は、どう返事をしていいのか判らなくて、立ち尽くすしかなかった。

「……この前、猫の酷い画像があったろ」

「え？」

「猫だよ。野良猫の尻尾《しっぽ》や耳を切ってじわじわ殺していく画像がネットにあったろ。あれを見て判ったんだ」

急に話が飛ぶので明子はついていくのがやっとだ。

すでにハタチを越え、体格だけは立派な大人の淳二は、子供のように泣きじゃくった。

「あんな……何も悪い事してない猫にあんな酷いことをする奴がいるなんて。でも、おれだって、おれたちだって、あの子にもっと酷いことをしてしまったんだ。もっとだ！　猫にも、あの子にも何の罪もなかったのに……おれには、猫殺しの犯人を悪く言う資格はない。おれには……おれなんか、生きてる資格なんかないんだ。死んだほうがいいんだ！」

ギコは淳二にぎゅっと抱かれた苦しさに、ぎゃおんと鳴いて彼の腕から飛び出した。

「駄目！　そんなこと言わないでよっ！　あんたが死んだりしたらお姉ちゃん、こんなに頑張ってきたのに、どうしたらいいの？　そんなこと考えないでっ！」

膝を突いて弟の肩を激しく揺さぶる姉に、淳二は力なく答えた。

「ネットじゃ大騒ぎだったろ。みんな怒って。猫殺し苦しんで死ねって。おれもそう思う。だけど……あの女の子を苦しめて殺したおれたちだって、同じように……いや、それ以上にみんなから憎まれて呪《のろ》われているんだろうなって」

淳二が家で事件のことを話すのは、もしかすると初めてかもしれない。

「やってた時はあまり深く考えなかったんだ。殴ったり蹴《け》ったりしてるのを止めなかった……あの子が悲鳴をあげるのを聞いて、みんな大笑いしてた場所にいたんだ。でも……ものの凄く酷いことをしたと、今、初めて判ったんだ……おれは、誰かに殺されても仕方がない悪いヤツだと思う……でも、殺されるのは……怖い。怖いよ」

全身を震わせて泣きじゃくり出した。こうなるとそっとしておくしか方法がない、と明子は諦めた。それに、生活していくために仕事に行かなくてはならない。

猫だけが膝に顔を埋《うず》めしゃくりあげる飼い主を心配そうに見上げていた。言葉もなく立ち尽くす明子の脚に、にゃあにゃあと鳴きながら身体をこすりつけていた。

次の夜、仕事を終えた明子が帰宅すると、三畳間の襖《ふすま》は中から釘《くぎ》で打ち付けられていた。外に回ってみると、窓にもベニヤ板が張られて、中を窺うことも出来ない。精一杯のバリケードに、弟の常軌を逸した恐怖が感じられた。さらに完全に閉じこもってしまった弟は、たぶん、このままでは一生、社会復帰は無理だろう。襖の隙間《すきま》から漏れてくる光を見つめながら、明子は暗い気持ちになった。

＊

「え？　あんたがエスコート嬢に？」

相談がある、と言われて早めに来た竜二の前に、明子が座っていた。

「もっと稼ぎたいって、そりゃエスコートやりゃ、帳簿つけやレジ打ちよりぐっと効率よく稼げるけどな」

竜二はプロの表情になり、明子をつま先から頭のてっぺんまで、文字どおり、品定めする目で見た。

「悪いね。値段つけさせて貰って。一応、ウチは一流ってことになってるのは知ってると思うけど」

「はい。だから、こんな私が雇ってくださいとお願いするのは、身の程知らずだと判ってるんですけど……」

「いや、そうは言ってないけど……しかし今さらどうして……」

明子は、女として決して魅力がなくはない。顔だちも整っているし、たおやかな雰囲気がある。彼が裏帳簿という名の経理を任せているほどだから、責任感があり仕事も出来る。上背があってスレンダーな体型は清潔感も醸《かも》し出している。ただ、全体に素直そうな雰囲気なのは、高級娼婦《しょうふ》としてはマイナスだ。いかにも金がかかって酷薄そうな、危険なムードに男は痺《しび》れるのだ。

それに、疲れているのか顔色が悪い。

「あんたは、こういう商売に興味がないのかと思ってたよ。なんでそんなに金が要《い》るのか知らないけど。おい。恭子《きょうこ》さん、どう思う？」

二人が座っているキッチンテーブルから少し離れた、窓際のソファでお茶を飲んでいる熟女に竜二は声をかけた。派手にウェーブのかかったヘアスタイル、躰にぴったりと貼りついて妖艶《ようえん》な曲線をあらわに見せる、イタリア製らしいパンツスーツ、きつ目のアイラインが見事に決まった、日本人離れしたメイクアップの女だ。

「この恭子先生はウチの顧問だ。パリのマダム・クロードの館《やかた》で修業《しゅぎょう》を積んだってことはモデルで言えばパリコレ、サッカーで言えばセリエA、野球で言えばメジャー・リーグの……」

「要するに娼婦よ。ごちゃごちゃ妙な形容しないで」

立ち上がった恭子は三十代に見えるが、もっと上かもしれない年齢不詳の、ミステリアスな凄みのある美女だ。パリ仕込みのエレガンスが一挙手一投足に漂い、それは一朝一夕に身につくものではない。彼女は、竜二が新人を入れる時に呼ばれて、採用の正否に重要なアドバイスをする役目を担《にな》っている。採用が決まった女の立ち居振る舞いから客あしらいまで、みっちり指導して磨き上げるのも、恭子の大事な役目だ。

娼婦コーチは腕を組み、片手を顎《あご》に当てて明子をためつすがめつしていたが、やがて、頷いた。

「いけるわよ。彼女。いきなりナンバーワンってわけにはいかないけど、売り上げも指名も、すぐに五本の指に入る。顔だちが淋しいけれど、きっとメイクで見違えるわ」

「ほんとですか？」

「マジかよ？」

竜二と明子が同時に言った。明子のほっとした口調とは対照的に、竜二にはあまり気乗りがしない、という雰囲気が感じられる。

「ちょっと……全部、脱《ぬ》いでみてくれる？」

「服を……脱ぐんですか？　今、ここで？」

あまりにもさらっと言う恭子に、明子は目を見張った。

「そうよ。そのぐらい出来なくて娼婦が勤まると思って？」

明子はブラウスのボタンに手を掛けたが、躊躇《ちゅうちょ》してしまってそこから先に踏み出せない。

「私たちの前で晒し者のようになるのが嫌なのね。でも、肉体の競《せ》りに掛けられることだってあるのが娼婦ってものよ。遊び半分の援助交際じゃなくて、高級娼婦として高いお金を戴《いただ》くのなら、自分の肉体は商品だときっぱり割り切りなさい」

恭子はわざときつい口調で言う。軽い気持ちでこの商売をする女を追い返すためだ。甘い考えの女にエグゼクティヴの相手は出来ない。並の男より屈折していて変態で、性欲も強い客をあしらい、満足させるには、美貌《びぼう》とともに根性が必要なのだ。

だが、水商売の経験すらないらしい明子は、ますます蒼ざめて、言葉が出ない。

「オレが気になるのなら、席を外すよ。あとは恭子先生に任せる」

竜二はさすがに明子が気の毒になって口を挟んだ。

「おかしいわね竜二。あなた、いつもはビジネスライクに女を扱うくせに。ラビアの色とか形とか、ヴァギナの締まりまで微《び》にいり細にいりチェックするくせに……はあん」

恭子は面白そうに竜二をじろじろ見た。

「あなた、この人に惚《ほ》れてるのね？　ね、そうなんでしょう？」

「んなわきゃないだろうが！」

必要以上に大きな声が出てしまった。

「ずっと帳簿の方で世話になってきたカタギの人だぜ。それを急に……なあ」

彼は明子に助けを求めるような目を向けた。

だが、その当人は、唇をきっと結び、覚悟を決めたように顔をあげると、地味なスカートとブラウスをするすると脱ぎはじめた。

女という生き物は、一度決断すれば大胆な行動に打って出る。それが何より証拠には、明子は更衣室で水着に着替えるように、思い切りよく服を脱いでいくのだ。

竜二は、なんだかその光景を見るのが気の毒になっていた。戦の戦利品に、掠《さら》ってきた敵将の姫をひん剝《む》いて慰《なぐさ》み者にする荒くれ武士、のような状況を連想してしまったからだ。

「ちょっと待った。そこまでにしてくれ」

竜二はストップを掛けた。それ以上、見るに堪えなかったのだ。

「ちょっと、竜二、どういうつもり？　あなたに採用する気がないのなら、この人を裸になんかしなかったのよ。最初からそのつもりがないんなら、そう言って頂戴」

恭子はムッとしている。

「明子さん、あなた……男は何人知ってるの？」

いきなりズバリなことを聞かれて、明子は反射的に、ひとり、と答えた。

「結婚を約束していたひとなんですが、ある事情で破談になって……でも、そういう事情は関係ないですよね？」

スリップ姿になっている明子は脱衣を再開したが、竜二がその手を摑《つか》んで、止めた。

「……なあ。一度言い出したからって意地を張ったり我慢しなくてもいいんだぜ。人間、向き不向きってモノがあるからな。おれにはどうもあんたは……」

「いいえ。やります。やるんです。やらなきゃ、いけないんです」

明子はそう言いきったが、竜二は床に落ちたスカートやブラウスを拾って無理に押しつけた。

「止めよう。脱いだものを着てくれ。で、話をしよう」

フリーの高級娼婦をしている恭子が近くの一流シティホテルに『商売』に出かけ、誰もいなくなったオフィスの中で、竜二は明子と向かい合った。明子は服を着直して、元の地味なブラウスとスカート姿に戻っている。

「金が要るんだろ？　あんたが男に入れあげるとは思えないし、何に使うか聞こうとは思わないよ。だがな、おれは、あんたは娼婦には向かないと思う。この商売は、ただ男とやるだけじゃない、一種のセラピーみたいなところがあるからな。あんたが今以上に他人の悩みを抱えちゃうんじゃないかと心配なんだ」

　そうは言ったが、竜二の本心はちょっと違う。なぜだか明子を金と引き替えとはいえ、他の男に抱かせたくなくなったのだ。今までは明子のことを『女』として見てはいなかった。決して魅力がないわけではなかったのに、思えば不思議なことだった。

「給料を上げてほしいのなら相談に乗るぜ。今の仕事のままで、な。これからずっと事務所の仕事をしてもらいたいと思ってる。セックスのうまい女は山ほどいるけど、仕事が出来る女はそうはいない」

「経理の仕事なら、前にも言ったように、今のお金以上は戴けないと思うんです。でも、私、もっともっとお金が欲しいんです。月に百万でも二百万でも稼ぎたいんです。若いうちに、女の値打ちがあるうちに……。理由はこれからお話しします」

　明子は自分が抱える事情を正直に話した。この先のことを考えると、稼げる今のうちに何としてでも頑張って一生分の貯金をしてしまうしかない、と竜二の目を見て必死に話した。

　聞いている彼の顔に次第に怒りの表情が湧くのを見て、明子の声は小さくなった。

「すみません……私、身の程知らずもいいところでした。経理をしていて、ここのエスコート嬢のお給料がいいのを見て、つい」

「そうじゃない。オレが怒ってるのは、あんたにじゃない。あんたは限界まで頑張ってる。そんなあんたにまるっきりおんぶに抱っこの、あんたの母親と弟にムカついてるんだ」

「でも、母は病気で入院してるんだし、弟も……」

冗談じゃねえよ、と竜二は言った。

「女を犯してぶっ殺して少年院行っただけでも充分クソでダメ男なのに、その上なんだ？　今さらてめえのやったことに怯えただとか脅迫状が来るとか、そんなヤワな理由で引きこもりだと？　どこまで他人に迷惑を掛けりゃ気が済むんだ？　あんたのダメ弟はよ」

「あの子はもともとは優しい、いい子だったんです。ダメになったのは、あの子のせいじゃなくて……」

明子は必死になって弟を庇おうとしたが、それが竜二の怒りに油をそそいだ。

「甘やかしてるんだよそれは。世間が悪くてガキがグレるって言うんなら、世の中悪党だらけだぜ。おれもずいぶん悪さをしたけど、グレてたのもマトモになったのも、それは全部おれの意思だ。誰のせいでもない。少なくともおれは、自分がワルだったのを他人のせいにはしない」

そう言った竜二は、ふと大介のことを思い浮かべ、まあ、おれにも『お荷物』はあるわけだがな、と内心苦笑した。

だが明子は、竜二から見ればまるでダメ人間でしかない弟を庇おうとした。

「でも、でも……私たちだけでもあの子を守ってやらないと、ほかに誰が」

竜二は無性にイライラした。明子が男なら、思いっ切り背中をどやしつけたいところだ。だがそうもいかないので明子が今日も出してくれたおやつの和菓子に、爪楊枝《つまようじ》を山ほど刺した。

「あのなあ。ダメ人間同士傷口を仲良く舐《な》めあうのは猿のセンズリとオンナジだろうが。姉のアンタは悲劇のヒロインかよ？　自己犠牲に酔うのはやめろよ。で、アンタのバカ弟も『オレはこんなに苦しんでる』って自己満足に浸《ひた》ってるんだろ？　だがそういうのは、クソだ。なんの役にも立たない。お前らみんな、首括《くく》って死んじまいな」

明子は蒼い顔をして、うなだれるばかりだ。

「ええいもう、イライラするっ！　今からあんたンちに行く。おれが行って、そのダメ弟の根性をたたき直してやる。姉さんに頼ってぶら下がってるだけの、サナダムシみたいな生活をいつまで続ける気だってな。弟がきちんと働けば、あんたも無理して娼婦なんて仕事しなくていいんだ。どうしてお宅のクソはそういうことが判らないんだ？　脳味噌《のうみそ》が腐りきってるのか？」

「弟には……そういうことを言ってもダメなんです。余計に凹《へこ》んでしまうばかりで」

「あんたらの親父がこれまたダメ男で、あんたらを棄《す》てて逃げたって言ったよな？　びしっと言ってやれる一人前の男がいなかったから、弟がダメ男二世になったんだろ？　ならオレがびしっと」

「ダメです。そんなことしたらますます弟は……」

しかし、明子が庇えば庇うほど竜二は腹を立て、とにかくアンタの弟に意見しなきゃ気が済まない、今これから会わせろと吠《ほ》えるのに、明子もとうとう根負けしてしまった。


明子がボロアパートのドアを開け、竜二がそれに続くと、襖の向こうから異様な呻《うめ》き声が聞こえてきた。人間が声を押し殺して泣いている、低くて重い嗚咽だ。

「淳ちゃん。淳二。どうしたの。どうなってるの?」

だが明子が開けようとしても、釘で打たれた襖はびくともしない。

「閉じこもってるのか！　トイレとか風呂《ふろ》とかどうしてるんだよ?　姉さんに迷惑ばっかりかけやがって、この出来損ないがっ！」

竜二が体当たりすると、襖はあっけなく外れて部屋の中に倒れた。

中はさぞゴミだらけで汚れているだろうと思ったら、案外きれいに片づいていた。だが窓も襖も閉め切りで、数日間風呂にも入っていない男の垢《あか》臭い体臭が充満していた。

弟は、窓際のパソコンデスクの前にうずくまって震えていた。いや、パニック寸前の様子で全身をぶるぶると痙攣《けいれん》させ、激しい恐怖に怯えていた。

窓にも板を打ちつけて閉め切った暗い部屋に、ノートパソコンの液晶画面がぼうっと光っている。黒地に真っ赤な、血のような文字を竜二は声に出して読んだ。

「……お前が罪を逃れたと思っていても、ネメシスは忘れない。塩瀬光男と木原学には、すでに天罰がくだった。ネメシスは必ずやってくる。そしてお前も、下川雄一《しもかわゆういち》も、いずれ苦しみと屈辱の死を迎えることになるだろう。お前たちがなぶり殺しにした、あの藤崎由《ふじさきゆ》布子《うこ》と同じように……ってなんなんだよ、これは？　電波メールか？　いたずらか？　藤崎由布子って、誰だ？」

　その名前を聞いた途端、弾《はじ》かれたように淳二がまた泣き出した。まるでヒステリーの発作のように床に倒れ、拳《こぶし》で畳を打ちながら暴れ、泣きわめいた。

　ウザいのでそれは無視して竜二がパソコンを操作し、画面を下にスクロールすると、よく判らないモノが現れた。

「なんだ？　これは一体……」

　それが何だか判るまでに少し時間がかかった。が、次第に、何を撮ったものかが明らかになるにつれ、さすがの竜二も脚が震えた。

　それは人体、それも激しい暴行を受けて殺されたらしい人間の身体だった。

　警察の鑑識が撮った写真が流出したような画像だった。仕事柄、そういう写真を見たことがある竜二は、死体の状態をはっきり記録するための写真特有の撮られ方を知っている。

「おい……まさか、この画像が、殺された……」

振り返ると、明子は両手で顔を覆《おお》い、いやいやをするように頭を左右に振っている。

足元では弟が、「ごめんなさい……許してください……酷いことをしました……でもお願いだから殺さないでください……」などと泣き呻いている。

マジかよ。こいつは昔、ほんとに、こんな酷いことを……。

画像がどうやら本当に『あの被害者』のものらしいことは、竜二にも判った。

こんな途方もない犯罪を犯していたのか。輪姦・殺人・死体損壊とは聞いたが、ここまで凄惨《せいさん》な事件だったとは竜二の想像をはるかに超えていた。

この有様を見てしまった以上、「お気楽なもんだな、この馬鹿野郎」と弟に気合いを入れるつもりも失《う》せてしまった。

「で、このメール……どういうことだか、あんたに判るか？」

明子は蒼白な顔のまま、答えた。

「木原君と塩瀬君……弟の友達の名前です。それにその写真が……私が警察に見せられたものと、まったく同じで……」

「だから、誰がこんなものを送ってきた？　ネメシスって、なんだ？」

竜二は、ノートパソコンの蓋を閉めて、ぶちぶちと接続を抜きはじめた。

「ちょっとこのメールは調べる必要があるな。差出人が文字化けして判らないしな」

「なっ何をするんだよう！　オレのパソコンを返せ！」

　泣き喚《わめ》いていた淳二が、がばと起き上がり、必死の形相《ぎょうそう》で摑みかかってきた。その鳩尾《みぞおち》めがけて、竜二はすっと右手を突き出した。次の瞬間、弟は床に転がっていた。

「今のお前にこいつは毒だ。不安を打ち消そうとしてネットにアクセスすればするほど、状況は悪くなるぜ。ヤクと同じだ。お前はジャンキーの顔をしてるよ。とりあえずパソコンから離れて風呂に入って、栄養のあるもん食べろ。部屋の掃除や洗い物でもして汗をかけ。回線切って首吊れとまでは言わないがな」

　竜二は、大介に調べさせるために、淳二からノートパソコンを押収した。

「こいつはちょっと借りるぜ。言っとくが、禁断症状で暴れたり姉さんに暴力振るったりするなよ。そんなことをしたらおれがこの襖も、アパートのドアも全部ぶち壊して、お前のねぐらをまる見えにしてやるからな」

　竜二は、呆然《ぼうぜん》としている明子に札を数枚渡した。

「ほら、これはパソコンの借り賃だ。二人で焼き肉とか甘いもんとか、元気の出るようなもんを食えよ。考えすぎなんだよ、あんたらは」

＊

数時間後。秋葉原《あきはばら》の雑居ビルにある自室の、パソコンの前で意識を取り戻した浅倉大介は、目の前にメモが置かれているのを見て憂鬱《ゆううつ》になった。

書きなぐりの汚い字。

自分の分身というべき竜二からの『指令』だ。仕事の依頼というよりも、命令に近い。以前と違うのは、その横に二枚の一万円札が置かれているところか。

『つい最近、どこかの少年刑務所で受刑者が二人、続けてくたばってる。自殺だ。そいつらの名前を知りたい。それと「下川雄一」って男が現在どうしているかも知りたい。こいつも十年前に都内のA区で事件を起こし、パクられて少年院に入ったはずだ。以上最優先だ。頼んであった出会い系の顧客リスト作成は後回しでいい。組からおれが請け負った裏ROMの解析のほうはあまり期限が延ばせないが、そっちは交渉する。時間が足りなくても寝ないでやれ。——竜二』

大介は溜め息をつき、それまでやっていたハードディスク解析の作業ファイルを終了した。竜二が非合法に手に入れてきたハードディスクだが、個人情報が消去されていない。そこから竜二の商売のカモになりそうな人間のメールアドレスを取り出してリストにし、そのアドレスにダイレクトメールを一括《いっかつ》で送付するマクロを作らされていたのだ。

日本でも一流と言われる国立大学の工学部を卒業し、大手電子機器メーカーに就職した大介だが、竜二のせいで辞職に追い込まれた。当時は竜二も、大介と一つの身体を分けあう運命共同体だと自覚しておらず、感情の赴《おもむ》くままに、無限に湧《わ》き起こる憎しみを大介にぶつけていたのだ。

以後、大介は竜二が見つけてくる裏社会の仕事で食いつないでいるが、経済的にはいつも苦しい。一方、竜二は最近羽振りがいいが、同じ身体に棲《す》む片割れに楽をさせようという思いやりは微塵《みじん》もない。いわゆる『上位人格』である竜二に、大介はすべての情報を握られているのだ。

ただでさえ少ない睡眠時間がさらに削《けず》られることを思い、大介はげっそりしたが、それでも前と違って、きちんと報酬を払ってくれるだけマシか……と自分を慰めた。

以前はタダ同然の金額でコキ使われていたのだが、最近はメモと一緒に金が置かれるようになった。その点は大介と竜二、共通の主治医である一橋葉子に感謝しなければならない。

「沢さん、あなたねえ、浅倉さんと『統合』する気がないのは判ったわよ。でもそれなら、つまりあくまでも『別人格』を主張するのなら、浅倉さんに依頼した仕事には、きちんと報酬を支払いなさいね。『他人』だってことでしょ？　他人なら甘えるのはよくないわよ」

と、竜二に強く言ったのだ。問答無用の『命令』は相変わらずだが、メモの隣に置かれるようになった数枚の一万円札は、「けっ誰がオマエなんかと『統合』されるかよ」という竜二からのメッセージだ。

大介にしても気持ちは同じだ。竜二に対して以前ほど恐怖や嫌悪《けんお》は感じなくなったが、あの悪党と身体以外のものを分け合う気はまったくない。

まあいいか、最近は、本当に必要なことしか『命令』しなくなったしな……。

竜二と違って大介は、酒を一滴も飲まなければ女を取っ替え引っ替えもせず、外車にもイタリア製のスーツにも興味はない。金に執着はないし、人付き合いも苦手だ。ただ好きなパソコンを相手に、ひっそりと暮らしていければよかった。

パソコンデスクから立ち上がり、サーバーからコーヒーを注いだ。煮詰まっていていつ淹《い》れたものかは不明だ。数時間前か、数日前か……竜二にどのくらいの期間、身体を乗っ取られていたかが判らないからだ。

コーヒーを飲みながら、汚い字のメモを手に取った。何度も読み返すうちに、だんだん事情が判ってきた。大介の心の中には、竜二との人格を隔《へだ》てる『記憶の障壁』のようなものがあるが、その障壁を越えて竜二の側から必要な情報が流れ込んで来るらしい。以前は決して起こらなかったことだが、その意味では二人の間の不平等は、ほんの少し改善されたかもしれない。

大介はハッキング用マクロのプログラムを、ハードディスクから探した。

漠然と流れ込んできた竜二の側からの情報によれば今回、問答無用に最優先で調べろと命じられたのは、今から十年前に起きた凶悪な少年犯罪の、犯人たちのその後についてだ。

少年犯罪の常として、犯人たちの氏名はもちろん、その後どこの少年院なり少年刑務所に収監され、いつ退院してどうなっているかについては、一切公表されていない。時折マスコミに流れる情報もあくまで非公式なもので、正しいものかどうか確認するすべがない。法務省は一切の照会に答えてくれないからだ。

ならば、この種の極秘情報を手にするには、法務省のコンピューターをハッキングするしかない。大介は、竜二が持ち込む『ヤバい仕事』をこなすうちに、この道のエキスパートになってしまったから、それほど難しくはない作業だった。

コンピューターにかぎらず、役所の情報管理はおそろしく杜撰《ずさん》な場合がある。住所氏名などの個人情報が印刷された紙の裏を平気でメモに使い、外部に流出させるぐらいは朝飯前だ。かなりの上位権限を持つユーザーが自分のパスワードを堂々とディスプレイに貼っていたり、もしくはパスワードが生年月日とイニシャルそのまんま、などというケースもザラだ。大介はそういうルーズなユーザーを見つけだし、そこから侵入する。

「六月十日、Q少年刑務所にて受刑者『木原学』が死亡。一週間後の六月十七日、同少年刑務所のやはり独房内で同じく受刑者『塩瀬光男』も死亡、と。これだな」

ほどなく大介は竜二が求めているとおぼしい情報を入手した。

「……木原はドアのノブにスカーフ様の布を結びつけての縊死《いし》、塩瀬は前屈姿勢にて水洗トイレの便器内に頭部を浸《つ》けた結果の溺死《できし》。なお木原、塩瀬の両名は、坂本淳二や下川雄一とともに女子高生強姦殺人死体遺棄事件の被告として刑確定後に、同少年刑務所に収監、服役していたものである……か」

竜二は何だってこんなことを調べているんだろう、という疑問が湧いた。

大介も、十年前に世間を騒がせた『女子高生監禁致死事件』のことは知っている。ひどい事件だと憤《いきどお》りを感じたことも覚えている。少年犯罪だったので、加害者たちの名前も彼らのその後も、もちろん知らなかった。が、この極秘扱いの情報によれば、犯人たちのうち二人が、連続して怪死していることになる。こんな妙な死に方が、しかも刑務所内で連続して起こる確率が高いとは思えない。誰かが故意に死をそのかすとか、死に追い込むようなことをしない限り……。

続いて『下川雄一』の現住所の確認作業に入る。これは区役所のコンピューターに侵入して、彼の住民票の移動を追えばいい。以前は書類で戸籍や住民票の管理をしていた自治体だが、住基ネットで繋《つな》がったおかげで、ハッキングの技術さえあれば居ながらにして追跡出来る。一時間ほどの作業で、下川雄一は現在、静岡県磐田《いわた》市に住み、運送会社に勤めていることが判明した。

下川雄一は木原学、塩瀬光男と同じ事件の犯人だ……ということは、次はこの下川が危ないということなのか？　二つの死が自殺ではなく、一種の連続殺人だとしたら？

個人的な疑惑は措《お》いて、事実だけを報告書にまとめていると、ドアがノックされた。緋沙だった。ワークショップで知り合ってから、二人はお互いの部屋を訪ね合う関係になっていた。が、いつもは約束してからやってくる緋沙なのに、今日はいきなりだったので、大介は少し面食らった。

「お仕事中？　近くまできたから逢《あ》いたくなって……お邪魔ならすぐ帰るけど」

「そんなことないよ。すぐ終わるから」

ケーキを買ってきたからコーヒーを淹れるね、と緋沙はキッチンに立ち、大介は報告書を書きつづけた。

と、頰に息がかかり、髪の毛が首筋に触れた。清潔なシャンプーの香りに振り向くと、いつの間にか緋沙が、大介の肩ごしにパソコンの画面を覗き込んでいる。

「この名前……下川雄一っていう……私の知ってる人かもしれない」

大介は咄嗟《とっさ》に画面をスクロールさせ、作成中の報告書のその部分を緋沙の目から隠した。

普通なら一般人には知るよしもない、少年犯罪の元加害者たちの実名だ。秘密厳守の仕事であることは言うまでもない。大介は穏やかに緋沙に言った。

「そう？　もうちょっとで終わるから、待っててくれる？」

あちらに行っていてほしい、ということを婉曲《えんきょく》に伝えたつもりだが、緋沙は動かず、逆に質問を重《かさ》ねてきた。

「ねえ、これ、どんなお仕事なの？」

「いや、ちょっとね。僕はよろず引き受けだから」

「あのね、下川雄一、って名前が見えたの。それが私の知っている人なのかどうか、同姓同名の別人なのか、どうしても知りたいの。その人、今どこに住んでいるの？」

「ごめん。それは言えないんだ」

「どうして？　私にとってはとても大事なことなのに。お願い。ねえ、教えて」

「多分、君の知ってる人じゃないと思う」

「そんなことが、どうしてあなたに判るの！」

突然、口調も声もがらりと変わった緋沙を、大介は驚いて見あげた。

続いて、がちゃんという音がした。緋沙が手にしたコーヒーカップを床に叩きつけたのだ。

「何をするんだ……」

緋沙は、涙が一杯に溜まった目で大介を睨んでいる。

「どうして？　なぜ緋沙のお願いを聞いてくれないの？　私のことが好きだ、って言ったんじゃなかったの？」

「いや、好きなのは好きだよ。だけど、それとこれとは別の話だろう？」

「別じゃないわ！　私が好きなら私の言うことを聞いてよ！」

いつもの緋沙とはまったく様子が違っていた。目がつり上がり涙を滲《にじ》ませ、口を歪ませて両手をぎゅっと握りしめて、全身のパワーをほとばしらせるように叫び泣いていた。

「どうして私のお願いを聞いてくれないのっ！」

いきなり机の上にあるカッターナイフを取り上げた。

切りかかってくるのかと、大介が恐怖を感じた次の瞬間、カッターの刃が鈍《にぶ》くひらめき、緋沙の白い腕に赤い筋が走っていた。

「なにをするんだっ」

大介は夢中で緋沙の手から刃物を奪い取った。机の上に点々と、禍々《まがまが》しい花びらのような血が滴《したた》り落ち、緋沙は憑《つ》き物が落ちたように立ちすくんでいる。

「大変だ……すぐ医者に行こう。いや救急車を……」

「やめて！」

電話をしようとした大介を緋沙がとめた。

「誰にも言わないで。お願い。大した怪我じゃないから。ほんとうよ」

弱々しい声でそう言って、力が抜けたように、くたくたと床に座り込んだ。

「どうしよう……ごめんなさい。ごめんなさい。ごめんなさいっ。私、カッとしてしまって……あなたのお仕事の邪魔をしてしまった……」

両手で顔を覆って、さめざめと泣き始めた。白いワンピースのスカートに血が滴った。

「またやってしまったのね、私。これできっと、あなたにも嫌われる……」

「そんなことないよ！　それより、その傷を何とかしなくちゃ」

大介は救急箱を探し出し、緋沙の腕に消毒薬を塗り、苦心して包帯を巻いてやった。

やりかけの仕事のことも、つけっぱなしのパソコン画面のことも、すっかり忘れていた。たしかに深い傷ではなかったようで、出血はやがてとまった。

「もう痛くない？　ちょっと横になって休んだら？　……いや、変な意味じゃなく」

慌てて付け加えてしまう自分が情けなかったが、哀れなほど打ち萎《しお》れ自分を恥じている様子の緋沙があまりにも無防備で、それがなぜか欲望をそそった。

大介は立ち上がった。このまま部屋で向かい合っていると、おかしな雰囲気になってしまいそうだ。自分も頭を冷やす必要があると思った。

「……ひとりになった方がいいかな？　なら、僕はちょっと近所のコンビニにでも行って来るよ。何か食べるものを買ってくるから」

号泣は止まったものの、まだしくしくさめざめと泣き続ける緋沙を部屋に残し、彼は外に出た。

彼女は、明らかにヘンだ。大介も、そう思わざるを得ない。どうしてあんなに突然激高するんだ？　人間、多少のわがままはあるにしろ、あの反応は病的だ。それに……。

この前緋沙から聞いたことを調べて、引っ掛かったことがある。彼女が口にした、三浦明雄・高野隆一・木崎晴樹という暴行犯たちのことだ。緋沙にはやめて、と言われたが、怒りがおさまらない大介は彼らのその後を調べてみた。だが彼らは、数年前に派手な事故を起こして死んでいた。しかも全員まとめてだ。緋沙の口振りでは、彼らはまだ生きているようだったが……。

千葉の外れでの事故だから、東京に住む彼女が知らなかっただけなのだろう、と大介は思い、緋沙には黙っていることにした。彼女の優しい性格では、天罰覿面《てきめん》と喜ぶどころか辛い過去を思い出して、苦しむだけのような気がしたからだ。

そんなことをぼんやりと思いながらコンビニに入ると、スタンドの、スポーツ新聞の、派手な見出しが目を惹《ひ》いた。

『少年刑務所連続怪死事件に過去の因縁⁉　ネットの奇怪な噂‼』

真っ赤で大きな活字がセンセーショナルに躍《おど》っている。

少年刑務所？　連続怪死？　もしや……。

彼は慌てて一部買い、その場で記事に目を走らせた。だが羊頭狗肉《くにく》の内容で、確実なことは何も書かれていない。インターネット上で最近密かに、しかし広範囲に流布しているという、都市伝説めいた噂をネタにして、大袈裟に膨らませただけの記事だった。

その『噂』とは、十年前に複数の少年たちに酷い殺され方をした女子高生が、冥界から甦《よみがえ》り、自分を惨殺した加害者たちに次々に復讐を果たしている、というものだ。当時、未成年者だった犯人たちは、当然一般に名前を知られることもなく、不審な死を遂《と》げても報道されることはない。それでも少年法の厚いベールのその陰で、『復讐』は着実に進められている、と。そしてQ少年刑務所で、たまたま二件の自殺があったことがその噂に結びつき、ますます怪談じみた様相を呈《てい》しているらしい。

社会学者を名乗る人物がもっともらしいコメントを寄せていた。

『インターネット利用者の多くが未成年。彼らは最近になって、十年も前の、自分たちが物心つく以前の凶悪な犯罪を初めて知り、加害者・被害者の双方が自分たちに年齢が近いことから、強烈な関心を抱くことになったと考えられる。加害者が未成年だったため、処罰が不十分だ、との誤解やフラストレーションもある。そういう、いわば集団的な無意識がネットで産み出した「怪談」が、「復讐の女神」と呼ばれるこの都市伝説なのだろう』

噂はあくまでも噂、とするクールな分析だが、大介にはそれを鵜呑《うの》みにして、あっさり片付けてしまうことは出来なかった。

その噂は根も葉もないことではない……それをついさっき、知ったばかりだからだ。

# 第3章　復讐《ふくしゅう》の女神

「このお部屋は1DKですが、Dが広くなってますのでリビングのように使えますね。お一人暮らしなら充分な広さじゃないですか」

大野《おおの》は、にこやかにマンションの窓を開けた。通りに面した二階。その六畳の洋間は、日当たりが良くて明るい。

「南向きだから日当たりもいいでしょう？　ここは若い女性の方に人気の物件なんですよ。大学が近くて、前に入ってた方も女子大生でした。綺麗に使ってるから新築同様ですし」

今、部屋を見に来ている客も若い女性で、憂《うれ》いを含んだ、雰囲気のある美貌《びぼう》だ。細身のジーンズに薄手のパーカを身につけ、髪は肩が隠れるくらいの、明るい茶髪だ。絹のような髪の流れがやや人工的な感じで、これは鬘《かつら》かもしれないと大野は思った。

「少し……暑い」

「それはもう、南向きですから。もちろんエアコンは完備で……」

フォローしかけた大野は絶句した。客の女性が大胆に両腕を交差させて持ち上げ、パーカを脱ごうとしていた。短めのTシャツが一緒に持ち上がり、一瞬だが、なめらかで引き締まった腹部と、形のよい臍《へそ》が目に飛び込んできた。何ともいえず形のよいバストが、薄いTシャツをこんもりと持ち上げている。生地に透けるブラジャーのラインに、目が吸い寄せられた。

最初は口数の少ない上品なお嬢様風の女性と思ったが、カジュアルな服装と大胆な行動が、どこかミスマッチだ。無邪気なだけなのか、それとも……。

「……駅から五分というのはすごく近いし、商店街を抜けてくるから買い物も便利ですし。これで家賃四万五千円というのは、いい物件だと思いますよ」

大野は、彼女の顔を見て微笑もうとするのだが、目はつい、胸に貼り付いてしまう。いわゆる巨乳ではない。豊乳というか、ラインが美しいから美乳と呼ぶべきだろう。ぴっちりしたTシャツがくびれた腰に密着して、躰の曲線をいやがおうにも強調している。

「それにキッチンもオール電化で、コンパクトですが、高機能です」

大野は、なんとかしてこのお客に成約させたいと思った。そうすればフォローという名目で会うことも出来る。何度か会って親しくなれれば……という下心が蠢《うごめ》いた。

「シンクの下を見てもいい？　配管の具合と収納スペースをチェックしたいから」

「ええもちろん……」

しゃがみ込んで流しの下の扉を開けた彼女の後ろに立った大野はどきっとした。女の短いTシャツがずり上がり、なめらかな背中とくびれたウエストが剝き出しになっている。そして股上《またがみ》の浅い流行のジーンズの後ろ部分から、くっきりと深い、尻の割れ目がまる見えになっていた。

尻の割れ目は見えても下着は見えない。どんなパンティを穿《は》いているのか。もしかして、ノーパン？　おれを誘っている？

そう思った瞬間、大野の口はからからに渇き、不覚にも股間が硬くなった。

仕事熱心で新婚間もない大野は、これまでお客に性的関心を持ったことはない。水商売の色っぽくてフェロモン出しまくりなお姐《ねえ》さんの胸の深い谷間にも、今のように女子大生がしゃがみこんで、ジーンズからヒップの割れ目が無防備にこぼれていても、無視出来た。なのに、今日の客に限っては、どういうわけか、ひりつくような欲望を感じてしまう。

俗にいう『男好きする躰』とでも言うのだろうか。大きからず小さからずの美乳も、くびれたウエストも、細く形のいい脚も、たしかに大野の好みのツボではあるが、それ以上に、上品でいながら、どこか淫靡《いんび》さを感じさせる女の雰囲気が、男の劣情を刺激するのだ。

落ち着け、と大野は目を閉じて深呼吸をした。あそこの不動産屋は女に手が早いなどと噂が広がったら大変だ。勃起がばれるのはマズい。

その股間に柔らかなものが触れてぎょっとした。

女がパンツの盛り上がった部分に頬を寄せていたのだ。

咄嗟に腰を引こうとしたが、女の両腕が大野の脚にすがりついている。

「ごめんなさい……立ち上がろうとしたら、私、めまいがして」

消え入るような声で言いながら、大野の膨らんだ股間に頬ずりをしている。

もどかしいような刺激と、欲情しているのがばれた恥ずかしさに、その部分はさらに硬く膨れ上がった。なによりも女の美しい顔が、男の劣情を剝き出しにしている部分に、近々と寄せられている眺めに興奮した。

女が大野を誘っているのはあきらかだった。

「……お客さん、大丈夫ですか」

大野は思い切ってしゃがみこみ、女の肩を抱きかかえた。

ふわり、と柔らかい躰が倒れ込んできた。

コロンの香りが微《かす》かに広がった。Tシャツの薄い布を通して、彼女の体温が伝わってきた。

思わず女の髪に顔をうずめた。だが、冷たい絹のような感触の髪は何の匂いもしなかった。

　顔を上げた女の腕が大野の首すじを捉《とら》えた。引き寄せるように唇を重ねてきた。

　……もしかして、こういうことをして家賃を下げさせようという魂胆かもしれない。

　ようやく不安がよぎり、大野は離れようともがいたが、女はさらに固く抱きついてきた。

「ここなら外から見られない。……きて」

　女は大野の手を取って、自分の胸に押し当てた。

　反射的に手を引こうとしたが、女の手に押さえられた。若々しい乳房の弾力を感じた瞬間、大野の理性は消えた。

「心配しないで。こういうことして家賃を安くして貰おうなんて、思ってない」

　大野を安心させた女は手を添え、乳房を揉ませた。

　ブラに包まれた膨らみは、心地いい弾力があった。テニスボールのように押し返してくる。下から持ち上げてもぷるりと戻る。その反応が、いかにも若い女の肉体だ。

　大野に胸を揉ませながら、女の手は自分のジーンズのボタンを外してジッパーを下げていた。

「脱がせて……」

　ここまで来ては真面目《まじめ》な大野も拒《こば》めない。話がうますぎる、という不安がよぎったが、見るからに劣情をそそる躰の持ち主が、向こうから迫ってきたのだ。こんな甘い誘惑を拒絶出来るほど、大野は聖人君子ではなかった。

女のジーンズの股間に伸ばした指が、開いたジッパーから、じかに下腹部に触れた。

女はやはり、ジーンズの下に何も着けていなかった。

最初からノーパンで、おれを誘うつもりで……そう思うとますます頭に血がのぼった。

だが、女の下腹部には下着だけではなく、当然あるべき秘毛の感触すらなかった。

この女、無毛なのか？　さらに指を挿し入れて確認しようとしたが、女の股間にぴったりと貼りついたジーンズが侵入を拒んだ。大野は無言のまま息を荒らげ、女の下半身からジーンズを剝ぎ取りにかかった。すらりと長い脚にぴっちりと食い込んでいるようなジーンズを、まるで脱皮させるように剝いていく。心臓も股間も爆発しそうになっていた。

ジーンズを足首から抜き、女の股を割った。抵抗もなくすんなりと両脚が開いた。

目の前のものに、大野はごくりと生唾を飲んだ。

そこは、完全に無毛だった。

うっすらと墨《すみ》を刷《は》いたような濃いピンクの割れ目。そこからかすかに覗く、濡れた赤い肉襞。

大人の女の、その部分をこんなにもあからさまに眺めるのは、大野は初めてだった。

夢中でむしゃぶりついた。舌で肉の唇を掻き分け、襞をさぐった。割れ目の頂点の、肉の粒に吸いつき、下から舐めあげた。まだ新婚の妻にする時は、しゃりしゃりと陰毛の抵抗があるが、それが一切ないのが、さらに欲望をそそった。

指で左右の陰唇を広げ、さらに無防備にさせて舐めあげようとした時、女が呻いた。

「胸が……おっぱいが感じるの……胸を舐めて」

大野は躰をずり上げ、女のTシャツをたくし上げた。

ブラに包まれた豊かな乳房が現れた。深い谷間があって、ブラはその隆起《りゅうき》を覆うのがやっとのように張りつめている。

後ろに手を回して、ブラを外した。ぷるん、と揺れながら、双丘《そうきゅう》がまろび出た。

想像以上にエロティックなバストだった。大野の頭からはすでに自分の立場も、ここがどこなのかも吹っ飛んでいた。ただ無我夢中で、その見事に熟《う》れた乳房に舌を這わし、肌触りを味蕾《みらい》で賞味した。肌にローションでも塗っているのか、女の乳房は不思議な甘い味がした。揉んで搾《しぼ》ると果汁が出るような気がして、乳房をぎゅうと絞った。

「いいわ……もっと激しく吸って」

大野は一心不乱に、乳房を愛撫した……。

気がつくと、窓からは夕陽が射していた。南西を向いた部屋の中は、まるで火事のように赤く染まっている。

「……え？」

大野はぐっすり眠っていた自分に気づいた。ダイニング・キッチンのフローリングの床に、涎《よだれ》を垂らして寝込んでいたのだ。

なぜ自分が寝ていたのか、どうして眠りに落ちたのか、どうしてこの部屋にいるのか、今何時なのか、この部屋は何なのか、一瞬判らなくなっていた。そして、自分の下半身が剝き出しである理由も。

猛烈に体が重い。まるで全身にコンクリートを流し込まれたようだ。今までどんな深酒をしても睡眠不足でも、目を覚ましたあと、こんなに頭と体が自由にならないことはなかった。

ようやくの思いで上半身を起こし、部屋を見回した。

……そうだ。この部屋には、物件案内で入ったんだ。たしか、若い女が客だった。その女は部屋を見て、とても気に入った様子で……。

「あ」

やっと彼の中で記憶が繋がった。彼は、その女と、この部屋でセックスに及ぼうとしたのだ。女の服を脱がし、あそこにキスし、形が良くて大きな乳房を揉みながら舐めているうちに……。

反射的に彼はスーツのポケットにあるはずの部屋の鍵を確かめた。

鍵は、ちゃんとそこにあった。財布も盗まれてはいない。

じゃあ、どうしてあの女は……純粋にオレとセックスしたかっただけなのか？　で、あんまり凄いセックスだったんで、オレは事のあと寝入ってしまったのか？　いやしかし……。

大野は、手を床に滑らせてみた。女の愛液なり自分の精液がこぼれ落ちていないか探ったのだ。

しかし、床は、リフォームしたてのシミひとつない、きれいなままだった。

＊

下川雄一は、自分のアパートのある町から一駅離れた、ある居酒屋の引き戸を開けた。

カウンターの中のマスターの表情が一瞬、変わったような気がした。傍らにいるマスターの女房は、雄一を見た途端に頬を引き攣《つ》らせて、そっぽを向いた。

畜生。こいつら、客のえり好みをしやがって。

雄一は瞬間キレかけたが、かろうじて自分を抑えた。仮釈放中の身の上だから、問題を起こすわけにはいかない。

カウンターから数人のグループが慌ただしく立ち上がった。

「じゃ、マスター、また来るわ」

雄一と視線を合わせないようにして、次々と全員が狭い入り口をすり抜けて出ていった。カウンターの上には、まだ食いかけの料理と、半分以上残ったビールのジョッキが人数分残されていた。

明らかに、みんなが雄一を避けているのだ。

なんでだよ。こないだ、さんざん奢《おご》ってやって、友達になったんじゃなかったのかよ？

雄一は泣きたくなった。

おれを追い出そうったって、そうはいかない。おれはもう罪を償ったんだし、少年院帰りだからって、居酒屋に入っちゃいけないって法律はないからな。人権ってもんがある。でも、この前は調子に乗って、少し喋り過ぎたかもしれない……。だが。

「……なんだかんだ言ってもさあ、女を犯《や》りたいのが男ってもんだろ？　それも、可愛くてこっちの言いなりになって、どんなことでもやれて、しかもタダなら言うことないだろ？　おれは、そういう女を見つけたんだ。犯るに決まってるよな？　なあ、あんただってそう思うだろ？」

三十分後、雄一は隣にいた気の弱そうなサラリーマンを摑まえて、いつものようにクダを巻いていた。

「まあ、おれ自身、まさかあそこまでやっちまうとは思ってもいなかったんだけど……。

でも、やったのはおれだけじゃないし。止めるヤツなんかいなかったし。それどころか、ヤレる女がいるぜって言ったら、オレにもやらせろってヤツ、結構いたもんなあ。ほんとに可愛い女だったもんなあ。髪、長くてよ。あんた、もっと聞きたいか？」

雄一は梅サワーをぐっと呷《あお》った。すでに三杯目だ。目を血走らせ身を乗り出して口の端に唾を溜めながら喋る雄一に気圧《けお》された気弱そうな男は、「は、はあ……」と言葉少なに頷くのみだ。マスターも女房も、聞こえぬふりを決め込んでいる。

いけない。こんなことを喋ってちゃ駄目だ。また同じことの繰り返しだ……。

だが、そう思っても言葉は止まらなかった。

「考えてもみろよ。十五、六って、やりたくてたまんねえトシゴロだろ。他にすることもねえしよ。女とやれば気持ちいいじゃんか。アレってよぉ、不思議だよな。毎日やってやってやりまくっても飽きねえもんな。ヤリ疲れてもう当分いいやと思っても、一晩寝たらまたビンビンになってよ」

相手の男の怯えたような顔に、雄一は段々得意になってきた。どうせこいつなんか、親の言うとおりのお利口《りこう》さん人生を歩んでるんだろ。こんなやつよりおれの方が、十代でデカいことやって、新聞にも載って、年少にも行ったおれの方が、よっぽど人生経験積んでるってモンだよな。

雄一は周りの注目を集めてちやほやされるのが好きだ。周りから「すごい」と言われて、自分のことを「凄い奴」として受け入れて欲しかった。だが、しがないトラックの運転手で配送の仕事という今の身の上では、『あの話』でもしなければ『自分が特別』な存在にはなれない。

「んでまあ、恋人やガールフレンド相手じゃ絶対やれねえような変態プレイもやったのよ。アソコにいろんなもん突っ込んだりとか、フィストファック出来るかとか、ケツでやってみるとか。男に生まれたからにはＡＶでやってること全部、試してみたいよな？　あんたもそう思うだろ？」

雄一の話は佳境《かきょう》に入ろうとしていた。サラリーマンは明らかに引いているが、それ以外の周りの連中はいつの間にか静まり返って、聞き耳を立てている。雄一は得意になった。そうだよ。何だかんだ格好つけても、みんなこういうエロい話が聞きたいんだ。

「だから、やったさ。もう、チンポがすり切れるくらいやった。あいつだって、最初はひいひいいってヨガってたんだぜ。後から週刊誌の記者とかにさんざん聞かれたけど、オレが全部話してやると、あいつらみんな涎垂らしそうになってよ」

雄一の自慢話はいつものクライマックスに達していた。酒の入った勢いで、凄惨《せいさん》な暴行殺人事件をまるで猟奇セックス大全集のように、サディスティックな行為を微に入り細にいり語るのだ。

喋っているうちに適度に脚色が施され、二流のポルノビデオのような筋書きになっていたし、描写の表現もどこかで聞いたようなフレーズを要所に挟む演出を加えて、素人なりに磨きがかかるまでになっていた。

だが、今夜の『聴き手』はいつもと違った。

「だけどそんなことまでして……その女の子は無事だったんですか？」

気弱そうな男が、思い切って聞き返してきたのだ。

「ああ……ま、まあな……」

雄一はうろたえ、同時に絶好調の話の腰を折られてムッとした。

彼としても、自分があの事件で少年院に入っていたことは知られたくはない。マスコミが嗅《か》ぎつけてくだらないことを書き立てるからだ。連中はありがたそうに話を聞くくせに、『あの事件の元少年、厚顔無恥にのうのうと生活！』などと書き立てる。そうするとお節介な野次馬が騒ぎ立てて、仕事はクビになり引っ越ししなきゃならなくなる。

親元にいれば楽なのだが、周囲の白い目もあるし、母親に始終愚痴られるのが嫌だから家を出た。頭は悪いし手に技もないから、ガテン系の仕事を求めて近県を転々とし、やっとこの町に落ち着いたのだ。

そしてマスコミだけではなく、インターネットという強敵がある。どこから漏れるのか、名前や住所をバラされて書き込まれてしまうと、罵倒《ばとう》電話や無言電話がいっぱい掛かってくる。見ず知らずの相手からいきなり「死ね」だの「人間のカス」だのと罵倒されるのは参るし、そのたびに番号を変えるのも、いい加減イヤになってくる。酒場でこういう自慢話をしなきゃいいんだろうが、これしか楽しみがないんだし、やめるわけにはいかないじゃないか。

が、相手はさらに追及してきた。

「嘘だ。その女の子が無事だったはずはない。彼女は死んだんだ。あなたが自慢している事件は」

そう言うとカウンターの下から、ノート型の薄いパソコンを取り出して開いた。

「これのことでしょう？　ほら、この、十年前の女子高生監禁致死事件」

彼が操作して表示させた液晶画面には、インターネットのサイトらしきものが現れていた。

『甦《よみがえ》った女子高生の怨霊《おんりょう》が加害少年らを襲う！　相次ぐ怪死事件!!』

黒地に赤の、毒々しい文字が躍っている。

「な……なんだよ。知らねえよ、こんな事件」

「いや、そんなはずはない。ここに書いてあることは全部、あんたの話とそっくりだ」

確かに、そこには雄一たちの起こした事件の内容が詳しく書き込まれていた。それは新聞や雑誌の報道を調べれば判る範囲のことだ。だが、異様なのは、その後だった。

「ほら、ここを読んでみてくださいよ」

サラリーマンはパソコン画面を操作した。

「被害者の祟《たた》りで、もうすでに二人が不審な死を遂げている、って書いてありますよ。罪の意識に耐えかねての自殺だともいうけれど、それは違う。殺されたんだって。死んだって書かれてるこの二人に、あんた、心当たりありますか？」

雄一は急に不安になった。二人って、誰だ？　雅之か？　いや他のヤツはともかく、アイツだけは自殺するようなタマじゃない。マナブ？　ひょっとしてミツオ？　もしかして淳二？

「あのなあ。あんた、おかしいぜ。これって心霊スポットとかのページだろ？　第一、こんな犯罪におれ、関係ないもん……」

「そうですか。でもこのサイト、一部じゃ凄い評判なんです。ツクリやガセにしては情報が詳しいしリアルだって。ほら、ここに死んだ元加害少年たちのイニシャルまである。KMにSM」

KM……木原……学……そしてSMは塩瀬……光男。

気がつくと雄一はがたがたと震えていた。恐怖を鎮《しず》めるために目の前の男に食ってかかった。

「オマエ、こんなページ、自分でデッチアゲたんだろ？　おれのこと調べて嫌がらせしようとしてるんだろ。オマエどこの雑誌だよ。それともテレビか？　おれに何の恨みがあるんだよ。おれがビビったブザマな顔を撮って、晒しあげるつもりなんだろう？」

雄一はどこかにカメラがあるのではないかと、血走った目をきょろきょろとさまよわせた。目の前のネクタイ男の薄笑いも、自分を馬鹿にしているように思えてきた。

「こんな嘘っぱち……お前のパソコンごと、こうしてやるっ」

彼はノートパソコンを持ち上げて床に叩きつけた。

何をするんだっと血相を変えた相手を殴ろうとしたところで、どすっ、と無気味な音がした。

目の前のカウンターに突きたてられた出刃包丁が揺れていた。

「お客さん。いい加減にしてくれよ。あんたが来るようになってから、女房もあたしも常連さんたちも、ずっと我慢してきた。けどもう、うんざりだ。今夜の代金はいらない。すぐに出てって、そして二度と来ないでくれ」

普段は寡黙なマスターが、鬼のような目つきで睨んでいた。

「な、なんだよ。おれを追い出すのかよ。そんなことしちゃいけないんだぞ！　世の中には人権ってもんがあるんだからよ。人権擁護《ようご》委員会におれが訴え出たら……」

「兄さん。みっともないぜ」

カウンターの向こうから、別の男が立ち上がった。今まで静かにしていたので気がつかなかったが、頬に走る薄い傷の痕《あと》とスキのない身のこなしから、明らかにその筋の人間と知れた。

「人権とか差別とか大口叩けるのは、堅気《かたぎ》の人間だけだ。きちんと世の中の決まりを守る気のある人間のことだよ。みんなが気持ちよく飲んでるところで、女の子を大勢で酷い目に遭わせた話を、得意気にする奴のことじゃない。あんた、好きで世の中からこぼれたんだろ？　なら酒を飲むときも一人で飲みな。表には表の、裏には裏のルールがある。あんたはそのどっちも守る気はないんだろうが？　出て行きな」

気がつくと雄一は地べたに這いつくばっていた。ヤクザに襟首を摑まれ、放り出されたのだ。

ぱらぱらと塩が身体に降り注いだ。

「畜生……畜生、どいつもこいつも馬鹿にしやがって」

プロに殴りかかるわけにもいかず、半泣きで歩き出した雄一は携帯を取り出し、実家の番号を押した。

『もしもし……』

暗い中年女の声は母親だ。

『雄一かい。こっちも大変なんだよ。ここも住んでられなくて、母さんたちまた引っ越すことになるかもしれない。……ねえ、仕事、続いてるんなら少しでもお金、送ってくれないかい。それくらいしたって罰は当たらない……もしもし、聞いてるの？』

雄一はますます泣きたくなって電話を切った。

畜生、それでも母親かよ。元気でいるのか、仕事はどうかという、いたわりの言葉ひとつなかった。慰めてほしくて電話をしたのに。大体、あんな親だからおれがああいう事件を起こすことにもなったんだろうが。

むしゃくしゃするままに、雄一の足はもうひとつの『お気に入り』の場所に向いていた。さっきの居酒屋はもう駄目だが、こちらはまだ大丈夫だ。

しけた盛り場を抜け、商店街を歩くこと数分。行く手に白いマンションが見えた。この近くには地元では有名な大学がある。そこの学生を当て込んで地主が建てた、小洒落《こじゃれ》たワンルームマンションだ。

そこに住んでいる女子大生が目当てなのだ。名前も判っている。杉山千絵《すぎやまちえ》。大学二年生だ。

千絵には以前に荷物の配送に行って、顔を合わせていた。その時に一目惚れしてしまったのだ。何よりも雄一にとって魅力なのは、その艶やかで黒い、まっすぐな長い髪だ。

千絵の長い髪に顔を埋め、その香りを思いきり吸い込みたかった。髪だけではない。千絵はこんな田舎《いなか》には珍しいほどの美人だ。ハンコを貰った時の上目遣いの目や、「あ、どうもぉ」というアイドルみたいな声を思い出すと、ついついオナニーしてしまう。

その夜の雄一は、せめて彼女の下着でも盗んでウサを晴らしたかった。毎夜のオナニーも、彼女のパンティがあれば刺激も、淫《みだ》らな空想のパワーも倍増するというものだ。

だが、マンションの下まで来てみて、がっかりした。千絵の住む二階の部屋は、ベランダのガラス戸も室内のカーテンも、しっかりと固く閉ざされていたのだ。

ベランダを見上げた彼は、千絵に強く拒まれているように感じて、激しく失望した。勝手な思いこみに水を差された雄一は、すごすごと自分のアパートに戻るしかなかった。

なんだよ。なんだっていうんだよ。下着ぐらい、盗ませてくれたっていいじゃないかよ。ハダカを見せてくれたって、やらせてくれたっていいじゃないか。こんなに思っているんだから。

下着すら手に出来ないことが余計に彼の劣情を刺激した。世の中の全部から拒否されているような気がした。自分が世界で一番不幸な気がした。

電車に乗って帰ってきたアパートは、職場の配送会社が借り上げている。駅から遠くて田《た》ん圃《ぼ》の真ん中にぽつんとあって、周りにはコンビニすらない。一応一人部屋だが、貧弱で独房に毛が生えた程度のものだ。殺風景でロクに家具もなく、畳の上にはエロ雑誌や酎《ちゅう》ハイの空き缶が転がっている。この部屋ではテレビを見て寝るだけだから、掃除する気もしない。だから戻っても少しも安らげない。イライラするだけで、じゃあどうしようという先のことを考えない彼は、結局、千絵を思い浮かべてオナニー始めるしかなかった。

腰の辺りに痺れを感じて、そろそろイクか、という時に携帯が鳴った。

舌打ちしながら携帯を耳に当てた雄一の手は、次の瞬間、凍りついた。

耳に飛び込んできたのは、苦悶《くもん》に満ちた女の喘ぎ声だった。

『水……水を……』

雄一はとっさに携帯を遠くに投げ捨てていた。悲鳴もあげたような気がする。

忘れもしない、その声……。長い髪の隙間から、涙に濡れた顔と必死のまなざしで懇願していた、女子高生の姿がフラッシュバックした。

あの時の情景が鮮明に、ありありと、その時の部屋の温度や湿気、臭いまで甦ってきた。

『た……助けて……お願い、します……』

もう起き上がる力すら残っていない少女が、すがるように自分を見た、あの目。あの声。

どうして、こんなものが。どうしておれの携帯から聞こえてくるんだ。

きっと、悪戯《いたずら》だ。おれの過去を知った誰かが、悪質な嫌がらせ電話をかけてきたんだ。

『甦った女子高生の怨霊が加害少年らを襲う！　相次ぐ怪死事件!!』……さっき、居酒屋で見せられたインターネットの画面の文字が頭に浮かんだ。

落ち着け。嫌がらせの電話なら今までにだって、何度も何度もあったじゃないか。

少し冷静になると、着信履歴を見てみる知恵も戻ってきた。発信者は非通知だ。

携帯は解約して、仕事も住む場所も変えるべきなのかもしれない。だが、居酒屋でのサラリーマンの薄ら笑いと、マスターの汚物でも見るような眼差《まなざ》しを思い出すと猛然と腹が立ってきた。

なんだってんだよ。おれはもう負けねえぞ。クビにしたきゃするがいい。こんな子供だましの嫌がらせでおれがビビると思うなら、何度だってかけてきやがれ。

彼の強がりに応じるかのように、その電話は一晩中かかってきた。留守電にしたが、呼び出し音が鳴るたびに、少女の断末魔の声が耳の奥に響くような気がした。

翌日。一睡も出来なかった雄一は、職場でいらいらし、ミスが増えて所長から叱責《しっせき》された。以前から真面目な勤務態度ではないだけに、所長や同僚からの風当たりはさらにキツくなった。

くそ。やってられねえぜ。あの女さえいなければ、おれがこんな田舎の知らない土地で、馬鹿に囲まれて肉体労働しなくてもよかったんだ。

雄一の恨みは募った。一駅離れた町の居酒屋での昨夜の出来事が、めぐりめぐって職場の同僚や女子事務員の耳に入ったのではないか……そんな気もした。みんなが露骨に彼を避けていた。田舎の狭い人間関係と社会では、悪い噂は一気に広まるのだ。

誰かが悪意をもって彼を追い詰めようとしているのは明らかだった。正体不明の『悪意』は、携帯の留守電に吹き込まれるメッセージとなって、どんどん積み重なってゆく。

不安のあまり携帯の着信をチェックせずにはいられない。だが見るたびに、『非通知、非通知、非通知……』の表示がウジ虫のように増殖していた。

「先輩。出会い系っすか。みんな言ってますよ。超ハマりだって。よっぽどいい女がいるんすね」

「野郎っ！　馬鹿にしてんのかっ」

数日後の夕方。血走った眼《め》で携帯のボタンを押していた雄一は、冷やかすような声をかけた後輩の顔面ど真ん中に、反射的にパンチを食らわせていた。

即、馘首《かくしゅ》された。待ち構えていたのではないか、と疑うほどの素早い対応だった。

給料の計算書を渡された雄一には、言い返す気力もなかった。咄嗟に手が出てしまった自分を呪った。解雇の口実をみすみす与えてしまった。仮釈放の身だから、警察沙汰《ざた》は絶対に避けたい。

会社を出ていく雄一の背に、所長の声が飛んだ。

「社宅にしてるあの部屋、二、三日中に出てほしい。新しい人を入れたいんでね」

なけなしの荷物をまとめなくてはならない。あちこちに電話して新しい職とねぐらも探さなくてはならない。だが、雄一の足はアパートには向かなかった。

駅に向かい、電車に乗った。

いつもの盛り場で、時間つぶしと度胸をつけるために酒を飲んだ。ここを離れる前にしておかなければならないことがあるのだ。

酔って気合いを入れた彼が目指すのは、杉山千絵のマンションだ。その間も雄一は携帯をチェックし続けた。

相変わらず非通知の着信は続いている。ふと思い立って、メモリに登録されていた坂本淳二の番号をプッシュした。昔の仲間に連絡しなくなっていた。素面《しらふ》のときは事件のことも、自分たちのしたことも思い出したくないからだが、今夜は誰でもいい、話し相手が欲しかった。

『もし……もし』

淳二が出た。もともと声も小さく、口が重い男だが、それがいっそうひどくなっている。

「淳二か？　おれ。どう、元気してる？　おれ、また仕事クビになっちまってさぁ」

『雄一……お前、大丈夫なのか？』

淳二はなぜかひどく怯えている様子だ。

『おかしなこと、何も起きてないか？　おれたちのことがインターネットに書かれてて』

淳二は堰《せき》を切ったように訳の判らないことを話し始めた。

『あの子が怨霊になって戻ってきて……光男も学も殺されたんだ。刑務所でひどい死に方を』

「やめろよ！　お前までそんな話をするのかよ」

雄一は携帯を切った。たまらなくイライラし、むしゃくしゃした。

いつの間にか杉山千絵のマンションの下に来ていた。

見上げると、今夜は様子が違っていた。窓が大きく開け放たれ、カーテンが風に揺れている。白いレースがたなびいているのも、なんだか下にいる彼を誘っているように妖《あや》しげだ。

カーテンの隙間から洩れる光も、蛍光灯の青白く冷たい光ではなかった。白熱灯の、赤みを帯びた温かい光だ。悩ましい光がベランダを夜の闇に浮かび上がらせている。

と、窓辺に女の姿が現れた。部屋からの逆光で、ボディラインがくっきりシルエットになって見えた。その曲線は、風呂上がりなのだろうか、何も身につけていないように見える。

風に吹かれて躰の火照《ほて》りを冷まそうというのか、彼女はベランダに向かって立って長い髪をかきあげ、横を向いた。

つんと上を向いた形のいい胸。それは下品に大きすぎず、小さすぎもしない。きゅっとくびれた腰。引き締まりつつも突き出たヒップ……。

千絵はこんなにも豊かな肉体を持っていたのかと、雄一の股間は熱くなった。そして何よりも彼をそそってやまないのは、風にそよいでさらさらと揺れるロングヘアだ。

あの子は、おれを誘っている……おれが毎晩窓を見上げていることに気づいてたんだ……ああいう健全そうな女に限って、セックスしたくてモヤモヤしてるんだもんな。それが何より証拠には、ああしてオレを誘ってるじゃないか……。

雄一は、都合のいい考えに酔った。

千絵は窓辺で悩ましいポーズをさんざん見せつけたあげく、思わせぶりに部屋の灯《あか》りを消してしまった。しかし、窓は開いたままだ。

これはもう、行くしかない。女ははっきりと誘いをかけたのだ。幸い、人通りもない。

雄一は心を決め、マンションのフェンスを乗り越えて雨樋《あまどい》に取りついた。二階のベランダぐらい、楽勝だ。

網戸を引き、難なく部屋に入った彼は、灯りが消えて真っ暗な室内に足を進めた。

「……いるの？　いるんだろ」

声を掛けてみたが、返事はない。きっと焦《じ》らしてるんだ。もしくは、男を誘ったのが恥ずかしくて顔を見せられないのか。

「どうしたんだよ。あんまり焦らされるとおれ、爆発しちゃうよ」

窓からは月の光が射し込んで、目が慣れてくると部屋の様子が見えてきた。と、彼の目の前に、下着姿の女が立っているのが見えた。ショーツから形のいい脚がすっと伸び、薄地のキャミソールを、美乳がつんと突き上げている。

「驚かすなよ。おれはずっと……」

瞬間、雄一の首筋に衝撃が走った。火花が散ったのが見えた。強烈な電撃を食らって息が止まり、心臓も一瞬鼓動を止め、足から力が抜けた。がたがたと音を立て、彼は崩れ落ちた。

長い髪が揺れ、女の顔が近づいてきた。だが、それは杉山千絵の顔ではなかった。無残に傷つき、痣《あざ》に覆われ、血糊《ちのり》にまみれ……恨みのこもった眼が月明かりに光った。

「うわあああっ……殺さないでくれ！　おれたちが悪かった！　おれが悪かった！」

雄一は、恐怖のあまり失禁した。倒れた拍子《ひょうし》に、指が携帯のリダイヤルボタンを押していた。

『あの子が怨霊になって戻ってきて……光男も学も殺されたんだ。刑務所でひどい死に方を』

さっき話したばかりの淳二の声が脳内に谺《こだま》した。嘘じゃなかった……もっと真面目に聞いておけば……。

髪の長い少女は、黒く長い、紐のようなものを手にしてしごきつつ、なおも迫ってくる。

「た、助けてくれ……悪かった！　謝るからっ！　おれはずっと、ずっと謝ろうと思ってたんだ……でも、怖くて、あのことを考えたり思い出したりすることが出来なかったんだ……だから」

怨霊が手にしているのは紐ではなく、髪の毛だった。長い、女の髪の毛だった。

それに気づいた瞬間、雄一の心臓は恐怖で止まりそうになった。

あの時。思う存分殴る蹴るの暴行を加えて『彼女』が完全に無抵抗になったあと。その長い髪を摑んで、雄一は、根元にざくざくと鋏《はさみ》を入れたのだ。

『おれ、ロングヘアの女にそそられるんだよ。で、一度でいいから女の髪をこんな具合にしてみたかったんだ！』

鋏が頭皮も傷つけて血が滲み、みるみる無惨な姿になっていく少女を見ながら、雄一は異様な興奮を覚えていた。

その時と同じ、長い、艶やかな髪の毛が、雄一の首に巻き付いていた。無残な顔の女の全身からも、首に巻きつく髪からも、ほのかなシャンプーの香りが漂った。

「うわあああっ……殺さないでくれ！　おれたちが悪かった！　おれが悪かった！」

いきなり目の前が真っ赤になり、息が出来なくなった。やがて激しい苦痛が襲った。頭が破裂しそうにずきずきし、眼の中の小さな血管がぷちぷちと切れる音までが実感された。

赤くかすむ視界で、眼前にせまる女の顔を見た。

それでも雄一は、勃起していた。首を絞められた生理的反応なのか、それともシャンプーの香りとあの時の記憶のせいなのか、もはや判らない。

床に落ちた携帯のスピーカーから、声が洩れていた。

『もしもし？　もしもし……雄一か？　どうしたんだ？　何が起こったんだよ！』

淳二か……お前も……気をつけろ……そう言いたかったが、言葉にならないまま雄一は射精し、その瞬間、意識が完全にブラックアウトした。

『うわあああっ……殺さないでくれ！　おれたちが悪かった！　おれが悪かった！』

「もしもし？　もしもし……雄一か？　どうしたんだ？　何が起こったんだよ！」

同時刻。二百キロ以上離れた東京では、淳二が携帯を握り締め必死に話していた。だが、聞こえてくるのは、げえええええっという息が詰まるような、断末魔の呻きだ。

「雄一！　大丈夫か？　返事してくれよ、頼むよ」

だが電話の向こうからは、ぐーっという弱い声がしたきり、なにも聞こえなくなってしまった。

尋常《じんじょう》ではない気配に、明子が部屋に飛び込んできた。

淳二が携帯を取り落としたまま、畳に座り込んでいた。

この前の、脅迫メールを見たショックからようやく回復しかけた矢先だった。

「雄一が……死んだ……あの声は、雄一だ……それを、全部聞いてしまった……雄一が、殺された。あの子に、殺されたんだよ……」

淳二の目は焦点が定まらず、正気を失ったように見えた。

「淳ちゃん？　淳ちゃん……どうしたの？　大丈夫？」

明子は、呆《ほう》けたようになってしまった弟を抱きしめるしかなかった。

＊

「第三の犠牲者が出た」

再度招集された会議の席で、警察庁の添島は険しい表情で報告書を読み上げた。

「被害者は、下川雄一、二十五歳。静岡県磐田市二之宮《にのみや》町のマンションの一室で扼殺《やくさつ》されているのを、異様な物音を聞いた近所の住人が警察に通報、巡回中の巡査が駆けつけて発見。死因は窒息《ちっそく》ならびに脳虚血《のうきょけつ》。凶器は被害者の頸部《けいぶ》に巻き付いていた、女性のものと思われる頭髪」

「誰の部屋で殺されたんだ？　女の髪の毛ってことは、その部屋に住んでる女を強姦しようとして返り討ちに遭ったんじゃないか？」

「いや。死体が発見された現場は空室だった。前に住んでいたのは杉山千絵という二十歳の女子大生だが、一週間前に部屋を解約し、事件当夜は名古屋の実家に居たことが確認されている。この部屋を管理する不動産屋の話では、三日ほど前にこの部屋を見に来た若い女がいて、案内した社員にあれこれ訊《たず》ねていたようだが、それだけだ」

ぶっきらぼうに答える添島に、菅原がさらに訊《き》いた。

「遺留品は？　いくら空き家だからって、殺しをやったんだから何か痕跡《こんせき》はあるだろ」

「いや。下川雄一の指紋、頭髪、体液は発見されているし、凶器の頭髪も見つかってはいるが、それ以外のものは……不動産会社社員の指紋、頭髪、体液と、部屋をリフォームした作業員のものしか検出されていない。部屋を見に来たという女のものが、まるで出てこない」

「不動産会社社員の体液？　ま、季節を考えれば、汗ってことか。だけど、その女の指紋も髪の毛も出ないってのはおかしい」

添島は無言だが、菅原は言葉を続けた。

「その女が怪しいですな。指にマニキュアとか塗っておけば指紋は残らない。この暑いのに手袋してりゃ、自分から怪しい女だと宣伝するようなもんだからな」

「静岡県警だって、それくらい考えている。菅原さん。実にありがちなコロシだ」

添島は老刑事をいなした。

「で、その実にありがちなコロシでこの面子《メンツ》がまた集められたのは、理由があるんでしょうな。下川雄一ってのも『例の事件』でパクられた、元糞《くそ》ガキの一人ですからな」

「残念ながら……そうだ。こういう遺憾《いかん》な偶然が起こらなければ、皆さんにこうしてまたご足労を願う必要もなかったのですが」

添島の顔には表情が無く、何の感情も読みとれない。

「遺憾な偶然、ねえ……。偶然って絵を描きたい人には、これがそう見える、と」

「何が言いたいのかね、菅原君」

気色ばむ添島に、同じく招集されていた一橋葉子は、挙手して発言の許可を求めた。

「例の事件というのは、藤崎由布子さん事件のことですね？」

無表情のまま頷く添島に、葉子はさらに質問した。

「凶器の頭髪は、長さはどれくらいありましたか？」

「八十センチほどです。科捜研で詳しく分析中ですが、若い女性の頭髪である可能性が高いとのことです」

葉子は、頭に浮かんだ疑念を口にした。

「『例の事件』の被害者だった女子高生・藤崎由布子さんも髪を長くしていたと思いますが、仮にも彼女の髪の毛だったというような可能性は……」

「何がおっしゃりたいのですか？」

添島は切り口上で問い返した。

「一橋先生ともあろう方が、どうしてそういうことをお考えなのです？　なにか、強固な予断をお持ちのようだが」

「でも……十年前のあの事件の被害者は、頭髪を刈り取られた、無残な姿で発見されていますね？　犯人のひとりが、若い女性の髪の毛に異常に執着する性癖《せいへき》の持ち主だったために」

葉子は、同席している菅原をちらっと見た。

「その性癖の持ち主が今回の被害者、下川雄一ではないのですか？」

「失礼ですが、先生はもしかして復讐だとか亡霊だとか、そのような突拍子もないことを考えておられるのですか？　まあ、これは内輪の会議ですから、先生がそのような発言をされて、ご自身の評価をおとしめられるのもよしとしましょう。しかし、そのような憶測を外部にリークするのは、先日も申し上げましたが、厳に慎《つつし》んでいただきたい」

「リークなど致しておりません。しかし添島さんは先ほど、『第三の犠牲者が出た』とおっしゃいました。そのすぐあとに遺憾な偶然、とも表現された。どちらが本心なんです？　あなたもこの殺人を刑務所での、例の二件の自殺との連続性で捉えてらっしゃるのではありませんか？」

発言の矛盾《むじゅん》を指摘された警察庁の官僚は、とっさに反論出来ず、唇と頰の筋肉をひくつかせた。

「……訂正しましょう。いや、しないでおこう。たしかに亡くなった三人全員が、十年前の女子高生拉致監禁致死、ならびに死体損壊事件の加害者であることは事実だ。我々としても、この共通項を無視しているわけではない……そう答えればご満足でしょうかな。一橋先生」

添島はますます苛立《いらだ》ったような、神経質な表情を浮かべている。

「だが、現時点で無用な情報をリークして、何も知らない、衆愚ともいえる一般大衆を煽《せん》動《どう》すること、それだけは、絶対に慎んでいただきたい」

「何のお話か、理解出来ないのですが」

「インターネットのいくつかの掲示板で、『あの事件の犠牲者の少女が冥界《めいかい》から甦り、かつて自分をなぶり殺しにした元少年たちを惨殺している』という噂が広がっています。まあ、便所の落書きのような場所での無責任な噂にいちいち対応する必要はありませんが、問題なのは」

添島は葉子を睨みつけた。

「外部の人間が絶対に知り得ない情報が、かなり漏れているということです。これを見てください」

彼は用意してきた分厚いファイルを葉子に回した。その中身は、ネットに書き込まれた膨大な量の文書をプリントアウトしたものだった。数カ所が蛍光ペンで囲まれ、付箋《ふせん》がついている。

「最初はイニシャルだけだったものが、時系列を追うに従って『木原学』と『塩瀬光男』という実名までが公開の場に書かれてしまっている。少年事件である以上、これはあってはならないことです。この両名が例の事件で服役していた事実を、外部の人間が知る方法はないはずだ。刑務所での連続自殺も同様です。少なくとも二件の自殺と、二人の死者の実名、そして彼らが過去に起こした事件を結びつけられるはずがない」

添島はプリントアウトしたログから、さらにある箇所を指し示した。

「さらに言語道断なのは、これです」

添島の指先には、インターネットのアドレスとおぼしいアルファベットの文字列があった。その下には、『このURLに飛んでみな。殺された女の声が聞けるぜ』という煽《あお》り文句があった。

「これはもはや内部情報の決定的なリークと言わざるを得ない。被害者の肉声を犯人たちが記録した録音テープが、証拠品として存在することは皆さんご存じでしょう。遺族の被害感情と社会に与えるだろう衝撃を顧慮して、その存在が秘密にされていることも。ところが」

添島は怒りを押し殺した表情で、そのアドレスを指で叩いた。

「テープの内容がそっくりそのまま公開されているじゃないか。インターネット上の、誰でも聞ける場所に置かれているのだよ！」

葉子は、いつも持ち歩いているノートパソコンでインターネットのその場所にアクセスしてみた。

貧弱なパソコンのスピーカーから流れ出たのは、苦悶に満ちた、悲痛な喘ぎ声だった。

『水……水を……た……助けて……お願い、します……』

心臓が止まりそうになった葉子は、慌ててノートパソコンを閉じた。一度聞いたことがあるが、絶対に忘れることの出来ない、今でも夢に出てきてうなされそうな声だ。

「捜査資料として保存してある被害者の肉声が録音されたテープと照合した結果、本物の音声であると判明している」

「……どういうことなんですか」

添島の目線が自分に貼り付いて動かないのに気づいた葉子は、その時初めて機密漏洩《ろうえい》の犯人として疑われているのだと判った。

「残念ながら、まだある。ある市民からのクレームだ。こういう不快な画像がメールで送られてきたが、警察は取り締まれないのか、という苦情だ」

添島は、一枚のプリントアウトを一同に見せた。会場から、呻き声が上がった。

それは若い女性の、無惨に損壊された全裸死体だった。

「これは明らかに、十年前の女子高生拉致監禁致死、ならびに死体損壊事件の現場で撮影された鑑識の写真だ。内部から流出したものに間違いない」

葉子への疑いをもはや隠そうともしない添島に立ち向かうように、彼女は立ち上がった。

「私は、職務上知り得た秘密を外部に漏らしたことなどございません。医師としての守秘義務もあります。こんな、被害者を冒瀆《ぼうとく》するようなことが、私に出来るわけがありませんし

「別に一橋先生を疑っているわけではないのですが、ただ先生は、問題のテープにアクセス出来る立場にあった。またそのようにパソコンやインターネットにもお詳しい。この事件の全貌について知り得た立場にある数少ないメンバーの中では、おそらく一番でしょうな」

「ですから！」

葉子がなおも抗議の声をあげるのを、添島は手で制した。

「私は、可能性を申し上げただけです。一橋先生が情報の流出元であるとは、一言も言っておりません。とにかく、この場におられる、誰か警察の内部情報に詳しい人間がリーク犯であろうと推察されます。もし、この席にいらっしゃるのなら、これを限りにやめていただきたい」

添島は一同を見渡した。

「私は法治国家において、法の論理を無視した『復讐・私刑』が存在しうる、という考えが世間に広まることを恐れているのです。昨今、凶悪犯罪に対する市民の怒りはエスカレートしている。現行の法律も、そういった市民感情を反映するものではないかもしれない。しかし、だからといって法律を無視した『復讐者』の存在など、絶対に認めるわけにはいかない。それは法と秩序への挑戦です。それがどれほどゆゆしき事態であるか、みなさんにもお判りのはずだ」

彼の視線は、最後に葉子で止まった。

S署から出た葉子は、後ろから追ってきた菅原に声を掛けられた。

「ちょっと時間はないかね、先生」

近くには適当な喫茶店もないので、二人はS署に戻って職員食堂に入った。

「先生よ。添島の野郎は認めねえけどよ、凶器の件は先生の言うとおりかもしれないぞ」

テーブルの上のポットに入った焙《ほう》じ茶を一杯飲んだ菅原は、声を潜めて言った。

「下川の首に巻き付いてた髪の毛が、亡くなった藤崎由布子さんの遺髪かもしれないって先生の考えは、案外いいとこ突いてるかも知れねえって言ってるのよ。おれも、ちょっと調べてみようかと思ってる」

「調べるって?」

葉子には、菅原が同じ考えを持っているというのが意外だった。

「あの子の遺髪は判決が確定した後、遺族に返された。それがどうなったのか、確認したい。あの子の髪を刈り取ったのは先生の言うとおり、下川のやつだ。あの変態野郎が、大好きな女の髪で絞め殺されたってのも、出来過ぎじゃねえか」

「確認って、遺族のお宅を訪ねるんですか」

「ああ。おれは、あの子の……由布子さんの命日が近づくと、仕事をやりくりして線香をあげに行くんだ。毎年欠かしたことはない」

菅原が自分に、あんたは何も判ってない、と言い募ったのも無理はない、と葉子はようやく理解した。葉子は終わった事件をファイルに入れてしまうが、菅原は人間同士の付き合いを続けているのだ。

「是非、ご一緒させてください」

葉子は、自然に頭を下げていた。

藤崎宅は、事件のあった町から遠く離れたS県S市にあった。娘の葬式を出した後、ひっそりと引っ越したのだという。興味本位のマスコミの取材を避けたいのと、亡き娘の思い出の残る家に住み続けるのは辛すぎるという気持ちがあったのだろう、と道中、菅原が話した。

「テメエのガキが犯した罪を償うのに、賠償する金がないことにするために急遽《きゆうきよ》ローン組んで家を買ったり、財産を全部親戚《しんせき》名義に移す人間以下のクソ親もいるというのによ。悲しい話だと思わないか」

駅からかなり離れた新興住宅地に、新居はあった。とは言っても、もう越してきて十年は経《た》っているのだが、その歳月の時間の流れが止まっているような、田ん圃を埋め立てて造成されてから、まったく発展した様子のない町だ。

「ああ、これは刑事さん。有り難うございます」

由布子の母親は、温かく迎えてくれた。年よりも老け込んだ印象で、皺《しわ》と白髪《しらが》が目立つ。

「ご無沙汰していますが……最近は、如何《いかが》ですか」

仏壇に花とお菓子を供《そな》える母親に、菅原が声を掛けた。菓子に食ってかかる口調とはまるで違う、優しさに溢れた声だ。

「お陰様で、いつまでも嘆いている訳にも参りませんし、下の娘のこともありますから、なんとか気を取り直して、身体を動かすようにしておりますが」

仏間には、一家で旅行に出かけたスナップ写真が額に入れて飾られている。

「ようやく、時間が、穴を埋めてくれたんでしょうか。いいえ、あの娘がいなくなった穴は決して埋まりませんが、切り立っていた穴の周りがなだらかになってきた、というのでしょうか」

菅原は深く頷きながら、母親の述懐を聞いている。

「あの時は、人がいっぱい来て。近所の人が見かねて制止に入ってくれたほどで。私どもは普通の人間ですからね、新聞やテレビは正しいことを伝えてると思っていたのに、本当に参りました」

母親は言葉を選んだ。

線香をあげてから自己紹介した葉子が、報道被害ですかと話に入った。

「ご近所の人は、とてもいい人もいらしたんですが、娘についてあることないこと噂を喋る人もいたようで。娘の学校関係の人までが……。それでもう、誰も信じられなくなってしまったことも、ここに越してきた理由なんですよ。マスコミの人にしつこく聞かれて、『そう言えば』ってまた聞きの噂を喋ってしまった、申し訳ない、と謝りに見えたかたもいらしたけれど……」

「いえ。由布子さんのお名前と年齢を漏らしてしまった私が、第一に悪いのです」

菅原は弁解せずに頭を下げた。毎年このやりとりを繰り返して、すでに言い訳する気持ちなど消え失せてしまったという様子だ。

「どうして……娘を悪く言って、犯人側に味方するような記事がたくさん載ってしまったのかが、今でも判らないんです。マスコミの方に犯人の親戚でもいたのかしらと思ってみたり」

老いの目立つ母親は辛そうに言った。

「あの……これは推測なんですが、当時は情報が乏《とぼ》しくて、マスコミ関係者も事件の本質が理解出来なかったんだと思うんです。マスコミを庇《かば》うつもりはないんですが、とりあえず読者にも自分たちにも、一番判りやすいストーリーに乗ってしまったのではないかと」

『女の方が思わせぶりな態度で誘った』『派手な服装で挑発した』『遊んでいる女という評判を知っていたからつい手が出た』などと、少女の側に落ち度があったのだと言わんばかりの誤報をした記者や、自分で取材もせずに知った風なコメントをした評論家と称する連中は、訂正も謝罪もせずに今でものうのうと仕事をしている。

彼らにとっては、書きっぱなし・言いっぱなしの「仕事のひとつ」にしか過ぎないのだろうが事実を歪められ、個人の尊厳を、死んだあとまで奪われた被害者はどうなるのか。娘と過ごした掛けがえのない年月と思い出までを汚された遺族の悲しみは……それを思うと、葉子もやり切れない気持ちになる。

「そういう記事を書いた糞記者や、いい加減なコメントを吐き散らした評論家どもは、全員が野郎だからな」

菅原が言った。

「認めたくないんですよ。自分の中のケダモノを。あくまでも女が悪いってことにしときたいんだ。思わせぶりに誘ってきたってデマを、アタマから信じてしまうバカどもなんです」

菅原は怒りながら深々と頭を下げた。被害者を死後、泥まみれにしてしまった、根本の責任を感じているのだ。

「あの、ちょっとお伺いしたいことが」

葉子は言いかけたが、内容が内容なので口籠《くちごも》った。

「あの……お嬢さんの遺髪、についてなのですが」

「あの子の遺髪が、何か？」

母親もいぶかしげだ。

「……遺髪を、拝《おが》ませて戴けないかと思いまして」

菅原が助け船を出した。要は、盗み出されていないかどうかを確認したいだけなのだ。

彼の言い方が一番自然だった。

「それは、有り難うございます」

母親は別に疑う様子もなく、仏壇の引き出しから奉書紙を取り出した。畳の上で包みを解くと、長い黒髪の遺髪は、きちんとそのなかに納められていた。まだ若かったのに、長く味わった恐怖のせいか、白髪が交《ま》じっているのが痛ましい。

「きちんと洗ってあげて、仕舞ったんです」

「ずっと仏壇の引き出しに置かれていたのですか？」

はい、とうなずく母親に葉子は重ねて訊いた。

「身内か御親戚以外で、最近、仏壇に線香をあげに来られた方はいらっしゃいますか」

「ときどき、あの子のお友達がお見えです。そういえば、もう十年にもなるのに、昔近所に住んでいて優しくしてくれたから、とわざわざ訪ねてきてくれたお嬢さんがいましたねえ……」

母親は、二十歳ちょっとぐらいの、髪の長いきれいなお嬢さんだった、と付け加えた。

葉子は、咄嗟に菅原を見た。彼も葉子を見つめ返してきた。その鋭い眼は、線香をあげにきた初老の男から、現場を知り尽くした刑事のものになっていた。

「その殊勝《しゅしょう》なお嬢さんは、なんとおっしゃる方ですか」

ええと確か、と母親が香料の袋を確かめている隙に、葉子は遺髪の一本をすっと抜き取って、ハンカチに挟んだ。

「ああ、判りました。西田《にしだ》ひとみさん、とおっしゃいました」

香典袋の束の中からより分けられた、女性らしい美しい筆跡で名前の書かれた封筒が、畳に置かれた。

「こうして、今になっても訪ねてくれる方があるのは、娘がまっとうな人間だったと証明してくれているような気がして……本当に有り難いことだと思います」

「詫《わ》びなければならない者たちはどうです？　線香をあげに来ますか？」

菅原はそう言いながら葉子を横目で見た。あんな連中が来る訳がない、そういう外道《げどう》はどうしようもないのだ、と目が語っている。

母親は静かに首を横に振った。

「いいえ。こちらからお断りしてるんです。線香など、あげて欲しくもありません。口先だけで詫びて欲しくもありません。あの子と同じ苦しみを味わえばいいのだと、今でも思っています」

母親の口調は特に厳しくなる訳でもなく、淡々としている。だがその穏やかさがかえって、消えることのない怒りの激しさを物語っているようだ。

「それにしても……ここは静かなところですね。東京に近いとは思えない」

菅原は話題を変え、開けはなった縁側から見渡せる庭に目をやった。

「のどかですよ。新聞に載っているあれこれが近くで起こってるなんて、信じられないくらい」

菅原と葉子は深く頷いた。

「私もね、微力ながら頑張っているんですが、後手後手に回ってしまって。いつも犯人を捕まえるのが精一杯で、犯罪を防ぐ方まではなかなか手が……」

そこまで言いかけた時、庭で複数の足音がした。

裏口から庭に通じる木戸を勝手に開けて、ビデオカメラを担いだ男とマイクを持った男、そしてラフなブルゾンにジーンズ姿の若い男が入ってきたのだ。カメラマンもジーンズだが、マイクの男だけはやや年配で、ダークスーツ姿だ。

「東京ベイTVのものです。あの事件から十年ということで伺いました」

ブルゾンの男は派手な菓子折をこれ見よがしに縁側に置いた。

「取材、させていただけませんかね。インタビューは、すでにご面識があると思うんですが、元同朋通信の江中《えなか》さんにお願いしまして」

「どうも江中です。ご無沙汰しております。最近は社会評論の方をやっておりまして」

口の利き方を知らないブルゾンに対して、マイクを持った江中という男はさすがに年齢相応の、世慣れた腰の低いしぐさで、名刺をすっと縁側に滑らせた。

思いがけない取材クルーの出現に菓子と菅原はあっけにとられたが、母親は顔面蒼白になり、身体を小刻みに震わせ始めた。

そんな母親の反応を無視して、江中が口を切った。

「すみませんね、お母さん。現在インターネット上にですね、被害者だった由布子さんが冥界から甦って、元の加害少年たちを次々に惨殺している、という噂が広まっているそうなんですが、そのことについて伺いたいのです。お母さん、そのことをご存じでしたか？

ご感想はありますか？　そういう書き込みをしている者について、心あたりはありませんか？」

無神経がスーツを着てマイクを握ったような江中が指を回し、クルーに撮れ、とサインした。

「お帰りください。私は、マスコミの人にお話しすることはありません。特に……あなたには」

母親に指を差された江中は、一瞬戸惑ったが、すぐに態勢を立て直してエへへと笑って見せた。

「お母さん。それはないでしょう。私は一貫してこの事件に向き合って、取材を重ねてきた人間ですよ」

「よくも……よくもそんなことを。娘が派手に遊んでいたからああなったなどと、まるで娘の身から出た錆《さび》か、自業自得のような書き方をしておいて……。どうぞお引き取りください」

「しかし。死者を美化するのは日本の美徳なのかもしれませんがね、それでは世の中に警《けい》鐘《しよう》を鳴らせませんよ。もちろん、親御さんとして、娘さんを信じたい気持ちは判りますが」

「おいあんた」

堪りかねた表情で、横から菅原が口を出した。

「百歩譲って、いや、一億歩譲って、被害者の由布子さんが、あんたが書き散らしたデマ記事の通りに、ボーイフレンドの多い派手な女の子だったとしてだな、だからといってこんなふうに、非道の限りを尽くされて殺されて、死んでからまで尊厳を傷つけられるような目に遭って当然だとでもいうのか？」

江中は反撃する言葉を探すふうだったが、やがて思いついたらしく目に邪悪な光が宿った。

「あんた、S署の刑事さんだね。十年経っても線香あげに来るのは立派だと思うけど、オタクは初動捜査に失敗してるだろ。由布子さんが一一〇番したのに、きっちり対応をしなかったんだよね。あんたらがしっかりしてれば由布子さんだって死なずに済んだんじゃないのか？　それに、今は自己責任の世の中じゃないか。女の子が深夜のバイトをしたり派手に遊んだりするんなら、それなりの危険は覚悟しろ、そのことを私は今の子供達に教えたい……」

「彼女は、派手に遊んでなんかいなかったんだ、このクソ野郎！」

菅原の鉄拳が空を切った。すんでのところで江中が殴り倒されるのを逃れたのは、葉子が菅原を羽交《はが》い締めにしたからだ。

「菅原さん！　落ち着いて。挑発に乗っては駄目！」

「放してくれ、先生。コイツにはどうしても言っておかないと」

葉子の手を振りほどいた彼は、江中に指を突きつけた。

「おい、江中。血も涙もないお前の、その小利口な頭で想像出来るかどうか知らんがな、被害者は非力な若い女性だ。ヤクザとしか思えない柄の悪いヤツに絡まれて脅されて、無理矢理ホテルに連れ込まれても、それでもお前は付いていった彼女が悪いと主張するのか？　お前は全国紙に載った由布子さんの写真を見て、たまたま彼女が美人だったから、勝手な妄想《もうそう》で俗悪な記事をでっち上げた。それが評判になったあげく、引っ込みが付かなくなったまま現在に至ったんだろ？　デッチアゲのウソ記事を誤報だと訂正する勇気がなかっただけだろ？　この、無責任な腰抜け野郎が！」

江中は、テレビクルーの手前、赤面した顔が青くなり、どす黒くなってきた。

「お前は、マスコミに湧いた中でも最低のうじ虫だ。それとも何か？　今はお偉い評論家先生だからマスコミじゃないってか？　テレビで嘘八百を並べても言論の自由で許されるってか？」

菅原は天にも轟《とどろ》くような大声で怒鳴りまくった。葉子は、すでに止めたり宥《なだ》めたりする気をなくしていた。菅原の言動は大人げなさすぎるが、それ以上に葉子も、この江中という男に腹を立てていたからだ。

「おい君ら。君らも聞いたろ？　この現職刑事は我々を侮辱《ぶじょく》したぞ。官憲が報道を弾圧しようとしてるんだぞ」

　菅原を攻撃する論拠を見つけたとばかりに、江中は目を剝いてここぞとばかりに言い募ろうとした。が、バランス感覚に長《た》けているらしいディレクターが制止した。

「江中先生。事を荒立てるのはよしましょう。ウチとしては警察と揉めたくないんですよ」

「なんだと？　君は官憲に尻尾《しっぽ》を振って、硬派の論客を圧殺するというのかっ？」

　いきり立つ江中にディレクターが小声で「とにかく取材をしましょう」と宥めている。評論家としては、顔が売れるテレビのレギュラー・コメンテーターの職を失いたくないのだろう、江中は渋々従い、由布子の母にマイクを向けた。

「では、お母さん、過去のことより今のことを話しましょう。で、今でもお母さんは娘さんが殺されたことを、恨みに思っているんですよね？　本当のところ、お母さん自身が元加害少年たちを殺してやりたいと思ってませんか？　元犯人たちを殺して回っているのは、女性だという噂もあるんですが」

　母親は無言のまま、インタビューに応じるかのようにすっと縁側から庭に降りた。しかしそこで庭先に置かれたバケツを摑むと、入っていた水をテレビクルーにいきなりぶちまけた。

「うわっ何をするんですか！」

「カメラが……カメラが」

「次は熱湯をぶっかけてやろうか?」

母親の全身に殺気がみなぎっていた。

それでも江中は何か言いたそうだったが、ディレクターに促されて立ち去った。

「帰れ! 二度と来るな!」

そう叫んだ母親は、そのまま庭先にへたり込んだ。激しく浅い呼吸をし、顔面は蒼白だ。

葉子は庭に飛び降りて母親を抱き起こした。

「過呼吸発作だわ。菅原さん。何か、ビニールの袋のようなものを!」

「これでいいか」

果物屋でもらった袋を菅原が差し出すと、葉子はそれを由布子の母親の口に当て、袋の中の空気をゆっくり吸っては吐くように言い聞かせた。

過呼吸の発作は次第におさまってきたが、年以上に老いてしまった母親の表情は暗い。

葉子の心も晴れなかった。

＊

仕事に没頭している時の大介は、電話にも玄関のチャイムにも応答しない。コンピューターソフトの作製時や、プログラム解析の最中は思考を中断されたくないのだ。

あと少しで最後のルーチンが終わろうという時に電話が鳴った。会う人も少ない彼には、応対が必要な電話はほとんどない。いつものように放っておいたのだが、一向に鳴り止まない。

仕方なく取った受話器から聞こえてきたのは、切迫した様子の女性の声だった。

『もしもし？　もしもし大介さん？　私……緋沙』

「どうしたの？　何があったんだ」

受話器から響く緋沙の声には怯えがあった。

『ごめんなさい……突然、電話なんかして……でも私、怖くて……』

「ストーカー？　またこの前の男につきまとわれているの？」

『私……呼び出されて今、湯島《ゆしま》のカラオケボックスにいるんだけど……でも、どうして自分がここにいるのか、判らないの』

緋沙はあきらかに混乱している。おそらく大介と同じ病気で記憶が飛んでしまう緋沙は、覚えのない約束をしてしまったか何かで、面倒な状況に巻き込まれているのだ。

大介のような多重人格者の場合、別人格が誰と何を話したかの記憶がない。言った、言わないのトラブルは大介にも数え切れないほどあった。まして緋沙のような美人の場合、男からの誘いは多いだろう。それに関連して誤解され、恨まれてしまうことがあるに違いない。

記憶がないまま緋沙が何人かの男をその気にさせるような言動をしていたとすれば、男は二股をかけられたと誤解し、プライドが傷つけられて彼女をひどく恨むだろう。

だが、これは緋沙にはどうしようもない。そういう病気だということを本人も、周りの人間も知らないのだから。

「待って。僕が行って冷静に話をしよう。僕なら説明できる。ほかの人には待ってもらって」

『駄目なの。よく知らない男の人たちがいて、全員ものすごく私に腹を立てているの。ひどい……ひどいことを言われて……淫乱だとかヤリマンだとか……』

緋沙の言葉はすすり泣きになった。想像以上にひどい事態になっているらしい。

大介はパニックを起こしている緋沙を必死になだめすかし、現在彼女が呼び出されているカラオケボックスの場所をなんとか聞きだした。

「すぐに行くから。カラオケボックスって、密室だろ？　危ないよ。男の人たちがいるんだよね？　何を約束したのか覚えてないのなら、今すぐそこを出たほうがいい」

『出られないの。帰してもらえなくて……あっ！　ちょっと……待ってっ！　いやあっ』

いきなり通話が乱暴に切られた。

大介は怒りと嫉妬《しっと》で、目の前が真っ赤になった。パソコンの電源を落とす余裕もなく財布と上着を引っつかみ、自室を飛び出した。

緋沙がいるカラオケボックスは、上野《うえの》から湯島に続く繁華街の外れにあるらしい。大介のアパートからもそう遠くはない。つかまえたタクシーが異様に遅く感じられて気が気ではない。

大介は車中でも携帯を取り出し、登録してある緋沙の携帯番号を何度となくプッシュしたが、応答はない。だがその携帯が、突然つながり、緋沙の悲鳴が漏れ出てきた。

『やめて……どうして？　なぜ私を？』

何かが倒れる音と、荒々しい男の声が聞こえた。

『へっ、今さらお嬢さんぶるなよ、お前……ノーパンに、ノーブラで誘って来やがったくせに』

『い……いや、そんなところを触らないで……』

『格好つけるなって。ほら、お前だって乳首が勃って来たぜ』

ああ……大介は目を閉じた。最悪の想像が現実になっていた。

なすすべもなく携帯を耳に当て、大介は歯ぎしりした。

その間にも、携帯がつながりっぱなしになっているのだろう、緋沙の受けているらしい辱《はずかし》めが容赦《ようしゃ》なく聞こえてくる。

『ほら。お前の乳をずっと見せつけられて、こんなになっちまったんだよ。なんとかしてくれよ』

『い、いやです……そんなもの、握らせないで』

『カマトトぶるな。お前だって男を知らないわけじゃないんだろう？　ほら』

大介はもう気が狂いそうだ。緋沙の、あの白い、清らかな手が、見るもおぞましい、醜悪《しゅうあく》な男の性器を無理やり握らされて……その情景が振り払っても振り払っても目に浮かぶ。

百万年も経ったかと思うころ、タクシーはようやく目的地に着いた。

転がるように降りた大介は、間口の狭いペンシルビルのエレベーターに飛び乗った。のろのろと上昇する古エレベーターにイライラし、フロントのある五階に着くなり店内に駆け込んだ。

フロントには誰もおらず、テレビだけがサッカー中継の大歓声を響かせている。

大介は狭い廊下の両脇に並ぶボックスの中を一つ一つ覗き込んでいった。

受付には店員がいなかったが、ボックスもほとんどが空室だった。店はこのビルの五階と六階に入居しており、五階だけでも十以上のボックスがあるが、客が入っているのはうち一つだけで、それも全員が高校生らしい若者たちで、緋沙の姿はない。

どこにいるんだ、彼女は？

大介は廊下の奥の非常扉の内鍵を開け、外の非常階段から最上階の六階に上った。だが、六階の扉は中から施錠《せじよう》されていて開けることが出来ない。大介は不安になった。

五階に戻ると、廊下の向こう側から、店員が飲み物を運んできた。

「すみません。女の人が来てると思うんですが、どの部屋か判りますか？」

「さあ……女性の方は、一人も見えてませんが」

大介には何となく店員が嘘をついているような気がした。

「ここ、上の階にもボックスがあるんですよね」

「そうですけど、今日は六階は営業してません。サッカーの決勝ですからね。見てのとおり、ガラガラですよ……あっ、お客さん、困ります！」

店員の制止を振り切って大介はエレベーターに駆け込み、六階のボタンを押していた。

五階と同じ造りの六階は廊下の照明も落とされ、どのボックスも真っ暗だ。大介は、かすかな明かりが見えている廊下の奥に走った。二度ほど角を曲がった一番奥に、そこだけ煌々と光の洩れるガラスドアがある。

夢中でドアを押し開けると、大音響のJポップが流れ出した。だが歌っている者は誰もいない。部屋の中央にあるはずのガラステーブルとスツールが、隅に片寄せられている。広く空いた床の上に、男が三人、まるでアリの巣を観察するように寄り集まっていた。

「誰だ、お前！」

た。

その中の一人が、振り返りざま怒鳴った。大介を睨む目が異様にぎらついている。

男は下半身裸だった。そして三人の男が床に押さえつけているのは、白い躰だ。

全裸にされ、両脚を開かされたその女性が、絶望の眼差しでこちらを見た。緋沙だっ
た。

その瞬間、大介の脳は沸騰《ふっとう》した。

「この野郎っ！」

なによりもショックだったのは緋沙に、大人の女にあるはずの股間の翳《かげ》りが、まったく
なかったことだ。

なんてことを。彼女のあの場所の体毛を、剃《そ》り取ってしまう辱めを与えるなんて……。

大介の喉から獣のような、叫びとも呻きともつかない咆哮《ほうこう》がほとばしった。緋沙の両脚
を無理やり開かせている男の肩を摑んで引きずりあげると、その顔面を滅茶苦茶に殴っ
た。男は呻き、だらだらと鼻血をあふれさせて床にうずくまった。

ハンディビデオで緋沙の凌辱を撮影していたアロハの男が立ち上がった。

「なんだ……お前は？　このヤリマン女とグルか」

次の瞬間、大介はあっけなくボックスの壁に後頭部を叩きつけられていた。

「そういう段取りだったのか。オレらに犯らせといて、頃合いを見て入ってきたんだな。

薄汚い美人局《つつもたせ》野郎が」

三人目の、頭髪を七三に分けた男も立ち上がり、大介の腹部に蹴りを入れた。

「ごふっ！」

立て続けに右、左と、男たちの拳がめり込んだ。

顔を殴られ腹を蹴られ、前のめりになった背中にエルボードロップまで決められた。

鼻血を流していた最初の男も起き上がり、大介を殴った。

「ったくしょうがねえなあ。こんな情けないやつを用心棒にしてどうするんだよ。だから、マンコが歩いてるようなバカ女はどうしようもないんだ。さ、続き、やろうぜ」

男たちは壁にもたれてぐったりした大介に興味を失い、凌辱を再開した。全身が痛み、躰の自由は利かないが、残酷なことに意識はある。大介は、それから緋沙がされたことを、なすすべもなく見ているしかなかった。

上半身を起こされた緋沙は、ベルトのようなもので両腕を後ろ手に縛られている。形のいい美乳が、つん、と前に突き出すような体勢だ。その美しい乳房を二人の男が左右から、好き放題に嬲《なぶ》っている。緋沙は固く眼を閉じ、頬を真っ赤に染めて、きつく顔をそむけている。

アロハを着た男が、再びカメラを取り上げながら言った。

「おやおや。この情けない用心棒だか恋人だかヒモ野郎だかのお兄さんが乱入した途端に、この女、お上品ぶるのかよ。さっきまであげてたイイ声が出ないじゃねえか。もっとヤキ入れてやる。ほら、洗濯《せんたく》ばさみ」

頭髪を七三に分けた真面目そうな男が、通勤鞄のような黒いバッグから洗濯ばさみを取り出して、下半身が裸の男に渡した。大介は声にならない声で口をぱくぱくさせた。

お願いだ……彼女に……緋沙にこれ以上ひどいことをしないでくれ。このひとは辛い過去をかかえて、それでも必死に生きているんだ。こんな凌辱を何度も受けたら、彼女は……壊れてしまう……。

だが、凌辱魔たちは情容赦がなかった。アロハ姿の男が言った。

「ほら。洗濯ばさみ攻撃いくぞ。マイクも使え。この女の口に近づけろ。気分を出してるイヤらしい声を、このお兄さんにも聞かせてあげようじゃないか」

緋沙の清純な、淡い桜色の乳嘴に、がきっとプラスチックの洗濯ばさみが食い込んだ。

「いやあああぁぁぁっ……」

魂《たま》ぎるような悲鳴が緋沙の唇から洩れ、エコーがかかってボックスに響き渡った。

それはマイクで何倍にも増幅され、大介の肺腑《はいふ》をえぐった。

限界だった。

怒りと、彼女を助けられないふがいなさに、大介の意識はブラックアウトした。

駄目だ……もう、僕には見ていられない……緋沙さん、ごめん……。

と。

その瞬間。壁にもたれてぐったりとし、身動き一つできなかった大介の首が据わった。

全身がしゃんとなると同時に、一瞬閉じた目がくわっと見開かれ、別人のような声が出た。

「おいお前ら。いいモノ見せてくれてありがとよ。これで大介のアホも目が覚めるだろう。だが、今の借りは借りだ。返させてもらう」

緋沙の上半身に取りつき、乳房の洗濯ばさみをいたずらしていた男が、まず吹っ飛んで宙を舞った。

男の胸ぐらをつかみ、壁ぎわに叩きつけたのは大介ではなく、『竜二』だった。

「……え?」

失神したと思った男が突然復活して、しかもファイトの達人のように速攻で一人を始末してしまったのだ。それを目撃した残りの二人は口をあんぐりと開けて凍りついた。

「おれがよ、美人局みたいなチンケなワルに見えるのかよ。え?」

一切の痛みを感じない特異体質。子供の頃からの筋金入りのワル。数々の修羅場をくぐり抜けヤクザの幹部からも一目置かれる竜二だ。こんな喧嘩《けんか》は起き抜けのウォーミング・アップでしかない。

ビデオを緋沙の股間に向けたまま呆然としている男の顔面に、肘《ひじ》打ちを食らわせた。反撃しようと不様に突き出された右腕を抱え込むと、ごきり、という音がするまで捻《ひね》り上げた。

デジタルビデオカメラが壁に激突してレンズが飛び散り、バッテリーが飛びだした。

男を二人、あっさりと片付けた竜二は、素早い身のこなしでボックスを出た。

廊下には、這って逃げようとする三人目の男がいた。

竜二は男の襟を摑むと、物凄い力で引きずり寄せた。男の足は宙に浮いて空を切った。

「人間は、怒るとすげえ力が出るんだぜ。え？」

男の脇の下に手を差し入れて反動をつけ、思い切り天井に向けて投げ上げてやった。

「ほれ。センタリングあがったぜ」

頭を蛍光灯に激突させた男は、ガラスの破片とともに落下してきた。

「ボォレェエー、シュウゥートッ！」

さらにその尻を蹴り上げる。

「ナァイスゴールッ！」

男は床を滑って、廊下の突き当たりにあった消火器に激突した。その衝撃で消火器の安全栓が引かれ、男はあっという間にゴボゴボと音を立てて広がる消火剤の泡の山に飲み込まれた。

「……ま、そういうことだ。おれ様にとってセコイ美人局なんざ、役不足もいいとこで……ん？　役不足って、この意味で正しかったか？」

見ると廊下に店員が立ち、激しく頷いている。

「警察に電話するのか。ならしろよ。けどアレか。あんた非常階段のドアに鍵かけてたよな。それって消防法違反だよな。それに、あんたもグルなんじゃないのか？　事情を知ってて、こいつらにこの部屋使わせたんだろ？」

店員は、へどもどしている。

「おれはもう二、三曲歌いたい。しばらく下に行っててくれると有り難いんだがな」

店員は光の速さで姿を消した。

竜二は、泡の中から三人目の男を引きずり出すと、元のボックスの中に放り込んだ。

「まったく。半端なワルどもが。ほら、免許証とか出せ。一生恐喝してやるからよ」

圧倒的に強い竜二を相手に、三人の輪姦魔はおどおどと財布を差し出した。

「最初のクソは……寺田智《てらださとる》、三十二歳。免許証に女の写真を挟んでるな。これ誰だ」

「にょ、女房です……こいつだけはご勘弁を。ナニも知らない女なもんで」

竜二が女房を売り飛ばすとでも思ったのか、最初の男は土下座して拝んだ。

「誰が。こんなブス頼まれたっていらねえよ。次、お前は大久保嗣治《おおくぼつぐはる》、二十八歳か」

竜二は、床に転がっている携帯電話を拾い上げ、液晶画面を見ると大笑いした。

「おい。この待ち受け画面の不細工《ぶさいく》な女、お前の彼女か？　女房か？」

二人目の男・大久保は、震えながら頷いた。

「まだ……結婚してません」

「うん。こんなブスと結婚するなよな。ああそうか。付き合ってる女がブスだから、そこの、ちょっと見きれいなおねえさんを強姦したかったんだ」

竜二は緋沙を顎でしゃくった。

「いや……そうじゃない」

と言いかけて大久保は言葉を切った。下手な言い訳をすればもっと殴られると思ったのだろう。

竜二は鼻歌交じりで携帯電話を操作した。

「村田京美《むらたきようみ》ってのが、このブスな彼女の名前か。メモリに入ってるな。電話してやろうか。お前の彼氏がよその女ゴーカンしてましたよ、ってな」

「やめてくださいっ」

大久保は思わず竜二につかみかかったが、軽く胸を蹴られてソファにひっくり返った。

「次は、田口健一《たぐちけんいち》。名刺まで挟んでやがるな。私立聖バルテルミー女学院……お前、先公かよ」

竜二は三番目の男・田口の頭をはたいた。泡だらけの田口は、顔をワイプすると彼の足下にしがみついた。

「お願いです。このことは絶対秘密にしてください。バレたら懲戒《ちようかい》免職だ」

うるさい、と竜二は田口の顎を蹴り飛ばした。男は仰向《あおむ》けに倒れ、リノリウムの床にごん、と頭が音を立ててぶつかった。

「つまりだ。お前らは、その女を二股だ三つ股だ、男あさりの性悪女だ淫売だとか盛り上がって、あげくに三人で姦《や》っちまおうってことになったんだよな？」

図星なのか、三人の男は黙っている。

「この場で電話して、テメエらの女房や彼女や勤め先にバラしてやろうか、こら」

竜二は三人の男の頰に次々と張り手を加えた。男どもは怯えきり、完全に無抵抗だ。

「すみませんっ。最初はこの人のことが好きだったんで、それで凄く腹が立って……」

「申し訳ありませんっ！　でも、一時は女房と別れてもいいとさえ」

「お願いします！　学校のほうにだけは何とぞ」

三人は一斉に竜二に土下座して許しを乞《こ》うた。

あまりに見事に這いつくばるので、竜二は面白くなってきた。

「おい。動画撮ろうって言ったのは誰だ？　うちに帰って自分の女が寝静まったら再生してマスかいてるのか？　どうせそういうことするのは……お前。田口健一」

名指しされた田口はびくっと震えあがった。

「聖バルテルミーといえば泣く子も黙るお嬢さん学校だ。そこの先公がこういうことしていいと思ってんのかよ？」

「申し訳、ございませんっ」

田口はお白州《しらす》で遠山《とおやま》の金《きん》さんに平伏する悪党のごとくひれ伏した。

「やっぱりな。先公ほどスケベな人種もないもんな。しかしオマエら、個人的な楽しみのためだけに動画撮ってるようでもないよな」

竜二は半端なワルどもをいたぶるのを楽しんでいた。が、単純にいたぶっていた言葉が、図星を突いたようだった。

「わわわ、私たちは別に。どうせレイプ動画なんて安くしか売れないし。かといってもっと酷い映像は撮りたくても撮れないし」

「お前、ナニ言ってるんだ？　どういう意味だよ？　え？」

音飛びして止まらなくなったＣＤのように喋り続ける田口を、竜二は小突いた。

ミッション・スクールの教師は、そのまま後ろに倒れて尻餅《しりもち》をついた。

「さてはオマエ、こういうレイプとかを撮影して、そういう業者に売ったりしてるな？　おれにはその手の商売してる知り合いがいるんだ。電話すれば即、判るぜ」

竜二は床に転がっているカメラを拾うと、田口に突きつけた。隠れエロ教師は顔色を変え、必死になってかぶりを振った。

「お願いです、黙っててください……これ以上はもう、もう二度としませんから」

すると、さっきからすすり泣いていた緋沙の嗚咽《おえつ》が一段と高まったので、竜二はうんざりしてきた。潮時だと思い、いたぶるのを止めてカメラを田口に返した。

「おら。謝る方向が違うんじゃねえのか。おれに謝ってどうする。おれにじゃなくて、そこにいるおねえさんにだろ。あん？」

三人は、さっと体の向きを変えて緋沙に向き直ると一斉に平伏し、床に額を擦りつけた。

「乱暴なことをして、申し訳ありませんでしたっ！」

謝られた緋沙は、しくしくと泣き続けている。

「私を、許して。本当に駄目な私を……こんな私、きっともう、嫌いになったわよね」

彼女は涙をいっぱいに溜めた目を竜二に向けた。

その顔は、ぞっとするほどきれいだった。さめざめと泣いた顔と、怒った顔がきれいなのが本物の美人だと竜二は思っている。歪んだ表情でもきれいに見えるのが真の美形だろう。

緋沙はその条件を満たしている。が、竜二はふんと鼻を鳴らしただけだった。たしかに緋沙はきれいな女だが、どこかひんやりとした、心を許せないものを竜二は本能的に嗅ぎ取っていた。この女の過去のトラウマ話と、まばゆいばかりの美貌に惑わされている大介にそれがまったく見えていないことが、竜二にはもどかしくてならない。

「めんどくせえな……」

愁嘆場《しゅうたんば》が嫌いな竜二は、意識のスポットをあっけなく元の大介に明け渡してしまった。

「えっ？」

だしぬけに意識が戻った大介は、目の前に展開されている光景が理解出来なかった。竜二が出ていた時の記憶がないのだから、仕方がない。

とはいえ、長年の経験で、さっき自分に殴りかかった男たちがボロボロになって土下座しているのは、竜二のせいだと察しがついた。

いわば他人である竜二のしたこととはいえ、三人の状態はかなり酷かった。自分だって殴られ蹴られて痛みはあるが、相手方は顔面が腫《は》れ上がったり流血したり、あるいは白い泡まみれだったりの凄惨な状態になっている。

「その、ちょっとやり過ぎてしまったようで……ごめんなさい」

思わず謝りかけた大介に、しかし、なぜかキレて食ってかかったのは緋沙だった。

「どうして？　なぜ謝るの？　この人たちは奥さんがいたり彼女がいたり、学校の先生だったりするのに、私に酷いことをたくさん言って、しかも一時間も犯したのよ。痛い目にあうの当然じゃない。自業自得よっ！」

口を歪めて激怒する緋沙の表情は、パソコンの極秘のファイルを見せて欲しいと言い募った、あの時のものと同じだ。

「もっとやってよ！　こんな奴ら、もっとめちゃくちゃにしてやってよ！」

だが男たちは完全に竜二の凶暴さに怯えきっていて、床に頭を擦りつけて平謝りするばかりだ。

「わ、私たちは、これでもう、おいとましてもよろしいでしょうか……どうか警察沙汰にだけは……本当に、お許しください」

「でも、あなた、腕が折れてるのでは？　ですからあの」

「いえいえ、こんなの、平気です。ですからあの」

三人の男たちは、ドアに向かってじりじりと後ずさりした。そして大介が追ってこないと見るや我先にドアをくぐり、後をも見ずに逃げて行った。

緋沙は、不満そうな目で大介を見上げた。

「このままで許すの？　これでいいの？」

「君の、許したくないと思う気持ちは判るけど……」

大介は、竜二と自分の関係をとっさに説明するすべがないので、言い淀《よど》んだ。

「当たり前じゃない！　許せるわけがない。あんな目にあって当然な人だけを、私は選んだの。あいつらは痛い目にあって当然だったのよ」

緋沙はなおも怒りが収まらない口調で吐き捨てた。

が、それを聞いた大介は不審なものを感じた。

「でも、君は……。君は時々記憶がなくなって、覚えのないことで周りから責められるって言ってたんじゃなかったのか？　今度のことだって……君が仕組んだわけではなく」

疑問を口にした大介に、緋沙の表情が変わった。はっとして、たちまちいつもの弱々しい、はかなげな、うちしおれた様子に戻ったのだ。

「……私、まったく覚えがないの。信じてくれる？　私には何かを約束した記憶がないの。でも……悪いのは私、なのよね。私が一番悪いんだわ」

大介はすでに確信していた。緋沙が記憶に問題を抱え、自分と同じ病に苦しんでいることを。

「ねえ。君は、ときどき記憶がとぎれることがあるって言ったよね。たとえば買った覚えのない品物が家にあったりとか」

緋沙は、びくっとした。

「それが……それがどうかしたの？　そういうことと、これとは」

関係ない、と言いかける語尾が消え、緋沙はうなだれた。

「……私、病気なのかもしれない。でもお願い、誰にも言わないで」

この人は、やはり自分と同じ病気……解離性同一性障害、つまり多重人格なのだ。自分が竜二に苦しめられたように、緋沙も彼女に憎しみを持つ別人格に苦しめられているのに違いない。

「ねえ。専門のお医者さんにかかってみたことは、ある？」

大介の言葉に緋沙は目を伏せ首を横に振った。

「信頼できる先生を知ってる。よかったら紹介するよ。きちんと診《み》て貰って、治していこうよ」

緋沙はしばらく黙っていた。聞こえていないわけではない。考え込んでいるのだ。

「怖いの……診て貰って、なにかもの凄く重い病気だって判るのが、怖いの」

「でも、重ければ重いほど、きちんと診て貰って治さなきゃ」

彼女は顔を上げて大介を見た。頬には涙が幾筋も流れている。

「ありがとう。そんなに優しく言ってくれて。けど、もう少し、もう少しだけ待ってくれる？」

「判った。ずっと僕がついてるから。時間はかかってもいい。一緒に治していこうよ」

大介は緋沙の手をしっかりと握った。この僕だけが、彼女を理解でき、助けることが出来る、と強く思っていた。そのためにも、まず自分が強くならなければ。

「こんな私で……ごめんなさい」

そう言うと、緋沙はまたしくしくと泣き始めた。

「……とにかく、帰ろう。ゆっくり休んで、それからにしよう」

緋沙の肩を優しく抱くと、ようやく彼女は泣きやんで、濡れた瞳で大介を見上げた。

緋沙の体温が、素肌から伝わってきた。突然、彼女がまだ全裸であることが強烈に意識された。胸を隠した両腕からきれいな乳房がこぼれ、あわてて視線をそらすと、太腿のあいだの無毛の部分と割れ目の一部までが目に飛び込んできた。激しい欲望が、躰の芯から湧き起こってきた。

＊

大介は緋沙をタクシーに乗せ、自分の部屋に連れ帰った。

車内の緋沙は、無言だった。気力をすべて使い果たしてしまったかのように、このまま失神してしまうんじゃないかと思えるような生気のなさだった。

部屋についてすぐ風呂にお湯を張った。

「熱いお湯に入れば、少しは元気が出るさ」

すぐにお湯が張れる大容量の湯沸かし器を無理して買ってある。仕事柄、入るタイミングを逃すといつまでも入れない大介の生活の必要からだったが、それに感謝したい気持ちだ。輪姦の痕《あと》を無惨に残したままの彼女と向き合っても、何を話していいのか判らないではないか。

「湯加減はどう？」

浴室の扉越しに声を掛けてみたが、返事がない。

もしかしてショックがぶり返して倒れているかも……。

不安になった大介は、ごめんねと声を掛けながらドアを開けた。

と、そこには、着衣のままシャワーに打たれている緋沙の姿があった。

あわてて大介が駆け寄ると、それはお湯ではなく水だった。

「どうして……こんなこと。風邪引くじゃないか。早く脱いでお湯に」

服を脱がそうと手を掛けたが、それはまずい、と引っ込めた。

「……こんな汚れた私、もう嫌になったでしょ」

緋沙が、ポツリと言った。

「手も触れたくないと思われても、当たり前よね」

何を馬鹿なこと言ってるんだ、と大きな声で否定したかったが、全身ずぶ濡れのまま、打ちしおれている彼女を見ると、言葉を失った。

こうして冷たい水に打たれているのは、少しでも自らを浄《きよ》めようとしているのか。

そう思うと、彼女がどうしようもなくいじらしくなった。

「そんなことは絶対にない。あれは君のせいじゃないんだから」

思い切って濡れた服のまま抱き寄せると、緋沙が唇を求めてきた。

自然に唇が重なったところで、理性の糸がぷっつりと音を立てて切れてしまった。

シャワーを止めるのも忘れて、大介は夢中になって緋沙の唇を吸い、舌を絡ませた。

熱く柔らかい舌が、ぬれぬれと彼の舌にまとわりついてくる。その感触が、彼の奥深くで眠っていた男の本能を呼び起こした。先刻、目の前で凌辱魔たちに大きく広げられた緋沙の白い内腿と、そのあわいにある秘毛を剃りとられた、ピンクの割れ目が一瞬、フラッシュバックした。

その映像を頭から振り払おうとしつつ、引きちぎるようにして緋沙の服を脱がせていた。濡れそぼったブラはほとんど透けて、小ぶりな乳首がすっかり見える。その乳首をさいなんでいた洗濯ばさみの映像を思い出すと、また頭に血がのぼった。

肩を抱いて、うなじに舌を這わせる。彼女の柔らかな躰の感触と体温が伝わってくる。

さっきのことを忘れようとして夢中で愛撫とキスを続けると、緋沙は、「ああ……」と生き返ったような吐息を漏らした。

唇をうなじから肩に移し、狂おしく抱きしめながら、ブラのホックを外す。

美しい曲線をもつ乳房が姿を現した。水で冷えて、乳首が固まってつんと勃っている。

思わずそこを吸った。まるで赤ん坊が乳を飲むように唇で乳首を挟み、左右にくじった。

「はっ……」

緋沙が息を呑み、躰をびくんとさせる気配がある。

そのまま乳首を舌先で転がした。くりくりと動く硬い蕾《つぼみ》がたまらなく愛《いと》おしく、吸いながら、乳房全体を揉んだ。

彼自身もずぶ濡れになっていた。が、水ではその昂《たか》まりを抑えられない。気がつくとジーンズのバックルを外し、下半身を剝き出しにしていた。男根は痛いほど勃起して、腹に付くほど反り返っている。

いけない……これでは、彼女をさっき凌辱していた男たちと同じことに……。

頭の片隅でそんな声もしたが、もう、とまらなかった。大介はずぶ濡れになった緋沙のスカートを捲《まく》りあげ、ぐっしょり水を含んで肌の一部になったようなパンティを引き下げていた。

もう、いちいち彼女に「いい？」と確認を取っている余裕はない。大介の欲望は切迫していた。何かを考えるいとまもなく、行為に突き進んでいた。

狭い浴室で、緋沙を後ろ向きにして、露《あら》わになった尻を自分に向かせ、腰をしっかりと摑んだ。

前戯もなく、挿入した。

「ああっ」

女の果肉の熱さと柔らかさを感じて、大介は思わず呻き、ついで、何かに憑《つ》かれたように猛然と突き上げ始めた。ずっと理性で我慢してきたものがついに解き放たれ、一気に噴き出したような激しい勢いだ。

「うっ……」

急激に盛り上がった欲望のせいか、あっけなくピークに達してしまった。

獣欲を満たしてしまった大介は、躰を離すと、やっとシャワーを止めた。そして、目の前の光景に愕然《がくぜん》とした。

まるで、彼までが緋沙をレイプしてしまったようだ。水滴が垂れ落ちる緋沙のきれいなヒップからは、大介の欲情のたぎりも滴っている。

「ごめん……申し訳ない」

やっと理性が戻ってきた彼は、おずおずと緋沙の肩に手をかけた。

「こんなつもりじゃ……」

「いいの。嬉しかった」

緋沙は、泣きそうな微笑みを浮かべていた。

「こんな……汚れた私を抱いてくれて……」

「頼むからそんなこと言わないで！　あんなやつらがどうしたんだ！　君は、汚れてなんかいない！」

だがそう言いつつも、さっきの光景を思い出すだけで嫉妬と怒りと、最悪なことには、欲情までが湧いてきて、大介は気が狂いそうだった。

「本当に、そう思う？」

緋沙が再び、自分から唇を求めてきた。

また熱く舌が絡んだ途端、腰の奥から獰猛《どうもう》な欲情がまた突き上げてきて、大介はうろたえた。

今度こそは優しく、いたわるように彼女を抱いてあげたいのに。

「あなたは……私があいつらに何をされたか、聞きたくない？　ほとんど見られてしまったけれど。でも、あのとき、あいつらに寄ってたかって犯されている最中に私がどうだったか、知りたくない？」

熱い眼差しで射るように見つめられた大介は、必死で首を横に振った。

「どうして？　どうして聞きたくないの？　あなたが本当に私のことを大事に思ってくれていて、私のことが心配で気にかけてくれているのなら、知りたいはずよ。私があいつらにあんなふうに犯されたとき、感じてたのか感じてなかったのか、無理にでも聞きだそうとするんじゃないの？」

大介はかすれたような声で、ようやく答えた。

「そんなことを聞いて何になる？　僕は、君をもう一度傷つけるようなことはしたくないんだ」

やっぱり……と言って緋沙は悲しげに目を伏せた。

「見たくないことに目をつぶって、知らないふりするのよね、あなたも」

ここで逃げては、彼女の信頼を得られない。きれいごとだけではなくて、痛みも共有しなければ、本当に愛していることにはならないのだろう……。

大介の視線をとらえた緋沙は、ささやくように話し始めた。

「……感じてたの。物凄く感じてたの。裸にされて恥ずかしい場所をさらけ出されて、あそこの毛を全部、剃り取られて、順番に犯されて、あそこにマイクを突っ込まれたりしても、どうしようもなく感じていたの。酷いことをされればされるほど、あなたに合わせる顔がないような行為をされればされるほど、躰の芯が熱くなって、アソコが燃えるようになって、愛液がとめどもなく湧きだしてきたの。ペニスやマイクが出入りすると、『ああ私はメチャクチャにされてる。凌辱されてる』って思うと、背中を電気が駆け抜けて……自分にカメラが向いていて、録画中の赤いランプがついていると、躰じゅう、どこを触られてもヒクヒクうずいてしまって……普通に愛されるのよりも、ずっと激しく感じてしまっていたの。だから、私は悪い、汚れた女なのよ」

大介の目をひた、と見つめながら、緋沙は続けた。

「そんな汚れて何の価値もない私を、あなたは助けに来てくれた。すごく痛めつけられたのに。そんなことしてくれたのは、あなただけだった。あなたは自分がどうなってもいいと思って、私を助けてくれた。そうでしょう？　ああ……私、へんだわ。そんなあなたを、どうして責めてるの？　どうして悪く言ったりするの？　判らない……私は、自分が判らない」

緋沙は両手で顔を覆った。

「いいんだよ。君は、そんなこと、考えなくていいのに」

慰めようと肩にかけた彼の手を、緋沙はぎゅっと握り締めた。

「いいえ。考えてしまうの。だから、あなたも、同じことをしていいの。いいえ、してくれなきゃ困るの」

緋沙はそう言うと、彼の手を掴んでバストに導き、ぎゅっと絞り上げるようにさせた。

「ね？　もう一度……お願い」

緋沙は訴えるように大介を見あげた。

「こういうふうに、乱暴にして。私を罰して。プレイじゃなくて、私に罰を下して、責めて」

緋沙は、剥き出しの上半身を擦りつけてきた。

こりこりした乳首の感触が彼をゾクゾクさせた。

「あなたになら……もっと……もっと滅茶苦茶にされてもいい」

そういう緋沙の表情からは、いつものいじけた、弱い女の子のような面影《おもかげ》が消えていた。瞳が熱く潤み、頬は欲情に火照っている。

滅茶苦茶にと言われて、しかしセックスにあまり経験のない大介はとまどった。

　すると緋沙が、つと腰を落とした。立っている彼の前にひざまずき、半勃ちのペニスをぱくりと口に含んだのだ。

　蕩《とろ》けるような舌遣いだった。男の急所を知り尽くしていると言ってもいいタッチで、ぬぽぬぽと唇でサオをしごき、柔らかな舌先がくねっては敏感な先端をぬるぬると絡み、撫で上げていく。そして……清純な彼女のイメージとはほど遠く、右手ではふぐりをさわさわと握ったり、緩めたりする。まさに手練《てだれ》としか言いようがない。

「うっ……き、きみ……」

　半裸の女にかしずかれるように、フェラチオされるこの快楽……。風俗にすら行ったことがない大介には、まさに未踏の快感だった。しかもその女性は、ほんの数時間前まではプラトニックな愛情を捧《ささ》げようと思っていた緋沙なのだ。

　下半身に理性はまったく機能しなかった。彼女の口の中で一気に元気を取り戻した肉茎は、雄々しく突き立った。

　緋沙は立ち上がると腰にまつわる服を脱ぎ捨て、全裸で浴室の床に立った。両手を彼の首に回しながら、秘部をすり寄せた。

「来て。今すぐ、ここで抱いて……」

「え？　どうするの」

　緋沙は無言のまま右脚を彼の躰に巻き付けた。ゆっくりと場所を合わせると、自分から体重を掛けて彼のペニスに腰を落としていった。

「あっ……」

深々と根元まで、緋沙の中に飲み込まれてしまった。

「こ……こんなこと」

どこで覚えたのか、と言いかけて大介は言葉を呑んだ。緋沙はしがみついたまま言った。

「こうすると、向き合って愛しあえるでしょう？　ほら……あたしたちの繋がっているところが見える。あなたの顔もよく見えるわ」

大介にしがみついた彼女は、そのままくいくいと腰を使った。

「い、いや、僕には苦しいよ……」

こんな体位は初めてで、『駅弁スタイル』などという言葉も知らない大介はよろめいた。前のめりになって数歩進み、狭い浴室の壁に緋沙の背中を押し当てた。

「もっと……もっと愛して」

とまどいながらも、大介は本能的に腰を突き上げていた。

「うくっ！」

緋沙は背中を反らせて喜悦を露わにした。形のいい乳房がぷるると揺れた。

抽送すると反動で女の躰が浮き上がり、振り子のようにまた戻る。肉がぶつかり合うびたぴたという音が、淫らな湿りとともに浴室に響き渡った。

肉襞の中を抽送するのは気持ちがいいが、この体位は男の集中力を殺《そ》ぐ。

「ね、首を……首を絞めて」

「え？」

何を言い出したのかと大介は思わず聞き直した。

「だから、首を絞めて。そうされると、凄く気持ちがいいの」

大介の腰に巻きつく緋沙の脚に、さらに力がこもった。華奢《きやしや》で細いのに、信じられないほどの筋力だ。

「あたしの躰なら支えなくても大丈夫。片手を壁に突いて、ほら、右手がフリーになるでしょ」

緋沙は大介の右手を取って、自分のほっそりした首の、顎の下に押し当てさせた。

「ここを思いっ切りつかんで、絞めて。力を入れれば、片手で十分だから」

大介は言われるままにぎこちなく、緋沙の首筋に当てた右手の指を、わずかに曲げた。

「そんなんじゃないのっ！　本気で絞めて欲しいのっ。アソコも締まって気持ちよくなるはずよ」

力を込めようと努力したが、どうしても、それ以上絞めることは出来なかった。

「ダメだよ……こういうことは、僕には無理だ」

緋沙の顔に失望が浮かんだ。かすかに嘲《あざけ》りの表情さえかすめたように見えた。

「じゃあ、胸を、胸をぎゅっとつかんで。思い切りつかんで。それなら出来るわよね」

煽られるように大介は手を首筋から彼女の胸にすべらせ、そこを優しく揉んだ。

「そうじゃないの！　もっとぎゅっとつかんで！　風船を握りつぶすみたいにっ！」

思い切って力を込めてつかんだ。指先が柔らかな乳房に食い込んだ。

「もっと、もっとよ！　爪を立てて……痣になるぐらいに強くっ！」

仕方なく、普通の女なら悲鳴をあげて痛がるんじゃないか、と思えるほど、つかみ上げた。両の双丘はいびつに歪んでいる。

「乳首よ……乳首ももっと責めてっ！　思い切り爪を立てていじめてっ！」

緋沙はがくがくと躰を震わせながら叫んだ。

大介はその迫力に逆らえず、硬く勃った乳首に爪を立てて、ぐりぐりとくじっていた。

「い、いい。いい……」

痛みに眉根《まゆね》を寄せながらも、女は快楽に翻弄《ほんろう》されていた。目も虚《うつ》ろな緋沙は、軽いアクメになったのか、腰をカクカクと震わせた。

「ああああああ、もっと激しく。激しくぅっ！」

「だ、だめだよ……これ以上やったら怪我させてしまうよ」

「じ、じゃあ、体位を変えましょう。さっきみたいに後ろから……」

緋沙を床に降ろして、大介はホッとした。この体位は普通の男には負荷が大きすぎる。

緋沙は浴槽の縁を摑んで尻を突き出した。

「あのね、私を愛しながらお尻を……思いきり叩いてほしいの」

緋沙の言葉は、大介には思いも寄らぬことばかりだ。

「後ろから突きまくって、うんと叩いてほしいの。お尻が真っ赤になって、手の跡が残るくらいに」

大介は後背位で挿入した。さっきより余裕を持てるから、緋沙の形よくきゅっと締まったヒップや、ウエストの曲線を愛《め》でながら腰を動かすことが出来る。そして……さっきの体位より女性器を出入りするペニスの様子がよく見えるのだ。無毛にされた緋沙の秘部には、さえぎるものがない。そこを出入りする自分の性器がはっきり見えた。それは白い秘液をまとって濡れ光っている。

「いいわ。今よ。お尻をぶって！　早く！　あたしを罰してほしいの！」

緋沙が煽った。

彼は、おずおずと右手で右のヒップを、ぴた、と打った。

「ダメ。そんなんじゃダメなの。もっと思いっきり、音がするように」

今度は、ぴたーん、と音が響くほどに叩いてみた。

白いヒップの盛り上がりに、赤い手形がゆっくりと浮かびあがった。

「私を女だと思うからダメなの。家畜だと思って。そう、私はブタよ」

最初はためらいもあって力が入らなかったが、リズミカルに腰の動きと連動して叩けるようになってくると、叩くたびに緋沙のあげる快楽の呻きが異様な興奮を誘った。柔らかで弾力のあるヒップを叩き、女を征服する快感が大介を支配していった。

尻を叩くと、そのたびに女芯がきゅっと締まる。もともと締まりの良い花芯だが、それがいっそう締まって、肉襞がぴたりと吸いついてくるのだ。それに抗《あらが》ってペニスが出入りする。叩く。締まる。その肉を押し返しては、またペニスを突き立てる。

音とともに快感とともに、大介はこの繰り返しが醸《かも》し出す、妖しい効果の虜《とりこ》になってしまった。

叩くという行為が、これほど原始的な催淫効果を秘めていたとは……。

かすかに戦慄《せんりつ》を覚えつつも、そんな理性の部分はまたも麻痺してしまった。

叩かれると、緋沙の腰がくねる。

魅惑的な曲線を描く緋沙のくびれが、艶《なま》めかしく左右に揺れ動くのだ。

谷間の秘部はさらにいっそう紅く色づき、抜き挿しされるペニスを咥えて離さない。しかも、白い躰が興奮して桜色に火照ってくると、幾つもの模様が隠し彫りのようにうっすらと浮かんできた。それは何かの傷痕のようだが、彼女の激しい欲情を表すようで、彼はいっそう目が眩んでしまった。

「ああっ！　もっと、もっとぉ！」

やがてスパンキングの快感以上に、突き上げるような射精への衝動が強くなってきた。

大介はフィニッシュに向かって、抽送を優先した。

緋沙の腰をしっかり摑んで、ぐいぐいと突き上げ責めまくる。

痴肉はきゅうきゅう締まってくるが、それを押し返しては擦りあげる。だが緋沙の膣襞はいっそう吸いついてきて亀頭をでろでろと慰み撫で上げ、舐《ねぶ》りまくる。

大介の躰の芯から、かっと熱く燃えるものが、ずるずると動き出し外へ出ようとしていた。

それは力強く下半身に出口を求め、ペニスの一点に絞られた。

マグマはいつでも決壊するよう、待機している。そして……。

何もかもが砕け散り、気も遠くなりそうな一瞬が、ついに訪れた。

今までで、最高の瞬間だった。

「はあああああっ！」

すべての筋肉が、弛緩《しかん》した。もはや押しとどめる力は何ひとつない。

あらゆるものが、コントロールを失った。

どくどくと激しく太い流れが、奔流となって噴き上げた。

「くうぅっ」

激しい射精は、永遠に続くのではないかと思えるほどに、長かった。

「あああああっ……」

腰が砕けて、大介は狭い浴室のタイルの上にふらふらと膝を突いてしまった。

緋沙も、ぐったりと浴槽の縁に上半身をもたせかけたままだ。

「嬉しい……あなたにこうしてほしかったの。凄く感じた。あなたはどう？」

「ああ……凄かった」

二人とも、濡れた全身から水が湯気となって立ちのぼるほど、上気していた。

緋沙も躰じゅうを火照らせて真っ赤だ。

彼女はすっと立ち上がり、流れるような身のこなしで浴槽に躰を沈めた。

「普通のお風呂がこんなに気持ちいいなんて……あなたに清めてもらったからよ」

晴れ晴れとしたその表情は、色欲にあふれた妖艶な女から、無垢《むく》な少女のものに戻っていた。

「僕も、いいかな」

大介も服を脱ぎ、彼女と一緒に浸かった。

お湯がざーっと湯船から溢れたが、気にせずそのまま抱き合い、ディープキスを交わした。

彼は、この上ない幸福な気持ちでいっぱいだった。緋沙と結ばれて、痺れるようなセックスをした。しかし……。

それがサディスティックで、正常とは言えない行為だったことが引っかかった。

このひとは、いつも、ああいうセックスを……。

いや違う。これまで酷い男にばかり出会い、異常な行為を強いられてきたために、彼女はちょっと変わっているだけなんだ。セックスはそういうものだと、誤解しているだけなんだ……。

湯船の中で彼女の甘いキスを受け、彼女の素晴らしい裸身を目の当たりにし、さらに柔らかな乳房が密着してくると、思考力が鈍った。大したことじゃない……無理にもそう思おうとしていた。

安心しきったのか、激しいセックスに疲れたのか、緋沙はぐっすりと寝入っている。しかし、大介はあれこれ考えてしまって寝付けなかった。行為に没入していた時はどうでもいいと思えたことが、冷静になると、やはり気になる。

緋沙が眠っているベッドから起き出した彼は、冷蔵庫から牛乳を取り出し、一気に飲みほした。

ダイニングの椅子に座って、しばらく緋沙の寝顔を見ていた。

穏やかな美しい表情だ。このひとを一生、命をかけて守らなければ、という思いが募った。

しかし彼女については、知らないことが多すぎる。

床を見ると、彼女のバッグが口の開いたまま転がっていた。中から大判の手帖がはみ出していた。それを盗み読みするのはルール違反だと思ったけれど、彼女のことがもっともっと、どうしても知りたかった。

手帖には、日記のような日々の記録が書かれていた。一読すると支離滅裂《しりめつれつ》で意味をなさない、あきらかに精神の不安定さをうかがわせる記述もあった。

『あの人は、最初は協力してくれていい人だと思ったのに、もうやめたいと言った。それなのに私の躰をまた求めた。公正さのためではなく、肉欲のゆえだったと？　報《むく》いを受けるべきだ』

『私がこうなってしまったのは、全部あいつらのせい。こんなに汚く、けがらわしくなったのはあいつらのせい。汚物にまみれてイッてしまうのはあいつらのせい。アソコを剝き出しにすると感じてしまうのもあいつらのせい』

『人にやってもらうのと自分でやるのとでは、ずいぶん違う。まだ両手にあの感触が残っていて震えがとまらない。でもその瞬間は、素晴らしかった。なすべきことをしている、という目も眩《くら》むような感覚があった。「あの時」とおなじく。でも今は、むなしいだけ。なぜ？　あの時も、そして、その前もそうだった。すべてやり遂げれば幸せになれると思ったのに。でもあと二回……やらなければならない。ものごとを、少しでも「あるべき姿」に近づけるために』

大介は手帖を閉じて、緋沙の寝顔を見た。

意味不明な文章と、彼女の寝顔の平穏さには、あまりに大きな隔たりがある。明らかに、緋沙の別の人格が書かせたのだろう。彼女は、こういうものが自分のバッグに入っていることすら、知らないのではないか？

無理にもそう思おうとした。一読して意味不明の文章だが、支離滅裂なたわ言と片付けることが出来なかった。背後に、なにか恐ろしいものの存在を感じさせる。緋沙の身の回りに、不可解で暴力的な出来事が多すぎることも気になった。今日のことだってそうだ。彼女が少女の頃にされたことにしても……その犯人たちは、全員が同じ事故で死んでいるのだが。

たとえば『最初は協力してくれていい人だと思ったのに、もうやめたいと言った』、その人物は誰か。『人にやってもらうのと自分でやるのとでは、ずいぶん違う』の意味は？　そう言えばそもそも、彼女はどうして下川雄一という名前に異常に興味を持ったのだろう？　その少し後、下川という男が殺されたという記事が新聞に載っていたが、それは単なる偶然なのか？

緋沙を葉子に診せるのはもう少し待ったほうがいいかもしれない、と大介は思った。先生は警察の人間だから……とそこで、大介は考えるのを止めてしまった。

# 第4章　殺人《スナッフ》ビデオ

「ったく、救いがたいアホだぜ」

ベッドで寝ている緋沙を横目で見つつ、竜二はつくづく大介のおめでたさに呆れ果てていた。

いかに女に縁のないモテないクンだとしても、アイツには女を見る目というものが、まるで無いのか。初対面の時に見抜けなかったのは、まあ大目に見てやるにしても、なんだこのザマは。お馬さんゴッコじゃあるまいし、女のケツを叩きながらファックして逆上しやがって。

竜二はタバコをふかした。大介は吸わないが、この部屋で竜二になった時のためにタバコは隠してある。灰皿は缶コーヒーだ。

大介が今やゾッコンな問題の女・緋沙は、激しいファックの疲れか、熟睡している。全裸で毛布を身に纏《まと》っているだけだが、その曲線の素晴らしさはよく判る。それに顔だっていい。そこらのタレントが恐れ入って逃げ出しそうな美人だ。それにしたって、ここまで外見に惑わされて恥ずかしくないのか、大介のヤツは。

竜二は、緋沙が多重人格を装っているのを知っている。これほど下手くそな詐病も珍しいだろう。山ほどボロを出しているのに気づかないのは、ひとえに大介がトロいからだ。この女の美貌と見た目の清純さ、そしてあそこの締まりの良さに目が眩《くら》んでいるからだ。

女にまるで不自由していない竜二は、少々美人でスタイルが良くて、おまけにセックスがよくても、こんなヤバい女に手を出す気にはまったくなれない。早く大介の目を覚まさせてやるために、何か仕掛けをしようかと思うほどだ。そういう気持ちがあるから、大介が寝入った隙《すき》にこうして現れたのだ。

メモを残してやろうか、それともおれがこの女を怒らせて別れさせてやろうか、などといろいろ考えたが、やめた。どうも大介の惚れた女に手を出すとロクなことがない。大介も、この女にカモにされて煮え湯を飲まされてみればいい。しかしなあ。大介に例《たと》えば、あの明子みたいなしっかり者の女がついていれば、おれも余計な心配はしなくていいんだがな。

「そうか」

思わず声が出た。

そうだ。おれが、大介と明子を、くっつけてやればいいんだ。そうすれば一石二鳥じゃねえか。じゃあ、そのためにはどうすればいいか……。

竜二がまったく柄にもない、世話やきおばさんの真似事《まね》をしようとたくらみ始めたその時。『仁義なき戦い』のテーマソングが鳴り始めた。竜二専用の携帯電話だ。

緋沙が寝返りを打った。

やばい、目を覚ます、と竜二はしなやかに体を動かして、ベッドの下から携帯を取りだした。

「おれだ」

『あ。あの、社長ですか』

電話の相手は、今考えていた当の明子だった。

『すみません。プライベートなお時間の邪魔をして……でも、どうしたらいいものか』

明子はいじらしいほど控えめだ。だがその声は困り果てている。

「どうした？　ずいぶん深刻なようだけど」

『はい……あの、弟が』

「また悪化したのか？　あれだぜ。あの弟ははっきり言ってあんたの手に負えないぜ。悪いこと言わないから病院に入れな」

『いえ、でも、今度は、原因がはっきりしてるんです。この前、一番仲の良かった友達から電話がかかってきたんですが、それが、なんというか……断末魔の声で』

「いやがらせだろ、誰かの」

『いえ。そうじゃないんです。本物の断末魔の声だったんです。通話記録から、弟にかけた電話が最後だったことが判って……その時刻に、その友達は死んでるんです。その件で、警察がうちに来て……電話のショックと、また警察が来たっていうショックで、弟の状態がずっと悪化してしまって……今度はおれだ、今度はおれの番だって、もうパニックに』

竜二は、明子を苦しめている出来損ないの弟に心からムカついた。

「判った。今からそっちに行くよ。弱っち過ぎて話にならないお前の弟に意見してやらなきゃ、おれは気が済まないんだ」

*

「じゃあ、今までの話というか、噂を含めた話を総合すると」

竜二の前には、いっそう顔色が悪くなってやつれた明子がいる。ぴたりと閉ざされた襖の向こうに弟の淳二がいるのだろう。

「お前の弟が十年前にダチとつるんでやった女子高生殺人死体バラバラ事件。その犯人どもが順番に殺されていて、次はお前だとメールが来てたんだよな?」

あまりにも聞こえよがしに言うので、明子は襖を見やってハラハラしている。

「で、その犯人はネメシスとかいう気取った名前を名乗ってるんだな?」

竜二は襖の向こうの淳二に聞かせるように、さらに大きな声を出した。

「しかし。オレがいるからもう大丈夫だ。いいか。この世に亡霊とか呪いとか言うモノは存在しない! オバケより怖いものは人間だ。オバケは脅かして脅かして、ずいぶん手間と時間を掛けなきゃ人を殺せないらしい。が、人間はその気になれば簡単に人を殺す。それはお前の弟も実体験として判ってるよな」

襖の向こうからは何の反応もない。

「これからは、おれが責任を持って、あんたと弟の安全を守る。あんたらの安全は、おれが保証する。取りあえずこのクソアパートを出よう」

「でも……一体どこに?」

「秋葉原にある、おれの知人のトコだ」

竜二は即座に答えた。この二人を、大介の住処《すみか》に連れて行くつもりだ。そうすれば緋沙も撃退出来るし、二人の安全も守れる。

「オレが信頼する知人だ。そこは一種の隠れ家だし、周囲の環境もオレの頭に入っている。今まで幾多の攻撃から逃れてきた由緒《ゆいしょ》ある場所だ。オレには何かと借りのあるやつだから、遠慮はいらない。あんたら二人、気兼《きが》ねなくそこに移るといい」

「でも……よそ様のお宅にお邪魔するには、私たち……ちょっと問題が」

明子がためらいがちに言いかけたのと、竜二の足に何か柔らかいものが触れたのが同時だった。

「わっ……な、なんだ……こいつは！」

灰色の縞《しま》柄の猫が、竜二の靴下に馴れ馴れしく頭をこすりつけていた。

がたがたっ、と音をさせて竜二は椅子を蹴立て飛び退《の》いた。

「社長、猫が怖いんですか？」

「怖くない……怖かなんかないが……おれは、その、猫アレルギーというか」

「そうですよね。猫までつれてお世話になろうなんて、図々《ずうずう》し過ぎますよね……」

にゃおと鳴き、なおも脚にまとわりつこうとする猫から、竜二はじりじりと後ずさりして遠ざかった。

「いや、別に問題ない。猫は……ペットホテルにでも預けちまえよ」

「嫌だ！　ギコを置いてなんか、おれはどこにも行かないぞ！」

襖がガタガタと開き、弟の淳二が顔を出したのはその時だ。猫をすくい上げるように抱きしめ、竜二をにらみ付ける。

「こいつをペットホテルに預けるなんて、そんな可哀想なこと、絶対にさせないからな！」

「……判った。判ったよ。猫込みで預かるから。とにかく早く支度しろ」

明子がスーツケースに手早くまとめた身の回り品、そして猫トイレや爪とぎ板をベンツに積み込み、三人と猫一匹は大介のアパートに向かった。

さいわい、あの問題女・緋沙はすでに帰って姿を消していた。パソコンオタクの淳二は、大介の仕事用の最新型のパソコンが並んでいる仕事場を見たとたん、目を輝かせた。

竜二は弟にクギを刺した。

「このマシンには手を触れるな。家主のメシの種が詰まってるんだからな。お前と猫は、そっちの和室を使え。猫がケーブルにじゃれたり、パソコンを起動させたりすると困る。きちんとそっちの部屋に閉じ込めておけ」

「判ったよ。……あれ？　これ、おれのモバイルだ！」

先日竜二が没収し、大介に預けておいたノートパソコンを見つけた弟は、生き返ったような表情で蓋《ふた》を開けた。

「返してもらってもいいよね？　他にすることもないし」

淳二は、早速ノートパソコンのＬＡＮケーブルを空いているハブに差し込んで起動させ、ネットに繋いだ。

「あ。メールが来てる。ここ光ケーブルが来てるの？　速いなあ」

る。

「そんなこと知るか」

大介と違ってITにまったく興味のない竜二は、そういうオタク的言動が嫌いだ。一刻も早く猫と弟を隣室に追いやって、明子と二人きりになりたい。だが弟は手間どってい
「なんか……デカいファイルが添付されてるんだけど……」

「また妙なメールが来てんじゃねえのか。いちいち開けるからパニクるんだろ。そんなもん放っときゃいいんだよ」

と言う間もなく、淳二はそのファイルを開けてしまった。

「動画だ……なんだこれは……」

見る見る弟の顔色が蒼ざめるのを見た明子はノートパソコンを奪い取り、液晶画面を確認した。

「これは……なにこれっ！」

明子の手からノートパソコンが滑り落ちた。明子は震え、顔面蒼白になっている。がしゃん、と音を立ててマシンが床に落下した。猫が飛んで逃げた。

「なにするんだよっ！」

弟が明子を押しのけて拾い上げて再起動させたが、ハードディスクがカラカラと妙な音を立てるばかりで、立ち上がらなくなってしまった。

「……壊れた」

淳二はふらふらと部屋の隅に行くと、そのままうずくまってしまった。

「またかよ……で？　動画って、なんの動画が来たんだよ」

明子は口をぱくぱくさせるのだが、声が出ない。

「なんだ？　またなんかひどいものが送られてきたのか？」

彼女はやっと頷いた。

「あの事件の、被害者の女の子が、こ、ころ……」

あとの言葉は泣き声になって消えた。

「もしかして、殺されるところか？」

明子は、頷くとテーブルに突っ伏してしまった。

「だけどそれ、本物なのか？　だれかが嫌がらせにでっち上げたネタ画像じゃないのか？」

気丈な姉も、恐怖に震えて言葉が出ない。

竜二は仕方なく、部屋の隅で頭を抱えている弟のそばに行った。

「な。怒らないから、教えてくれよ。何を見たんだ？」

弟のそばにしゃがみ込んだ。答えが出るまで急かさずに、辛抱づよく待った。

どれくらい時間が経ったろうか。淳二は切れ切れに言葉を発した。

「……本物だよ。あの子が殺されるところ……その場におれもいたんだから、間違えっこない……」

「だけどそんなもん、誰が撮ったんだ？　殺人ビデオで、本物のスナッフってことか？　そんなとんでもない物があるなんて、聞いたこともないぜ」

「ひどい……ひどい話だと思う。だけど本当なんだ。マサユキのやつが撮ってて……そんときは深く考えなかった。どうなったかなんて気にもしなかった。とっくに消されたと思っていたのに」

「で、そのマサユキってやつがお前らの共犯で、そいつが撮った人殺しビデオが送られてきたと。ってことは、お前らを脅して、殺して回ってる『ネメシス』がそのマサユキなんだろうが？　警察行こうぜ」

「嫌だっ！　絶対に嫌だ」

淳二は野太い声で泣きじゃくりながら絶叫した。

「おれ、マサユキが怖いんだ。チクったりしたら、本当に殺される。そういうやつだ。それに……マサユキだって、もう殺されてるかもしれないじゃないかっ」

「だからよ、そのマサユキとやらが何ぼのもんか知んねえけどよ、殺られてるにしても警察に行かなきゃ埒《らち》明かないって。大体そいつが今、何処で何してるかも判らないんだろう？」

「何だよっ！　お前は嘘ついたのかよ！」

猫を抱き上げながら淳二が怒鳴った。

「オマエは、おれがきっちり守ってやる、安全を保証してやるって言ったんじゃないのかよっ。嘘ついて、警察に引き渡して終わりかよ、このヤクザの出来損ない」

淳二は立って、怒りに全身を震わせていた。

「おれは、もう二度と警察なんかに行きたくない。どうやってあの子を殺したんだ、悪いとは思わないのかとか、またしつこく聞かれるんなら、殺されるのを待っていたほうがいいんだっ！」

いや今度は保護を頼むんだから取り調べは、と言いかけたが、淳二はもう背中を向けていた。猫を抱いたまま、脚の間に頭を埋めて丸くなってしまった。

完全に、防御の態勢だった。

＊

翌日。日本橋《にほんばし》にある一橋葉子のクリニックには刑事の菅原が訪れていた。

菅原は椅子に座るや否や、タバコに火をつけて深く吸い込んだ。

「あの。ここには灰皿ないんですが」

やんわりと禁煙を伝えた葉子に、初老の刑事は「お構いなく」とポケット灰皿を出した。

「江中透《とおる》って、覚えてるよな？」

「忘れるものですか！　藤崎さんのお宅で、あんな失礼なことを言うなんて、評論家と名乗るのもおこがましいと腹が立ちましたよ」

菅原は、盛大にタバコの煙を吹き出しながら、言った。

「その江中が殺された」

葉子は息を呑んだ。

「でも……そんなことは新聞でもテレビでも」

「夕方のニュースでやるだろうよ。それほどの有名人でもないから、扱いは判らんが」

葉子は呼ばれなかったが今日、また例の会議が開かれて、その席上、江中が殺された事件が報告されたらしい。葉子が外されたのは、会議の内容をリークしていると添島に疑われているからだろう。しかし菅原は、葉子にすべてを話してくれるつもりらしかった。

「ま、天罰覿面《てきめん》ってとこだな。江中はあの事件で被害者を貶《おとし》めるようなことを書き散らし喋りまくっておいて、一切の訂正も謝罪もなし。しかもあの事件をきっかけに少年問題の専門家として売り出した。最近はガキどもの凶悪犯罪から引きこもり・自傷癖にまで手を広げて、その手の専門家としてそこそこの売れっ子になっていたそうだ。あんなエセ解説を有り難がるほうがどうかしてると思うんだが、世の中、馬鹿が多いからな」

菅原の表情は、江中は死んで当然だったと言いたげだが、葉子は冷静に判断したいと思った。

「でも、江中さんはあの事件に関係があると言えば言えるけれど、加害者ではないのに……殺されたとしても、彼だけは、添島監察官の言うように偶然ということも」

「いや。会議で知らされた部外秘の情報がある。江中の口の中には、紙が詰め込まれていた。十年前の雑誌記事で、江中自身が書いたやつだ。『美形女子高生は男関係が派手で夜遊びをしていた。だから被害にあったのだ』という、例のひどいやつだよ」

その記事のコピーだというものを菅原は取りだした。たしかに被害者の女子高生にも落ち度があったと言わんばかりの、無責任で浅薄な内容だ。

「それがあるから、あの添島の旦那もこれを一連の『偶然』と結びつけざるを得なくて、またぞろ例の会議を招集したってわけだ。イヤな雰囲気だったよ。前向きな対策をどうするなんて話は微塵《みじん》もなくて、ひたすら腹のさぐりあいだ。『犯人探し』と言ったほうがいいかな」

「私を追放したのに。ほかにも疑われている人がいるのかしら？」

「ああ。リークが止まらないどころか、ますますある事ない事がインターネットとやらに書き立てられてるらしい。何でもあの事件の被害者が殺される瞬間の、ビデオまでが存在するんだとよ」

「ネットの噂はエスカレートしますからね」

葉子も相槌《あいづち》を打った。

「ネットに慣れていて、いわゆるリテラシーがあれば、情報の真偽は見分けられるものなのに。警察やマスコミは、ネットでの情報の流れを必要以上に恐れ過ぎですよ」

「たしかに、添島は神経質になり過ぎてる。インターネットうんぬん以外にも、何かがあるような気がする。まあ、これはおれのカンだが……」

「江中さんの口の中にそういう記事が詰められていたというのは……人を傷つける言葉に音を与えたその舌が、二度と動くことのないように、という犯人のメッセージなのかもしれませんね」

それを聞いた菅原はニヤリとした。

「それだよ先生。そういうインテリの言葉を聞きたかったんだおれは。しかしこれで、犯人の目的っていうか動機は見えたな。あの事件の加害者のみならず、被害者を傷つけた人間を、やつは全員、抹殺《まっさつ》する気なんだよ。じゃないか？　悪質なマスコミの中でも、江中は飛び抜けて悪質だったからな。この記事みろよ。『被害者はおそらく性的経験が豊富であったが故に、十代の若い男の性衝動を軽んじて』だとよ。たまたま可愛い子で、ワルに目をつけられたってだけで、被害者はみんなアバズレになるのか？　こんな記事書く野郎は死んでよかったし、おれとしては、犯人のガキどもが次々に狙われて殺されていくのも、結構なことだと思う考えは変わらないよ。看守の村井はとんだトバッチリだったがな」

葉子は老刑事の顔を見て、不思議な感じを持った。少年事件の加害者を罵倒するのは相変わらずだが、最初のころのように葉子に突っかかる調子はなくなっている。何度かやり合ううちに、菅原は自分を信用してくれるようになったのかも、と葉子は思った。

「にしても、添島がここまで箝口令《かんこうれい》を敷きたがる裏にはきっと何かがある。たぶん上のほうの、面子に関わるあれやこれやだ。そういうものは永年の間にずいぶん見てきたからな」

嫌な話だ、と菅原が言いかけた時に、いきなり診察室のドアが開いて竜二が入ってきた。

「お。保守反動極右、厳罰主義のクソジジイじゃないか」

「やあ。うさんくさい青年実業家君。今日も悪事に染まった脳味噌を洗濯して貰いに来たんだな」

竜二と菅原は葉子の講演会の会場で一度会ったきりだが、お互い遺恨《いこん》を忘れてはいないらしい。

「沢さん。入る時はドアをノックしてください」

「したよ。したけど返事がなかったんだろ。こっちは時間予約してあるんだし、多忙な身なんだからな。こんな恩給暮らし寸前のオヤジの暇つぶしの相手してるより、さっさとクライアント様とのセッションを済ませてくれよ」

菅原は言い返そうと口を開けかけたが、何も思いつかなかったらしく呵々大笑《かかたいしょう》した。

「若いの。威勢のいいのも今のうちだ。いずれオマエもジジイになるんだぞ」

じゃ、と菅原は出ていった。

「んだよあれは」

刑事が出ていくのを見送った竜二だが、葉子の前に座った途端、息せき切って話し始めた。

「今日は病気のことじゃない話をしよう。実は、身内にムチャクチャ面倒な問題を抱えたのがいるんだけど……先生は、殺された人間の怨念《おんねん》が犯人たちを次々に殺していくって話、信じるか?」

葉子は、ぎょっとして竜二を見た。

「刑務所でよ、二人殺されたんだ。犯行当時、そいつらは未成年だったが、起こした事件が悪質過ぎるってことでぶち込まれたムショで殺された。その次に殺られたのは、やっぱり同じ事件の犯人仲間の変態野郎。こいつも元少年で、やることヤッたくせに短い刑期で出てきたズル野郎だ」

葉子は黙ったまま、表情を変えない。

「で、面倒を抱えた身内ってのは、次は自分が殺されると思いこんでるチキン野郎さ。犯人の一味は一味でもそいつは見張り程度で、大してなにもしなかったらしいんだが、脅迫めいたメールがどさどさ届く。おまけにダチだった変態のズル野郎が、殺されるその瞬間に電話してきた。そいつの断末魔を聞いちまったんだ」

葉子は、依然として無言だ。動揺を表すまいとしてか、表情が能面のようになっている。

「で、脅迫してくるのは、ネメシスだかユニシスだか知らねえが、そんな名前の奴で、昨日なんか、なんと、人が殺される最中の実況動画を送って来やがった」

「えっ？」

「つまりそいつらが昔、拉致って強姦した女子高生を殺すところの映像らしいんだが」

そこまで聞いて、葉子は動揺を隠しきれなくなった。竜二の話は先ほど菅原が語ったことと一致する。しかもインターネットでの噂を裏付ける内容でもある。竜二がいろいろ手を尽くし、ほとんど大介にやらせたのだろうが、隠された真相にここまで迫っていることにも驚いた。

しかし、真の問題は、葉子すら知らない、新しい事実が出てきたところにある。

「映像まであるなんて……嘘でしょ」

葉子はショックを隠すため、なるべく無関心すれすれというポーカーフェイスで聞いた。

「嘘じゃないって。あの事件の実況ビデオだよ。あの事件って、有名だから判るよな？　十年前に女子高生が誘拐されて監禁されて輪姦されて、殺されてバラバラにされた、あの事件だよ」

「その事件は知っているけれど……まさか」

「だから女の子を殺しちまうところが映ってるんだよ。一味だったヤツが、これは本物だって言ったんだから間違いないだろ」

その映像の存在が事実だとすれば、ネットの噂や怪談のレベルで片づけられる問題ではない。

実在するとすれば、誰が、何の目的で、どのように撮ったのか。そして、警察の捜査を逃れて、今まで何処に隠されていたのか……。

「先生。なんか知ってるな。知ってるんだろ。知ってるんなら教えろよ」

迫る竜二に、葉子はかろうじて答えた。

「悪いけど、この件はノーコメントにさせてもらうわ。仮に知っていても、私には守秘義務がある。警視庁の嘱託医だから、関係者として知り得た事実をみだりに喋ることはできない」

「ケチくせえな。こっちはぶちまけたのによ」

　葉子は動揺していた。犯人がどんな意図を持っているのか判らないが、すでに関係者が五人も殺されている。六人目が出てもおかしくない。しかも現在、警察が十年前の『あの事件』と関連づけた捜査をしていない以上、犯人が易々《やすやす》と捕まるとも思えない。

「あのね。お願いがあるの。この事は誰にも喋らないで。絶対に秘密にして。それと、その脅迫されている人を、きちんと匿《かくま》うか何かして、安全を確保する必要があるわね」

「その点は大丈夫だ。手は打ってある。けどよ、先生はおれの言ったことを否定しなかったよな？　要するに、すべて認めたわけだ。いやいや判ってるって」

　竜二は大きく手を振って葉子を制した。

「立場上先生は喋れないんだよな。それは判った。だからおれはおれで調べる。判ったことは先生にも教えてやるよ。だがな、その時は、こっちだって知り合いの命が懸かってるんだから、きちっとしたことを教えて貰うぜ」

　そう言われて、葉子は頷いた。彼女としても六人目の犠牲者は出したくなかった。

　日本橋にある葉子のクリニックを出た竜二は銀座《ぎんざ》に向かい、ビアホールに入った。

　竜二の姿を認めた途端、支配人がすっ飛んできた。カラオケボックスで緋沙を乱暴した男たちの一人、寺田だった。

「せっ先日はどうもっ。どうぞ何でもオーダーしてください。今日は私の奢《おご》り、ということにさせていただきますので、何とぞ先日のことはご内聞に」

「そうか。じゃお言葉に甘えて遠慮ナシでいくぜ」

頭の回転をよくするには脳味噌に潤滑油《じゅんかつゆ》を入れてやるにかぎる。竜二は大ジョッキをアッという間に飲み干した。その勢いを見た隣の真面目そうな勤め人風の男が目を丸くしている。

彼が酒の量に比べて酔わないのは、ツマミもどっさり食うからだ。肉や野菜をスポーツ選手並みに山ほど食う。喧嘩でエネルギーを使うからか太らない。

みるみる皿が空になる食いっぷりに、さっきの男はまた驚いている。

アルコールと肉の養分が頭に回ってくると、おもむろに携帯電話を取り出して、エスコート嬢の麻由実を呼びだした。経営者じきじきの誘いとあって麻由実はすぐに飛んできた。「お待たせ！」と、飛び切りの美人が、それもセクシーな営業用ボディコンスーツで現れたのを見て、隣の男は驚きを通り越してもはや羨望《せんぼう》の眼差しだ。

「ま、何でも飲んでくれ。食ってくれ」

「珍しく気前がいいと思ったら……どうせならもっといい店で御馳走《ごちそう》してよ」

「いいだろ。オマエはいつも客にムチャクチャ高い店を奢らせてるんだから。どこで食ったって肉は肉だ。気にするな」

「もう。社長は味覚がないんだから」

　だが、サイコロステーキを口に運んだ麻由実は目を丸くした。

「美味しい……この店、サーロインをこんなふうにして出すの？　なんで？」

「そりゃまあオレが特別な客だからだろう」

「それにこのワイン。デキャンタに入ってるからただのハウスワインに見えるけど、これ、フルボディの、かなりいいものよ。この喉ごしはブルネッロ……ブルネッロ・ディ・モンタルチーノ！」

　いいワインに目がない麻由実はたちまちデキャンタを一人で空にしてしまった。

「え？　独り占めするな？　社長はビール飲んでればいいの。どうせ赤玉ポートワインとボルドーの区別もつかないクセに。すみません。おかわり。今度は白」

　たちまち白ワインのデキャンタが運ばれ、一口味見した麻由実は、わあこれはシャブリよ、などと盛り上がった。

　麻由実はあっという間に出来上がってしまった。酔えば口も軽くなる。

「ところでさ。オマエが見せられたＤＶＤ、何が映ってたんだよ。教えろよ」

「嫌よ。思い出すのも気分悪いんだから」

「そういうなよ。仕事がらみだ。ああいうＤＶＤを売って儲けようとしてるやつがいるんだ。そいつが、おれの知り合いのビジネスに食い込もうとしている」

「裏ＤＶＤでしょ？　宅配の」

「そうだけど、そんな鬼畜のような連中に儲けさせたくないじゃないか。情報がほしいんだ」

ふうん、と麻由実は据わった目で竜二を見つめた。むろん、竜二はまるで酔っていない。

「じゃあ教えたげるけど……ああいやだ。思い出すだけで鳥肌が立ってくる……あのね。高校生くらいの女の子がね、もうさんざんいたぶられました、って感じで出てくるの。その子、痣《あざ》とかいっぱいあって、服も着てないの。なんか、廃屋みたいなところで、周りに男の子……あれも高校生くらいよね、顔が幼かったから……男の子が何人かいて、囃《はや》し立ててるの。画面は暗いし、ピント悪くてよく見えないのが逆に気味悪いのよ。で、男の子の一人が、女の子の裸に何かの液体を振りかけてマッチで火をつけると、燃えるの。たぶんライターオイルか、アルコールだと思う。女の子は必死に消そうとするんだけど、いっぱい燃えてるんでなかなか消えないの。その様子を見て男の子たちは大笑いしてるの。だけど火が髪の毛に燃え移って……」

麻由実はここで言葉を切った。吐きそうな顔になっている。

「……ねえ。もっと言わなきゃいけませんか？」

麻由実は顔を歪《ゆが》め、酔いも醒《さ》めたようだった。

「これ以上、思い出したくない」

「それ、間違いないんだな？」

「何よ。無理に喋らせといて。嘘を言っても仕方ないでしょ。ああっもう、飲み直し！」

彼女がメニューで一番高いシャンパンを注文する傍《かたわ》らで、竜二は考え込んだ。

麻由実が見せられたというビデオの内容は、明子の弟・淳二に送られてきた動画ファイルの内容と一致する。つまりそれは、十年前に女子高生が嬲り殺しにされた状況を撮影したものということで、現場に居合わせた淳二もそれは認めている。殺人ＤＶＤは、やはり実在するのだ。しかしそれを今になって、誰が、どんな意図でネットに流したり、商売に使ったりしているのか。

竜二は、麻由実にＤＶＤを見せた医者に直接、当たってみることに決めた。

「じゃ、おれ、用事思い出したから。何でも飲み食いしてくれ。なんなら友達呼んでどんちゃん騒ぎしてもいいぞ」

竜二は支配人の寺田に不気味な笑みを投げて、店を後にした。

麻由実の客で、そのＤＶＤを見せた男の身元は判っている。竜二のエスコートクラブは『高級』というだけあってダイナース・クラブ級の入会審査をするからだ。

事務所に電話して、その男の住所氏名を確認すると、そのまま府中《ふちゆう》にある男の歯科医院に直行した。ちょうど診療時間が終わったところらしく、男は近くのファミレスを指定してきた。

「どういうことなのかな。おたくへの支払いで今まで揉めたことはなかったと思うが」

現れた四十半ばの歯科医は不安げな面もちだ。

「いや、カネの話ではなく、今日は都倉さんにぜひ伺いたいことがありましてね」

竜二は単刀直入に切り出した。

「都倉さんがウチの麻由実に見せた、ほら、例の映像の件ですよ」

都倉の顔がさっと緊張した。

「弱ったな……彼女、あのことを喋ったんですか？　仕方ないかなあ……正直、あんなに嫌がるとは思わなかったから」

「いや、麻由実が嫌がろうが何だろうが、それはどうでもいいんです。お聞きしたいのは、あの映像そのものの出所ですよ」

都倉は曖昧《あいまい》な笑顔になった。

「そういうことは、おたくの方がいろんなルート持ってて詳しいでしょう？　蛇の道は蛇で」

「いや。判らないから伺ってるんです。あれは、どういう素性《すじょう》の映像なんです？」

「どういう素性ってあなた」

都倉は笑ってごまかそうとしたが、竜二の目が真剣なので、頬から笑いが消えた。

「真面目に訊いてるんですよ、都倉さん。知る必要が出来たんです。ウチの女の子が怯えたとか、ちょっと興味があるとか、そういうレベルじゃない」

困ったな、と都倉は落ち着かない様子で身じろぎした。

「彼女なら私の趣味を共有してくれるだろう、と見込んで二人きりの鑑賞会を開いたんだが……五人程度でも頭割り数十万はするビデオを一人で借り切って……だが、思った以上に高くついてしまったようだな」

無言で見つめる竜二に、やがて都倉は居ずまいを正した。

「判った。私の名前を出して調べて回られるのはもっと困る。だが、おたくもこの件には関わらないほうがいい。真面目に忠告してるんだが」

「だから、そんな見え透いた脅しには乗りませんって」

「いや。あんたは判ってない」

都倉は怯えた表情になった。

「あの映像の存在は本来極秘なんだ。本当に、ああいう物が好きな人間だけが見ることが出来る。だからそういうものがあるってことだけでも、関係ない人物に漏らすとこっちの命が危ない」

四十男の怯えぶりに、竜二は笑いをこらえてまぜっ返した。

「呪いのビデオとか？」

「本当なんだ。約束を守れなかったものが次の犠牲者になってビデオに登場することになってる。現に、私が見たものの中にも……」

ぞっとするものが背筋を走ったのか都倉は口を閉ざし、窓外に目をやった。竜二はかまわず続けた。

「その手の映像をウチで扱わせてもらえないかと思いましてね。ああいうモノには凄い値がつく。一本七桁の金額は堅いはずだ。違いますか？」

都倉は否定しなかった。

「そんな美味しい話を見逃す手はないでしょう。ルートを押さえることが出来れば、都倉さんにも便宜《べんぎ》をはかりますよ。『新作』は一番にお届け、価格面でもそれなりに、ということで」

「なるほどね」

都倉は心が動いたようだった。

「私にも知りたいことがある。もしあんたが危険を承知でバックを探るというのなら……私の分も調べて貰えるんなら、多少の話をしてもいいんだが」

「取り引きってわけですか」

「危ない橋を渡るんだ。交換条件を出してもいいんじゃないか？」

「いいでしょう。調べたうえで、判ったことはお話ししますよ」

「あの映像は買い取りじゃない。さっきも言ったようにレンタルだ。電話で頼むと、ホテルを指定される。その部屋に行くと、隣のコネクティング・ルームからテレビのケーブルが伸びていて、部屋にはホテルの備品とは別のテレビが置かれている。全員揃ったと隣に合図すると、ビデオがスタートするってわけだ。ケーブルを細工してコピーしようとしても、接続部分ががっちりカバーされているし、信号自体が日本の方式じゃないヤツらしくて……私は詳しくないから、うまく説明出来ないんだが、別のデッキを持ち込んでもコピー出来ない。画面をカメラで撮ろうとしても、部屋にはあらかじめ監視カメラが設置されていて、それも出来ないっていう寸法だ」

予想以上に厳しく、抜け穴のない管理がされているようだ。

「で？　見るのはいつも誰かをぶち殺すヤツばっかりなのか？」

「そうじゃない。スナッフの時は特別料金で、それ以外はハードなＳＭモノだ。それも、宅配や裏ＤＶＤのＳＭモノが幼稚園のお遊戯に思えるほどの、凄いのだがな」

「で？」

竜二は話の先を促した。

「いつもホテルにビデオをセットしに来る男がいるんだ。まだ若い男だ。高校生かもしれない。ビデオのバックグラウンドを調べるのなら、その男の跡を尾《つ》けるのがいいと思う」

「それで、都倉さんの知りたいことというのは？」

開業医は、ニヤリとした。

「実は殺人じゃないほうのビデオに出てくる女に、ひどく興味を惹かれてしまってね」

都倉が言うには、その女は筋金入りのM女で、定番のSMの責めでお茶を濁《にご》す営業マゾではなく、心底マゾヒスティックな歓《よろこ》びに淫していて、暴力的な激しいスパンキングはもちろん、もっとひどい被虐プレイにも、全身をのたうたせて異様に燃えるのだという。

「ロングヘアで細身の、きれいな女だ。躰に何カ所かうっすらと傷痕があってね、それが興奮して躰が火照ってくると、隠し彫りみたいに白い肌に浮かびあがってくる。それが恐ろしく色っぽいんだ」

医者は憑かれた目で語った。

「ああいう真性のM女を一度でいいから抱いてみたい。私はスナッフが好きだが、もちろん本当に人を殺したりはしない。私には常識ってものがあるからね。だが……ああいう女を責めながらセックスすれば、人をこの手で殺《あや》めるのと同じくらいの興奮が味わえるんじゃないかと思えて、もうたまらないんだ」

その女の、さながら断末魔の悲鳴みたいなヨガリ声を思い出すだけで勃起してしまう、と都倉は舌なめずりした。

竜二は、このお得意さまの変態病膏肓《こうこう》ぶりに辟易《へきえき》したが、我慢して続きを聞いた。

「その女は、ナニの最中に首を絞められるのが好きなんだ。その時の表情と声がまた……恐怖と、死の苦痛と、絶頂寸前の恍惚《こうこつ》の三重奏というのかな、とにかくもう、何とも形容しがたい、淫らでゾクゾクする顔なんだ。あんたも見たら惚れるぜ絶対。で、女は首を絞められながらイッてしまう。きっと、その時の締まりがすごいんだ。マスクして犯してる男の方も、獣みたいな咆哮《ほうこう》を上げて射精してたからな。イク寸前に抜いて、バックで犯ってるからケツにぶっかけるんだが、その精液の出ること出ること。私もあの女とヤッたらああなるんだろうと、想像するだけで勃起する。とことんイッて、搾り取られてみたいよ」

「ま。都倉さんとその女のイッパツまでは保証出来ませんがね、正体くらいは調べましょう」

「頼むよ。ビデオの鑑賞会を次にやるときは連絡する。男の跡を尾けてくれ」

都倉は、欲望が恐怖に打ち克《か》った表情で大きく頷いた。

数日後。

都倉から、ビデオ鑑賞&SM乱交パーティをセットしたという連絡が入った。竜二はビデオを出前してくる若い男を尾ければいいのだ。

時間は夜の七時。仕事を終えたスケベなエグゼクティヴたちが駆けつけてくるのだろう。

指定されたホテルは一流のシティホテルで、フロアごとにミニ・ロビーがある。そこのソファに座って新聞を読み耽《ふけ》る真似でもしてれば、準備のために部屋を出入りする男は特定できる。アルマーニのスーツを着た竜二はホテルの風景に溶け込んで見えるだろう。もしも相手が用心深く、張り込みを気取られたら、その時はその時だ。そいつを拉致して締め上げるしかない。

が、そんな大立ち回りには及ばなかった。やってきたのはまるっきり無警戒な若者だった。渋谷センター街にいくらでもいそうな、茶髪にアポロキャップの男が、荷物運搬用のカートに大きな箱を載せてエレベーターで上がってきた。たぶん地下駐車場から直通で来たのだろう。男は竜二を気にとめる様子もなく、鼻歌交じりにコネクティング・ルームの一方に入った。

これで間違いない。無警戒なのは、今までなにも問題がなくて、ルーティーンワークと化しているからなのだろう。

若い男を確認すればここで待つ必要はない。竜二は地下駐車場に先回りすると、自分の車を、エレベーターを監視できる位置に移動して待機した。

二時間後、さっきの若い男が同じ箱を運んできた。サーファーがボードを運ぶのに使うような洒落《しゃれ》たバンに荷物を載せると、エンジンを派手に吹かした。

ヤバいブツを運んでるわりには脇が甘いな、と竜二は内心バカにしたが、仕事をやりやすくしてくれるのは大助かりだ。

バンは窓を開けっ放し低音ブーストしまくりの『音圧カーステ』をどかどか響かせながら、竜二の目の前を通過していった。

これなら、道草が好きな幼稚園児を尾行するより簡単だぜ。

竜二もタバコをもみ消してアクセルを踏んだ。

二台の車は首都高に乗り、入谷《いりや》で降りて、日光《にっこう》街道を北に向かって進んだ。

若い男の車は、尾行されているなどとは夢にも思わない様子で走り続け、やがて小規模な市街地に入った。行く手に私鉄の駅が現れた。

東京近県のベッドタウンだ。どの駅に降りてもまるで代わり映《ば》えのしない、無個性な駅前風景が広がっていた。バス一台分のターミナルと小さなロータリー。私鉄系のスーパーにファストフードの店舗。英会話教室のチェーンとサラ金が入居した安っぽい低層ビル。そしてバブルの名残《なご》りの虫食い空き地。一本裏にはエステと雀荘《ジャンそう》。ちょっとした飲み屋街。誰もが多少の語学力と多少の現金、少々美しいボディを手に入れて、この窒息しそうな小さな街から脱出しようと願っている……そんなことを思わせる、不景気な街並みだ。

バンは、とある雑居ビルの前に止まっていた。

竜二は車の中でジーンズに着替え、駅前広場全体が見渡せるファストフードの店に入った。

十時を過ぎていた。時間つぶしに不味《まず》いハンバーガーをもそもそやっていると、監視しているビルから、さっきの若い男が出てきた。街灯の光の下で見ると、顔色は青白く目つきが鋭い。悪い薬でもやっているのか、やせ細った身体をだぶだぶの服に包み、アポロキャップから、中途半端な茶髪がはみ出ている。

男は駅裏のゲームセンターに入った。竜二もコーラをじゅるじゅる啜《すす》りながら後に続いた。

紙幣《しへい》をゲーム用のコインに換える若者の手が不自然に震えている。典型的なジャンキーだ。

が、格闘ゲームを選んでコントローラーを握ると、死んだような瞳に炎が宿った。ゲーム機の前で、全身を生き生きと動かして生気が蘇ったように見えた。

竜二が見ていると、ゲームの腕はまあまあのようだが、時々集中力が切れるのかミスをする。そのたびに目つきがすわってゲーム機を拳で殴り、罵《のの》りの言葉を口の中で呟いた。ゲーセンの店員は遠巻きにして、注意さえしない。明らかに『怖い客』扱いだ。

そこに二人の、これも似たりよったりの雰囲気の若い男たちが入ってきて、後ろに立った。

「カネ、まだあるか？　マサキ」

「あるけど徹夜《オール》にはちょっと足りないかもな」

「狩るか」

「やろうぜ」

彼らは意味深な会話を交わして頷き合うと、ゲームセンターを出ていった。竜二も少し時間をおいて跡をつけた。

だが、彼らの行動は素早かった。わずかな時間差で竜二が追いついた時には、冴《さ》えない街の、しょぼくれた盛り場の外れにある駐車場で、すでに事は起こっていた。

オレンジ色の街灯の下、予備校生らしい少年がさっきの三人に取り囲まれて暴行されている。

ショルダーバッグのストラップが首に巻き付いて絞まっている。メガネが飛んで、アスファルトの上で割れていた。ぼすっという鈍い音とともに犠牲者は体をくの字に曲げた。あとからゲーセンに入ってきたうちの一人が予備校生を後ろから羽交い締めにし、マサキと呼ばれた例の男がパンチを入れている。腕をスイングし、脚を蹴り上げるたびに「しゅわっ」「どすっ」などと効果音を口走り、じゃれるようにしているが、拳や膝は確実に、弱々しい予備校生の体にめり込んでいる。

十一時近くなると、東京近郊というより田舎と呼ぶべきこの辺りに、人影はまったくない。駅からの人の流れも、この通りにまでは届かない。駐車場や、事務所の入った小さな雑居ビルが疎《まば》らに建ち並ぶ、街の死角のような場所だ。

マサキが手を休めた隙を突いて、もう一人が助走をつけて生贄《いけにえ》の顔面に跳び蹴りを加えた。

「おおっとぉ！　見事に決まった、ダイビング・シュート！」

ふざけた実況を叫んだのはマサキだ。

哀れな予備校生は逃げる暇も与えられず、まさにサンドバッグかダミー人形のように暴行を受け続けるばかりだ。

若い男はさらに調子に乗って予備校生の肩を摑むと、ぼすぼすと立て続けに膝蹴りを入れた。

「おお！　これは強烈だ。人体連続リフティング！」

マサキの顔から、先ほどまでのうつろで死んだような表情が消えている。獲物の苦しみを見て、その目はらんらんと輝いている。薄い唇が歪み、邪悪な笑顔が弾《はじ》けている。

幼稚な実況をするだけではない。マサキの片手にはいつの間にか小さなビデオカメラがあった。液晶画面を見ながらこの暴行の一部始終を撮っているのだ。

鳩尾《みぞおち》に膝がめり込んで、予備校生はゲボゲボと嘔吐《おうと》した。

「わっ汚ねえ！　ギョーザなんか吐くなよな、こいつ」

暴行を加えていた男が後ろに飛び退いた。

「場所ずらせよ。ゲロで足が滑る」

羽交い締め担当の少年が言われるままに位置を変えた。獲物にされた予備校生は、死んだようにぐったりとして、ずるずると引きずられるままだ。

位置を変えた少年たちは、再び格闘ゲームのワザの再現と、その撮影を開始した。

「……おい。そのぐらいにしとけよ。お前ら」

竜二は、駐車場の街灯に照らされた光の輪の中に出ていった。

「ナマ身の人間は格ゲーのキャラとは違う。人間は、死ぬんだぜ」

「なんだよ、お前」

少年たちは一瞬ぎくっとしたが、次の瞬間、楽しみを邪魔されたことに逆上した。

「テメエ、カンケーねえのに出しゃばるな。ボコられたいのかよ」

跳び蹴りを加えていた少年がさっと向き直り、拳を構えるファイティングポーズを取った。

「ふん。カッコだけは決まっているが、隙だらけの構えだな」

竜二は鼻先でせせら笑った。

羽交い締め担当の少年も、予備校生を放り出して竜二に向き合った。マサキが煽《あお》る。

「おっと、飛び入りです！　なんと、自分から進んでボコられたいマヌケがやって来ました！　さあ、やっちまいましょう、こいつも」

三対一の優勢に安心して、デジタルビデオを構えたままだ。

「ドシロウトがっ」

竜二が口を歪めた、次の瞬間。

二人のストリート・ギャングはあっけなく駐車場のアスファルトに転がっていた。

跳び蹴り男は股間を押さえてのたうち回り、羽交い締め担当は顎を殴られ仰向けに倒れざま後頭部を強打して、失神状態だ。

「何が起こったか、後から動画をスロー再生して勉強しな」

マサキが構える液晶画面いっぱいに、竜二がずんずんと迫ってきた。

ぽーんとビデオカメラが宙を舞い、止まっていた車のボンネットに撥《は》ねた。

次の瞬間、マサキは竜二の拳を頬に食らって軽く数メートルは吹っ飛び、パーキングメーターに顔面から激突して鼻血を噴き出していた。

「ほらお前、マサキ。しっかり撮っとけよ。お前の仲間の糞みっともねー姿をよ」

竜二は転がっているカメラを拾うと、朦朧《もうろう》としているマサキに投げた。

マサキはなにか言いたげに口をぱくぱくさせたが、突然起きあがって逃げ出そうとした。

が、竜二は少年の襟首を捕まえると髪の毛を鷲《わし》摑みにして、がくがくと揺さぶった。

「ふわ」

茶髪が大量に抜けて、少年の身体は駐車中の車に激突した。

「喧嘩して飛んで逃げる猫と同じだな。汚ねえ毛を撒き散らしやがって」

腰が抜けたまま逃げようとし、じたばたしているマサキの足を竜二は思い切り踏みつけた。筋をちがえたのか、グギッという音がした。

「いっ痛てぇよ、勘弁してくれよ……おれ、こいつらにうまく乗せられて、引っ張りこまれただけなんだよ。ほんとはこんなこと、やりたくなかったんだ！」

「嘘をつくな、この野郎」

竜二がマサキの手から取り上げたカメラで頭を殴ると、ついにその精密機器は悲鳴を上げて壊れた。レンズが砕け散って、アスファルトの上できらきら光った。

マサキは怯えてひいひいと泣いた。両手で頭を覆って体を丸め、必死に身を守ろうとしている。

それを見ると、竜二はむらむらと腹が立ってきた。

「何がうまく乗せられて、だ、この口先ガキが。お前たちがゲーセンで談合してたの、おれは見てたんだよ。そこに倒れてるこいつらはお前のダチだろ？　自分だけいい子になって逃げようとしやがって！」

竜二は尖《とが》ったブーツのつま先でマサキの腹に数発蹴りを入れた。竜二としては加減したのだが、筋肉も何も鍛《きた》えていない半端なワルには思った以上のダメージになった。

マサキのごめんなさいごめんなさいと謝る声が弱くなってきた。そのうちに、恐怖のあまり失禁したらしく、ジーンズの股間が黒く濡れてきた。

竜二は、レンズを失ったビデオを彼に向けた。

「ほらよ。人を殴るのは平気なくせに、ちょっと殴られると死にそうになる半端野郎が小便ちびる、実録ドキュメンタリーだ。しかしこれは超駄作だな。被写体が画《え》にならねえ」

涙も声も涸れ果てて黙って見上げるマサキの胸倉を摑み、引っ立てるように起こした。

「お前に聞きたいことがある」

駐車場に隣接して、憩《いこ》いの広場という、深夜はホモのハッテンバになりそうな小公園があった。そこに彼を連れ込んだ竜二は水飲み場の蛇口を全開にして、血だらけ小便だらけの男に浴びせた。

「ビデオのことを話せ」

「はぁ？」

この期《ご》に及んでまだヒトをコケにするような声出しやがって、とムカついた竜二はマサキの顔を蛇口にぶつけてやった。

前歯が一本、ぽろりと折れた。

「べべべ別におれはトボケてないス。そんなこと聞かれても、詳しいことを知らないだけで」

「詳しいか詳しくないかはおれが判断する。とにかく、知ってることを全部話せ」

プロの怖さが骨身に滲《し》みた少年は、がくがくと頷いた。

「駅前のビルの中に、オフィスがあるんス。自分はそこで配達先を言われて、運べと言われたモノを運んでるだけス。ほんとっスよ」

竜二が頬を掻こうと腕を上げただけで、マサキはびくついて腕で顔を覆った。

「けど、何を運んでるかは知ってるよな。ビデオ上映が終わるまで会場を見張ってるんだろ?」

腕を上げ髪に手をやると見せかけて、竜二は油断した若者の鼻を殴った。止まっていた鼻血がまた噴き出して、シャツやジーンズがまた鮮血で染まった。

「はははは鼻が、折れた……」

「心配するな。放っておけばまた生えてくる」

「それは植物の花のことっス」

「そんなツッコミを入れられるならまだ大丈夫だな」

平手で頬をぱん! と打った。それだけでマサキの頭はぐらりと動き、水道の蛇口が生えているコンクリートの台座に頭をぶつけた。

「す、すげえビデオだとは知ってますけど、あれは、レンタルのに毛の生えた程度で」

「ふうん。そんな程度のモノなら、おれが少しばかり頂戴しても構わないよな? ビルの事務所に案内しろ」

マサキは目を見張った。

「そ、それはだめス」

「そうか。やっとチンポに毛が生えた程度のガキのくせに、ジジイみたく歯抜けになりたいんだな」

竜二は彼の口めがけて空手チョップを入れた。ぐぎ、という音がした。

「あと三発で前歯は全滅だな。若いミソラで入れ歯人生かよ。ポリデント買わなきゃな」

そんなこと言われても……とマサキはボロボロ泣き出した。

「いいから事務所に案内しろ」

「そそそそそんなことしたら、前田《まえだ》さんになにされるか」

「お前のボスは前田ってんだな。そいつ、そんなにヤバいのか?」

「いやいやいやいや、前田さんは……あ」

マサキは秘密の一端を喋ってしまったことに気づいた。だが、それである程度開き直ったようだ。

「前田さんは一見まともで、優しそうな人ス。けど、ヤバいビデオ扱ってるし、おれらにもそういうの撮って持ち込め、持ち込んだら買ってやるって……」

どこまで言おうか迷うように目が泳いだ。

「どっかキレてるんスよ。こないだも、前田さんの彼女に……すげえハードなＳＭのビデオに出てる女スけど、その女にタメ口きいたおれのダチが後で無茶苦茶ボコられて。証拠ないけど絶対、こんなことやらせるのは前田さんだろうって」

おれももうお終いス、リンチされてダチみたく植物人間にされてしまうス、とマサキは怯えた。

「少年よ。お前、ホントに根性ないな。つーか、頭使うことを知らねえんじゃないのか？　殺られる前に殺れ、とか思わないのか？　それが無理なら、せめて逃げるとかよ」

少年は目を大きく見開いて、首をぶるぶる振った。

「逃げるって……自分、ずっとこの街で育ったし、ダチも先輩もみんなおれのこと知ってるし、そこに、前田さんはしっかり食い込んでるから、どこに隠れたって、すぐに」

「だからどっか遠くに逃げるんだよ。知らない街に行って、一度人間関係、全部切るんだ」

無理ス、とマサキは弱々しく言った。

「おれの親、ローン抱えてて、この不景気じゃウチ売るに売れないし。そしたら、住むとこなくなっちゃうじゃないスか」

「お前なあ……ダメだこりゃ」

竜二は心底呆れた。マサキは親がかりで、ＳＭビデオの『自主製作・配給』以外にはどうやらバイトすらしたこともなく、そもそも一人で生きていくという発想がないらしい。

「お前、相当甘やかされて育ったな。おれは真剣に、お前の親の顔が見たいよ。根性ゼロなくせに予備校生狩って、それをビデオに撮るしか能がねえのかよ。まあそれはいいや。ところでお前、今、『すげえハードなSMビデオ』って言ったよな？」

それに出ているという女が、都倉のいう『筋金入りのM女』かもしれない。

「どんな女だ？　前田サンつーのは自分の女をそんなモノに出してんのか？」

「あ、それは、その女の趣味なんで。すげーイイ女ス。おれら従業員というか手下に、事務所でビデオ見せてくれたんスが、天井から吊るされてアソコとケツにバイブ二本挿されたり、乳首にハリ刺されたり、アソコの毛を燃やされたり剃られたりで……あれは絶対、演技じゃなくてマジだったス。女は本気でヨガりまくってイッちゃったし、男優のほうも。あれマスクしてて顔判んなかったけど、絶対に前田さんス。アナルファックしながら本気で思いっきり、女をボコってたし。おれら、ギンギンに勃ってマスかきたくなって困ったんス」

その内容を思い出したのか、少年の顔に欲情の気配が浮かんだ。だがそれは、恐怖とミックスされた表情だ。

「けど訳判んねえのは……その女本人が前田さんの横で、平気な顔して自分がヤラれてるビデオ見てたってことで。おれ、ヤバいとは思いつつ、ついついその女の顔、何度も画面と見比べちゃって」

　女は少年たちに視姦されながら、ミニスカートから伸びるきれいな両脚を、何度も組み替えていたという。

「あの女、絶対あそこ濡らしてたスよ。自分が犯られてるビデオ見ながら濡らしてたんだ。前田さんもあの女もほんと、マジ訳判んねえよ。なんかヤバい雰囲気感じたんで、おれは前田さんに礼言って、なるべく視線を合わせないように出てきたんスけど」

　マサキの仲間の一人が、興奮してその女に、あんたのおまんこすげー濡れてましたよねえ、てなことを言ったらしい。

「おれ、バカやめろヤバいぜ、ってダチに目で言おうとして、ついでにその女の顔を見たら、なんか、女の眼がすげーイヤな光り方して、唇がうれしそうに歪んだんス」

　その翌朝。そのダチは、公園で暴行を受けて意識不明の状態で発見されたのだという。

「今でも入院してますよ。頭イカれちゃってモノ喋れないんス。あうあう言うばかりで……おれ、そいつの姿見るのが辛くて、それっきりで」

　だから、と言ったきり、マサキは体の震えが止まらなくなった。

　竜二は黙って財布から十万円抜いて哀れなドロップアウトに押しつけると、携帯を取りだして誰かと話をした。

「お前、今から徳島に行け。四国だ。あそこは不景気な田舎のくせに水商売だけは盛んだ。話つけたから、キャバレーかソープのボーイでも何でもして働け」

徳島の知り合いの居所と名前を教えてやったが、マサキはぽかんとしている。

「だから。お前はもうドジったんだ。ダチみたいにされたくなかったら、今すぐ東京から逃げるしかないだろ。逃走資金はやるから、その代わり、事務所の鍵を寄こせ」

マサキは金をジーンズのポケットにねじ込み、鍵をアスファルトに放り出すと、腰が抜けそうになりながら、後ろも振り向かず逃げていった。

苦笑しつつ公園の水道で血で汚れた手を洗った竜二は、そのまま駅前のビルに向かった。

三階にある『さいたま高齢者介護援助センター』という事務所のドアが、その鍵で開いた。このテナント名はダミーか、ダミーにするために又借りしているのか。

部屋の灯りはつけず、強力なマグライトの光だけで中を物色していく。中身がビデオデッキとDVDデッキらしい箱が二セットあり、ビデオテープやDVDディスクは片隅のラックにあるだけ。ざっと二十本くらいか。本数だけを言えば、裏DVDの宅配をやっている大石のほうが圧倒的に多くのビデオ原版を所有している。が、この二十本のすべてが本物の殺人、ないしは本当のハードSMオリジナルであれば、これでも充分、商売は立ちゆくのかもしれない。あまりに特殊で量産できる性質のものでもないだろうし。

部屋の一隅には、すでに旧型となったビデオ編集機と、三脚に載ったセミプロ用ビデオカメラがある。あとは管理用らしいパソコンと事務机、そして安物のソファがあるだけだ。

竜二は編集機のスイッチを入れ、ラックから手当たり次第にテープを取り出して中身のチェックを開始した。きっとこの中に、十年前の女子高生殺害の一部始終を撮ったものがあるはずだ。十年前なら原版はＤＶＤではなくテープのはずだ。

何本も見て行くうちに、マサキが言っていたマゾ女とはこいつのことか、と思われる女も登場した。たしかにマサキの言うとおりのハードなプレイをして、しかも本気でヨガっている。操作の方法が判らず音声は出ないが、女が全身をのたうたせ、悶える様子は演技ではない。女はマスクをしているので顔は判らないが、髪は腰まであるほどに長い。この女はどこか気になる。

そうは思ったが今日の目的は違う。次のビデオを入れたとき、彼はついに目的のものにたどり着いたと判った。

荒い粒子《りゅうし》の画面だが、高校生くらいの少女が、ぼろきれのように殴る蹴るの暴行を受けながら輪姦されている様子が、克明《こくめい》に捉えられている。芝居ではないことが、全体の殺伐とした空気で判った。何かのスイッチを押した拍子に音声が入った。

『よし、その女のあそこをこっちに向けろ。ライトもっと当てて、つながってるところが見えるようにするんだ』

指示する声がサウンドトラックにはいっている。ビデオを構えている少年の声なのだろう。

その時、部屋のドアが開き、声がかかった。

「誰だ、お前は？　マサキのダチか？　やつはどうした？」

「マサキはトンズラしたぜ。弱っちい予備校生をボコってビデオ撮ってたのをおれがシメた」

「あいつは根性がないからな」

その人影は事務所の中に入ってきて、蛍光灯をつけた。

ポロシャツにコットンパンツ、髪をきれいに梳《す》き分けた姿は青年社長と呼ぶのにぴったりだ。すらりとしてすっきりした容姿にも、マサキのような半端なゴミとは違う、育ちの良さが漂っている。

だが、その顔に見覚えがあった。それは大介のほうの記憶だ。大介が緋沙と公園で話していた時に割り込んできた『ストーカー男』。その時はだぶだぶの、まるでチーマーのような不良じみたストリートファッションに身を包んでいたが、その蛇のように冷たい目つきは間違えようがない。

「そうか。あんたが前田サンか」

「なんなんです、あなたは。上の方には払うべきモノは払ってますがね」

前田は、竜二を地回りのヤクザと誤解したようだ。

「おっと。おれはそういうんじゃない。位で言えばもっと偉いんだが、それもこんな田舎の話じゃない。よそ者だ」

前田はソファに腰をおろしてタバコに火をつけた。

「で？　よその人が何の用です？　東京の偉いヤクザ屋さんが、ビデオ泥棒ですか」

「おう。オタクのビデオは評判いいんだってな。全部前田さん監督のオリジナルだって？」

前田は黙ってタバコをふかして竜二の出方を探っている。

「女をビデオでいたぶるだけなら可愛げもあるが、ホントに殺しちゃシャレになんないだろうが。薄汚い商売して、良心が疼《うず》いたりしないか？」

「疼くわけないでしょう。商売にきれいも汚いもない。あんたもヤクザ屋さんなら判ると思うけどね。ビデオだって見たい人がいるから商売になる。女を抱きたいヤツがいるから売春が成り立つのと同じだよ」

前田は粗末な応接テーブルに、けだるそうに足を載せた。

前田の話す声を聞いていて、突如ひらめくものがあった。

「お前……もしかして」

前田は、まだ長く残っているタバコを折るように消した。

「もしかして、なんだよ」

「本物のスナッフ・ビデオとくりゃ、お前は人を殺してるんだよな。少なくとも、一人はよ」

前田の声は、ついさっきまで竜二が見ていたビデオから聞こえていたものと、同じだった。

この男が加賀雅之だ、と竜二は悟った。あのビデオを撮影した加賀雅之。目の前のこの男が、十年前の女子高生殺人事件の、真の主犯なのだ。

前田、こと加賀も、竜二の表情から、彼が何を悟ったかを理解したようだ。

「あんた、家宅侵入だよな。こっちは出るとこに出たっていいんだぜ」

「警察か。じゃあお前が扱ってるこの人殺しビデオはなんだ？　サツがどうこう言える立場か」

加賀はうんざりした、という様子で脚を組み替えた。

「あんたが何言ってるか知らないけど、ここにあるのはみんな特撮のホラービデオだ。あんたは素人だから判らないだろうけど、こういうものはプロの映画屋より、おれらみたいなマニアが撮ったほうが、迫力あるマニア受けするものが出来るんだ。調べられて困ることは何もないよ」

「女子高生が殺されるやつを含めて、の話だな？」

内心ぎくりとしたのをかろうじて隠した加賀は、けたたましい笑い声をあげた。

「だからそれも特撮ホラービデオだと言ってるんだよ。あれはおれの会心作だ。まあ、百歩譲って、仮にそんなものがあったとしてだけど、それが、何なの？　公序良俗に反するビデオを作って見せてる罪か？　それを言い出せば、おれより先に捕まる人間が何百人もいるはずだぜ」

けけけと笑う加賀に、竜二は指を突きつけた。

「お前、昔の仲間たちを次々に殺して回ったり、脅したりしてるだろう？　そっちのほうの実録ビデオはあるのか？　それとも今、編集中か？」

「なんだとこらァ」

加賀は反射的にソファから立ち上がり、身構えた。

「そうか。お前だな。おれの周りの人間にあることないこと吹き込んでるのは……。おれはな、もう罪を償ったんだよ。裁判を受けてキッチリ刑務所に入って、キッチリ出てきて、刑期はすでに終わってる。日本はな、罪人は一生罪人ってな未開国じゃないんだ。お務めを果たしたおれには、幸せになる権利がある。お前なんかに邪魔されてたまるか！」

「テメエに幸せになる権利があってたまるか。テメエが惨殺した女子高生の、その死ぬところを撮ったビデオを商売にしてる外道が何を偉そうに。人権も法律もお前のことは避けて通るぜ」

竜二の煽りに乗せられた加賀は、キレた。

「いいか。モノ知らずの脳味噌全部が筋肉のヤクザ屋さんよ。警察は、それをどうにも出来ねえんだよ。あの事件はもうとっくに『終わってる』んだ。判決出てるしな。一事不再理って奴だ。ビデオのことも表沙汰に出来ない。警察の上層部とか検察の面子とか、いろんなことが絡んでくるからな。当時なぜ発見出来なかったんだとマスコミに叩かれるのがオチだから『なかったこと』にされて終わり、ってわけで結局、警察はおれの味方なのさ。あんた、身のほどを知ったほうがいいぜ」

「ご忠告有り難う。日本有数の極悪人じきじきのお言葉だ。せっかくだから忘れないようにメモしておこう」

竜二はそういうと、本当にポケットから手帳を取り出して、『みのほどをしれ』と声に出しながら書き始めた。

「テメエ、舐《な》めやがって」

加賀は悪鬼のような表情になって拳を振り上げ襲い掛かろうとしたが、うつむいて字を書いている竜二に隙はまったくない。下手に突っ込んだ瞬間、カウンターでやられそうな殺気がある。

襲おうにも襲えない苛立ちから加賀はこの馬鹿野郎っ！　と怒鳴った。

「前田さん？　どうかしましたか？　なにかあったんスか？」

事務所のドア外から手下らしい男の声が掛かった。いかにも頭の悪そうな、抜けた声だ。

加賀がドアを見た瞬間。竜二の跳び蹴りが襲いかかった。

「うおっ！」

不意を衝《つ》かれた加賀は、そのままドアまで蹴り飛ばされた。

「テメエ……調子に乗りやがって」

加賀は立ち上がりざま飛び出しナイフを開き、それを振りかざして突進してきた。

咄嗟にナイフをかわし加賀の脇腹に蹴りを入れた。相手が床に倒れたのを尻目に事務所の窓を開けると、竜二は躊躇することなく飛び降りた。

加賀と、その手下の罵声が上から降ってくる。

三階だったのだが猫のように敏捷《びんしょう》な動きを見せた竜二は、ふわりと着地するとそのまま突っ走った。竜二の意識は、大介と共有の肉体を、潜在能力の極限まで駆使出来るのだ。

この界隈に長居は無用、と竜二は思った。すぐに加賀の息の掛かった馬鹿どもが総動員で追ってくるだろう。駅前に止めっぱなしのベンツに飛び乗って速攻でズラかるしかない。

だがすでに駅の周辺には、目つきの鋭い少年たちが徘徊《はいかい》していた。何者かを探す様子で人の動きを監視している。路上駐車した竜二のベンツの周りにも数人が集まって、携帯電話でナンバーを照会しているようだ。

あいつらとやっても負ける気はまるでしないが、クソを踏みつけても汚いだけなのと同じ理由で、無駄なファイトは避けたかった。

ビルの陰に引っ込み、路地裏をたどって別の脱出ルートを探す。

と、角を曲がった竜二の目に、見覚えのある後ろ姿が飛び込んできた。

パンツルックの小柄な女が、やはりビル陰から表通りをうかがっている。その女の声が聞こえた。

「……うん。加賀はオフィスに入って出てこない。けど、なんか街の様子がヘンなのよ」

携帯を耳に小声で話している女の後ろに、竜二は音もなく忍び寄った。

「珍しいところで逢うじゃないか、樋口逸美さんよ」

竜二が肩に手をかけた瞬間、逸美は文字どおり飛び上がった。

「さ、沢さん……どうしてあなたがここに」

うろたえつつ携帯の通話をオフにする逸美に竜二は言った。

「目的はあんたと同じだ。今の電話、聞いたぜ。あんたも加賀を追ってんだろう?」

駅前広場からバタバタと足音が聞こえてきた。あのガキどもが接近しつつある。

「そうか……沢さん、追われてるんだ。こっち」

逸美は竜二の腕を取り、ビルとビルの隙間の、人一人通れるかどうかという狭い空間に引っ張り込んだ。この街で加賀を見張るのはこれが初めてではない……そんな手馴れた感じの身の隠し方だった。

狭い空間に、まるで好みではないタイプの女と押し込められた形になってしまったが、他に選択肢はなさそうだ。

路地に入ってきたガキ連中の声が聞こえている。その時、逸美の携帯が微《かす》かに鳴り、逸美は慌ててそれに応えた。

「……ごめん。事情が変わった。今夜はちょっとマズいかも。中止にしたほうが……もしもし？　もしもし？」

さっきの続きらしい通話が、今度は向こうから切れてしまったようだ。逸美は明らかに落ち着かない様子になった。コールバックしたいのだが、竜二が邪魔でそれが出来ないらしい。

それを見て取った竜二は、わざと聞いた。

「誰からだよ、今の電話」

「べ、別に。ちょっとオトコと約束しててね。でも、せっかく沢さんと逢ったんだから、キャンセルしちゃおうかなって」

明らかに嘘だが、竜二は面白くなってそれに乗ってみることにした。

「そいつぁ光栄だ。ときにこの建物、ラブホだよな。一緒にこうして隠れてるってのも何かの縁だ。いっそチェックインして一発決めるってのはどうだ？」

ほんと、と疑わしそうな眼差しになった逸美の躰を、竜二はわざと品定めするようにねっとりと、上から下まで眺めてやった。

竜二独特の、剝き出しの男の野性というようなものが、女心に作用するのだろう。これには絶大な効果がある。とくに、中途半端なインテリ系の女には。

しばらく迷う様子だったが、逸美はやがて心を決めたように露骨に躰を寄せてきた。

「こちらこそ。願ってもないわ。それと私、今でもあなたについて本を書きたいと思ってるんだけど、もう一度考えてみてくれない？　絶対売れると思うけどな」

「考えてみる。ところで、あんたはなぜ加賀について調べてる？　何が判った？　おれも仕事の絡みでちょっと奴のことを知りたいんだが」

「加賀が昔、何をやったのか沢さんは知ってる？　……そう、知ってるんだ。女子高生監禁致死事件、ね」

気を許したのか、逸美の口は軽くなった。

「十年後の彼ら、ってテーマで追ってるの。だから加賀雅之のことも調べてる。何かあるのは判るんだけど、尻尾がつかめないのよね。表向きはマンガ喫茶をやってるけど、肝心のマンガがあんまり置いてないの。客も入ってないし、儲かってないのは一目瞭然《りょうぜん》。あれはダミーね。けど、凄い豪邸を建てちゃったのよ。本町《ほんまち》ってとこに。あそこの親は例の事件の弁護費用そのほかにお金を使い切って、ほぼ破産状態なのに。被害者への補償もお金がないから払えないと開き直ってる。だから、どこからそのお金が出てるのか、なんだけど」

そりゃお前、スナッフ・ビデオで儲けてるんじゃないかと言いたいところだが、教えない。この女に教える気はさらさら無い。『本町』に加賀の家がある、ということを聞き出せば充分だ。加賀の手下の少年たちも立ち去ったようだし、もうこの女に用はない。

寄り添った逸美を突き放し、ビルの隙間を出て行こうとする竜二を驚く声が追った。

「ちょっと。ラブホで一発はどうなったのよ？」

竜二は振り返らずに答えた。

「ちょっと大事な用を思い出した。すまん」

「待ちなさいよ！　ちょっと、この乗り逃げ男っ」

「まだ乗ってねえし、乗るつもりもねえよ」

駅前に戻ってみると、張っていたガキどもも疲れと飽きがきたのか、歩道にしゃがみ込んでゲームをしたりダベッたりしている。

「だからお前らはいつまでも半端なんだ」と毒づきながら竜二はそこを離れ、逸美に聞き出した「本町」にあるという、加賀雅之の自宅に向かった。

路地裏づたいに住宅街に抜け、建て売りのせせこましい一戸建てが並ぶ一角を過ぎると、いきなり、どんとデカい屋敷が現れた。敷地も近所の数倍はあり、塀からして大谷石《おおやいし》で、この界隈のブロック塀とは大きく一線を画している。庭先にゆったり空間をとって建てられた家は、いかにも若い夫婦が夢に描きそうな南欧調というか、ラブホテルかと見まごう白亜の殿堂だ。丸い大きな窓や広いバルコニーが、埼玉の冴えない町並みから浮きまくっている。息を吹きかけたらそのままふわふわ宙を舞うんじゃないかと思えるほど現実離れしていた。

道に面したガレージは広々として、ジャガーとレンジローバーが止まっている。

「似非《えせ》スペイン趣味の家にイギリス車か。成金もいいところだな」

竜二は鼻先で冷笑しつつインターフォンを押した。加賀は多分まだ留守だろうが、本人が出てきても構わない。その方が話が早い。

だが、インターフォンに応えたのは女の声だった。

「はい？」

「ええと、すみません。前田さん……いや加賀雅之さんの、昔のことについて伺いたいんですが。いえ私、マスコミなんかじゃありません」

スピーカー越しに、ひゅっと息を飲む気配が伝わってきた。

「わか……りました。あの人が戻ってくると困るので……近くの公園でお話ししましょう。すぐにあとから参ります」

女は、このすぐ先にあるという公園の名前を言った。

本来なら都会の盛り場より安全なはずの住宅街だが、夜も更《ふ》けると人通りもなく、しんとして、不気味な雰囲気だ。一人歩きの女性が襲われて悲鳴をあげても、住人が出てきて助けてくれるとも思えない。

待っていると、やがて一人の女が辺りを窺いながら、小走りで公園に駆け込んできた。

「あなたが……ビデオや写真や、昔の新聞記事を送ってきた方なんですね」

加賀より少し年上と思われる、二十代後半の落ち着いた女だった。均整のとれた躰つきの、かなり綺麗な女だ。加賀の妻、あるいは恋人というイメージからは想像もつかない、清純な良家の子女という感じであることに竜二は驚いた。紺のラインがアクセントに入った、ゆったりとした白いワンピースを着ている。うっすらと化粧をしていたが、それでも目の下の隈や、憔悴《しょうすい》しきった頰のラインは隠しきれない。

加賀と一緒に暮らしているこの女がSMビデオに出ているのだろう、と思っていたが、事務所のビデオで見た、あのM女とは別人だということがすぐに判った。ビデオの女より背が高いし、胸も小ぶりだ。何よりも一切の邪悪とは無縁の透明感を漂わせている。

加賀は、プレイ用の女と家庭用の女を使い分けているのだ。

思わず見惚れた竜二に、しかし彼女は意外なことを言った。

「あの……目的はお金ですか？　それなら、出来る限りの額はお支払いしたいと思います。あの人……いえ、主人にはあなたのことは話していません。でも私が頼めば何も聞かずに、かなりの額は用意するはずです。でも、でも……お腹のこの子を殺せだなんて……それだけは」

女、というより女性と表現するべき人の声が震え、両手で顔を覆った。嗚咽が漏れた。

どういうことだこれは？

竜二は訳が判らず、戸惑った。どうやら誰かと間違えられているらしい。

「今では私も……あなたの言うことが本当だと知ってます。籍を入れて貰えない理由も判りました。あの人は自分の過去を私に知られたくないのと、これから生まれる赤ちゃんを、元殺人犯の子供にしたくないんです。ですけど、あなたが送ってきたものを見て、すべて知ってしまいました。あの人はたしかに、酷いことをしたと思います。けど、だからといって……」

その女性は泣きながらふらふらとしゃがみ込んだ。竜二は言った。

「奥さん……だよね？　あのね。あなたは、人違いしてる。おれは脅迫なんかしていないし、第一、あんたのお腹の中に奴の子がいるなんて今初めて知った。そもそも、加賀にあんたのようなヒトがいるなんて、知らなかったんだ」

竜二もかがんでそう言うと、手を貸して近くのベンチに彼女を座らせた。

「……じゃあ、あなたは？」

顔から手を離した女性は、涙に濡れた顔でまじまじと彼を見た。

「だから、おれはマスコミじゃないけど、調べ事をしてるんだ。いや、だから、あんたや加賀を脅すために調べてるんじゃない」

彼女は黙ったまま見つめ返している。

「あんたを、誰かが脅迫してるんだね。何が送られてきたんだ？」

「十年前の雑誌のコピーとか……亡くなられた方の写真が載ってましたが……本当にあなたは、あれを送った人じゃないんですね？」

誰も信じられない、という表情でその女性は竜二を見た。

「いや、悪かった。こういう話をするなら、まずこっちが名乗るべきだよな」

竜二はエスコートクラブの社長の名刺を渡して名を名乗った。

「警察でも探偵でもマスコミでもない。フーゾクの仕事ってのも、女の子の安全を守るために、調べなきゃならないことがあるんだよ」

「あの人が、そちら様のお店で何か？　そういうお店には行かないと思ってたんですが」

「いや、チョクに何かあったと言うわけじゃない。関連という意味で」

竜二はぼかした。

「あの、私、安曇理恵子《あずみりえこ》と言います……あの人の過去は、二人で受け止めていこうとも思っています。ビデオも送られてきて、これはもう身びいきで言い訳が出来ることじゃないと判りました」

「ちょっと待って。送られてきたビデオって？」

淳二に届いた電子メールにも犯行実況の映像が添付されていた。同じソースなのだろうか。

理恵子は開きかけた口をつぐみ、顔を伏せた。

「言えません……あまりにも恐ろしいもので……」

「犯行の様子を撮ったものを？」

理恵子は黙って頷いた。

線が繋がってきたようだ。だが、加賀本人ではなく、内縁の妻を脅す犯人の意図は何なのか。

「で、どういう脅迫をされてるんです？」

「あの人と別れて、そして、呪われた血を断ち切るために子供を堕《お》ろせ、と。でも、そんなこと……この子には罪はないんです」

理恵子の手は大きくなりかけたお腹を、庇うようにさすった。

あの事件の本当の主犯は加賀だと聞いている。だが、最も罪の重い加賀に対してだけは直接の脅迫を行わず、搦《から》め手で来るのはどうしてだ？

「奥さん。あんた、このことは警察に言ったほうがいい。加賀にも言ったほうがいい。脅かすわけじゃないけど、脅迫者は本気だ。気をつけないと。お宅まで送っていきますよ」

加賀はとんでもない外道だが、この理恵子は関係ない。この落ち着いた、理知的な年上の女と出会って加賀も多少は人間らしくなったのだろう。それを象徴するのがあの豪邸だ。愛は形じゃないというが、形でしか表現出来ない種類の男はいる。それに理恵子の話を聞くと、加賀の、彼女に向ける顔だけは優しく愛情に満ちているようだ。

だがその愛の暮らし、理想の家庭を育《はぐく》むために、加賀は世にも汚い商売をして稼いでいるのか？

「……とにかく、あなたに何かがあるといけない。おれもその脅迫者について調べてるので、何か判ったら知らせます。あなたの方も、何か判ったら」

「もちろんお知らせします」

理恵子はすがるような目で竜二を見た。

「あと、おれのことは加賀には言わないでほしい。ちょっと行き違いがあって」

話しながら歩いて、豪邸の門までやってきた。

「よろしくお願いします。どうも色々と……私、ほかに相談する人もないので」

深々と頭を下げる理恵子と別れ、竜二は駅前に戻ろうと数十メートルほど歩きかけた。

と、その時。車のタイヤが鳴る嫌な音が響き、女の悲鳴が聞こえた。

驚いて振り返ると、加賀の豪邸の前から、ワゴン車が急発進するのが見えた。

竜二は咄嗟に走って追いすがったが、車は一気に加速して夜の闇に消えてしまった。

車のナンバーは黒いビニールで覆われていた。

しまった！　こんなに早く脅迫者の手が回るとは！

竜二は携帯を取り出し一一〇を押した。

「警察か。たった今、女が車で連れ去られるのを見た。場所は埼玉県K市本町の路上、女の名前は安曇理恵子。同じ本町に住んでる前田、こと加賀雅之って男の内縁の妻だ。緊急配備よろしく。おれの名前？　それはこの携帯番号から調べてくれ。じゃ、急ぐんで、切るぜ」

次は加賀に知らせるしかない。竜二が来た道を戻ろうとしたところで暗闇から声がかかった。

「お前、何のつもりだ？　こんなところまで嗅ぎ回りやがって。失せろ！」

加賀だった。自宅前にいる竜二を見て明らかにショックを受け、逆上している。

「ちょうど良かった。今知らせに行こうと思ってた。緊急事態だ」

竜二は、あんたの女房が誘拐《ゆうかい》された、すぐに警察に届けろ、とたった今起きたことを話した。

「あんたからもすぐ警察に電話しろ。身内が通報するとしないとじゃ対応が違うだろう」

「お前……警察に言ったのか？　余計なことしやがって！」

加賀は携帯を取り出したが、かけた先は警察ではなかった。手下らしい相手に指示を出した。

「大至急だ。事務所から差し障《さわ》りのありそうなブツは全部運び出せ。ああ……サッと、ちょっと引っ掛かりが出来そうなんでな」

「てめえ、身内より商売のほうが大事なのかよ？」

竜二は呆れた。

「いいか。何が大事かよく考えろ。お前の奥さんが誘拐されたんだ。言っとくがおれはこの件には噛んでいない。わざわざ通報したくらいだからな。おれはお前がくたばっても何とも思わないが、あの奥さんが巻き込まれるのは筋が違うと思ってる。お前にはもったいないぐらいの、いい女だしな」

「お前……女房に何を話した？」

顔色を変えて詰問する加賀に竜二は言った。

「お前、奥さんが脅迫されてたこと、知ってるか？　お前と別れて、子供も堕ろせと脅されてたんだ。理由は、判ってるよな？」

「おれが……あの事件の犯人だからか？」

くそっ！　と、加賀は拳で大谷石の塀を思いっきり殴りつけた。竜二は言った。

「それだけじゃないだろ。あの事件のビデオで荒稼ぎしてるんだからな。被害者ヅラするんじゃないぜ。だが、奥さんには何の罪もない。ほら。早く警察に電話しろよ」

だが、加賀は竜二をもの凄い形相で睨みつけた。

「そう簡単に警察沙汰には出来ない……こういう商売してると、何が絡んでるか判らないからな。上の方とも話しとかないと」

「お前、惚れた女が出来て、その腹にお前のガキがいるんだろう？　それなのにまだ今の商売続けるつもりなのか。身内を危険にさらすようじゃ、お前は真剣に理恵子さんを大事にしようって気はないんだよな。口じゃ何とでも言えるし、金がありゃ家だっていくらでも建てられるしな」

「黙れ黙れ黙れっ！　お前に何が判る！」

加賀の顔に怒りだけではない、恐れと悔恨《かいこん》、憎悪と戦慄《せんりつ》が混じった、凄まじいマイナスの感情が交錯《こうさく》した。

「金でもなきゃ、あいつがおれなんかの傍にいるわけ、ないじゃないか。おれの子を産もうなんて……金でもなきゃ」

「あんた、ほんとに何も判ってないんだな」

竜二は何ともいえない虚《むな》しい気分になった。

「奥さんは、あんたのしたことを全部知ってるぜ。それでもあんたの子を産もうと思ってるんだ」

「まさか……そんなはずは」

加賀は蒼白になった。しかしそれもわずかの間で、またすぐに元の歪んだ表情に戻った。

「誰が……バラした？　何処から洩れた？」

「だからその脅迫者だよ。いいから早く警察に知らせろ。ぐずぐずするな！」

しかし加賀は、いやしかし……と激しく躊躇するばかりだ。

「組とかより、奥さんのことが大事じゃないのか？　え？」

携帯を摑んだままの加賀は、言葉にならない苦悶の呻きを上げた。

その時、だしぬけにその携帯が鳴りだした。

「もしもしっ！」

受話スピーカーを耳に当てた加賀の表情に衝撃が走った。へなへなと路上に座り込んで、目が虚《うつ》ろになった。

「……冗談はやめろ。何が目的なんだ？　金か？　おれの命か？　……おいっ！　答えろ！」

通話は切れた。加賀はツーツー音を返すだけの携帯を地面に叩きつけ、足で踏みつぶした。

「……あの家だ！　あの家があった場所に……」

目を泳がせたままの加賀は、何かに憑かれたように夜道を走り出した。竜二も跡を追った。

全速力で走る加賀に、竜二は怒鳴った。

「今の電話は何だったんだ！　何がどうなった⁉」

「あの……女がかけてきたんだ」

「あの女って誰だ？」

「由布子だよ！　十年前、おれたちが殺した藤崎由布子だ！」

加賀は突然足を止め、うっと呻いて背中を丸めた。暗い路上に激しく嘔吐する音が響いた。急に走ったから気分が悪くなったという様子ではない。

「あの女の……声だった。死んだはずなのに。……あんたの大事な家族は、私たちの思い出の、あの場所にいる……そう言った」

「え？」

「そう言ったあと、あははと笑ったんだ。あはははって」

吐く物がなくなるまで吐いた加賀は、立ち上がってまた走り始めた。

どこをどう走ったものか判らないが、かなり離れた住宅街の、民家が建てこんだ中に、そこだけぽっかりと更地になっている場所で、加賀はようやく足をとめた。

薄暗い街灯が空き地をぼんやりと照らし出している。だが、目をこらすと雑草が生い茂る中に、白いものが転がっていた。

「理恵子っ！」

加賀は悲鳴のような声をあげて駆け寄り、次いで、へたへたと地面に座り込んだ。

「なんだ、どうした？　うっ！」

追いついて、それを見た竜二も、さすがに絶句した。

倒れていたのは理恵子だった。白いマタニティ・ワンピースの下半身がどす黒く染まっている。

「救急車っ！」

竜二は加賀をどやしつけ、咄嗟に理恵子の首筋に指を当てて脈を診た。

「奥さんは生きてる。脈はある。しかし……」

ほどなく、救急車が着いた。

「どうしたんですかこれは！」

この惨状を見た救急隊員は絶句した。

「とにかく、母親を助けてくれ」

下半身から出血し続けている理恵子は担架《たんか》に乗せられて救急車に収容され、母胎《ぼたい》の外に出されて動かなくなっている胎児はガーゼにくるまれた。

発車する段になって、竜二は加賀の姿が見あたらないことに気づいたが、急かされるままに救急車に乗り込み、病院に向かった。

理恵子の緊急治療の間、警察には事情を話し、加賀を捜してくれと頼んだのだが、彼の所在は不明だった。夜の闇に、忽然《こつぜん》と消えてしまったように。

# 第5章　十年後の彼ら

加賀雅之は、夜道を呆然と歩いていた。

大切にしていたものがすべて壊れてしまった。なぜこうなったのか、何が理由なのか判らない。いや、判りすぎるほど判ってはいるが、考えたくない。とにかく今確かなのは、彼が心から愛して守っていこうと思っていたものが、すべて無惨に踏みにじられてしまった、ということだけだ。

理恵子は生きているのか。あいつの躰に載っていたのは、あれはおれのおれのおれの……。

それ以上考えると発狂しそうで怖かった。頭の芯が割れるように痛い。

理恵子は心配させないために隠していたのだろうが、加賀は、彼女が脅されているのは知っていた。「奥さんが大事なら奥さんを心配してやれ。愛しているなら別れろ」という奇妙なメールが携帯に入るようになっていたのだ。

こういう後ろ暗い商売で荒稼ぎをしている以上、メールの心当たりは複数ある。商売敵のエロビデオ屋とそのバックについているヤクザ。それが数社。人使いの荒い彼がクビにしてきた元社員たち。この仕事を始める前に、さんざんしゃぶり尽くし吸い尽くしたカモ数人。そして……。

いや、その最後のヤツだけはありえない。一番酷いことをした相手だが、それはあり得ない、と加賀は首を振った。何故ならば、その人物はすでにこの世のものではないからだ。

考えれば考えるほど判らない。救急隊員が自分を呼ぶ声がしたが、後戻り出来なかった。

怖いのだ。理恵子も子供も死んでしまったかもしれない。その事実に直面するのが怖いのだ。

思えば、おれはこんなことばかり繰り返してきたんだ、と彼は自分を責めた。いつもそうだった。ガキの頃からうまく立ち回って逃げた。面白がって集団万引きした時も、言い出したのは自分だったのに、教師に問いつめられた時、同級生の貞夫《さだお》に罪をなすりつけた。

立て続けにレイプして「おれの言うとおりやってれば捕まらないだろ」などと言っていたら捕まったが、その時も仲間の修《しゅう》に「あとで恩に着るから」と言いくるめて首謀者に仕立て上げた。

そして、十年前のあの事件だって……あれは親がつけた遣《や》り手弁護士にちょっと嘘をついたら弁護士が丸ごと信じてしまい——本心では信じていなかったが弁護するのに絶好の筋書きだと判断して利用したのかもしれないが——その線で弁護が進んで裁判で認められて、おれは懲役五年、光男のヤツが懲役二十年の刑で確定してしまった。本当なら自分がまだ刑務所に入ってなきゃならないのに、従犯ということでシャバに先に出てきてしまった。

出所後も、理恵子には刑務所に入ったことすら隠したままだし、商売の内容も話していない。理恵子に嫌われて失うのが怖かったのだ。

そうやっていろんな理屈をつけて、おれはいつも大事なことや責任から逃げてきた。

今だって、本当なら理恵子についていて、仮にあいつが死ぬのだとしても看取《みと》ってやるべきだ。だが、それがどうしようもなく怖い。あいつが死んだとしたら、それはおれのせいだ。責任取らなきゃならないのはおれだ。だけど、それが怖い……。

加賀は、すべてから逃れようと、夜の闇の中を、ひたすら歩き続けた。

前方に、白い人影が浮かび上がった。目をこらすと、街灯の暗い光の輪の中に、夏のセーラー服を着た少女が立っていた。髪が長くて、顔がよく見えない。

しかし、彼女の存在感は異様に薄い。今にも夜の闇に溶けて消えてしまいそうだ。

「助けて」

声が聞こえた。囁《ささや》くような声だが、なぜかはっきり耳に届いた。

「助けて、ください……助けて。せめてお水を、お水ください」

加賀は辺りを見回した。ここにいるのは、自分と、この夏服の少女だけだ。少女は、自分に話しかけているのだ。

「助けて……」

消え入りそうな声で囁きながら、その少女は、ゆっくりとこちらに向きなおった。

「ちょっと待てよ。なんだよ……お前は」

そう言いかけて、頭の中が割れた気がした。はっきりと、聞き覚えのある声だった。

記憶の奥底に閉じこめたものが、自力で封印を振りほどき、一気に現実に躍り出た。

「お、お前はっ！」

目の前の少女が、記憶の中の、完全に消してしまいたい、あの姿に重なった。

「ど、どうして。どうしてここにいるんだ。だってお前はあの時……」

だが、終わりまで言うことは出来なかった。

少女が手にしたナイフが、街灯の光を反射してきらりと輝いた。

恐怖のあまり足が竦《すく》んでしまった加賀は、自分を標的に迫ってくる凶器を避けられなかった。

焼けつくような熱感が、首筋を走った。

次の瞬間、ぼたぼたと温かな液体が路上に落ちた。手についたそれを見ると、血だった。

頸動脈《けいどうみゃく》を切られて噴き出す鮮血は、手で押さえた程度では止まらない。

またもナイフが振り上げられたので、加賀は悲鳴をあげたが、気管まで達した傷から進入する動脈血に遮られて、ごぼごぼという音が漏れるだけだ。

呼吸が出来ず、げほっと吐き出したものも血だった。

長い髪が夜風になびき、その間から見えた顔に、覚えがあった。

「お、お前……なぜ……なぜなんだよ」

脳に血液がまわらなくなるのが判った。全身の力が抜けて、加賀は膝を突いた。

彼が最後に見たものは、スカートを翻して闇の中に消えていく女の白い脚だった。

*

「ああ、気がついた。大丈夫だよ。君は助かったんだよ」

医師の声で、理恵子は目を開けた。

「ちょっと出血が多かったが、命には別状ない。麻酔を打たれていたんだね」

医師は話しかけながら治療を続けている。ここは病院の救急治療室だ。

「あ、あの、私、なにがどうなったのか。子供は、お腹の子供は大丈夫なんですか？」

まだ顔色が蒼白い理恵子に問いかけられた医師は言葉に詰まり、横にいる竜二を見た。

「残念です。何と申し上げたらいいか……」

医師の一言で、彼女はすべてを理解した。

「ひどい……」

理恵子は気丈にも耐えようとしたが、みるみる涙があふれ、頬を濡らした。

「あ、あたし、この人を見送って、家の中に入ろうとした時、後ろから誰かに……誰かに羽交い締めにされて、そのまま車の中に」

「今は無理して話さないように」

医師は止めたが、理恵子は記憶が確かなうちに、という思いからか、話し続けた。

「車の中で、何かを注射されて……腕にちくっと痛みがありましたから……そのあとは何も判らなくなって……でも、女の人でした。私を羽交い締めにした腕が柔らかかったし、紺のプリーツのスカートを穿いてて、胸のあたりにリボンが。そうよ、あれはセーラー服だわ……白いセーラー服を着ていた」

「セーラー服の女？」

竜二は思わず医師を見た。

「麻酔を打たれて幻覚を見たのかもしれませんよ」

医師は小声で言った。竜二はかまわず聞いた。

「ほかに覚えてることは？」

「それと、車を運転してる人がいました。両方とも女の人で、二人で何かを言い争っていた。運転してる人が産婦人科の真似事が出来る偽医者を見つけた、みたいなことを言って、そこまでやらないと世間にアピールしない、と強い調子でもう一人を説得してました。もう一人の人の方は……ためらっていたみたい」

「警察に言おう。彼女は犯人を目撃してる」

出ていこうとする竜二を、医師が止めた。

「ちょっと待ってください。事情聴取はまだ無理です。月数が過ぎているのに妊娠中絶手術が行なわれたのは明らかで、かなり重篤《じゅうとく》な出血があったのです。あなたから警察の方に、もう少し待って貰うように伝えてください」

医師は看護師に、鎮静剤と抗生物質を投与して、と指示を出した。

セーラー服の女、というのに竜二は引っかかった。ネットで広がっているという噂を思い出したのだ。十年前の拉致監禁事件で殺された少女が甦って、加害者たちを殺しに来る、というあれだ。しかし、こんな話を警察に話しても一笑に付されるだけだし、竜二だって信じる気にはなれない。

警官にどう言うべきか考えながら廊下に出た竜二を、警官と私服の刑事が取り囲んだ。

「あんたはいったい何者だ？　最初はガイシャのご亭主かと思ってたが、事情を聞けば、ご亭主を脅してたチンピラだってな」

「その一、おれはチンピラではない。その二、おれは彼女の亭主を脅してもいない」

「ガイシャに最後に会ったのがあんただってな？　とにかく、ちょっと来てもらおうか」

刑事は竜二を任意聴取と言いながら、ほとんど強制的に最寄《もよ》りの署に連行した。


逸美は、以前もベッドをともにしたマゾの性癖のある男とコトを終えて昏睡《まどろ》んでいた。

「なあ、あの件はどうなってる？」

男はセックスの最中とは表情を一変させて、エリートの顔になっていた。

「刑務所で不祥事を首尾良く起こしたことは良かったが、その後がなってないじゃないか。どうしてこうなってしまうんだ」

さっきまで逸美に責められてデレデレになっていたくせに、射精してしまうと元の高慢な人を見下す態度に戻っている。

「お前が言い出したことなんだから、最後まで責任もって収束させる責任があるだろうが」

「え。何言ってるの」

風向きが微妙に変わってきたことに、逸美は感づいた。

「あんたが困って、なんとかならないか、いい手段はないかって言ったんでしょうに。このままじゃ本省に残ったアイツに負けてしまう、おれは出向先に転籍を命じられるかもしれないってビビッてたくせに」

「お前だって、おれが本省で出世した方がいいだろ。情報だって法務省にいるほうが多方面から流れてくるんだ」

男は、法務省同期入省の舎人《とねり》という男に異常な対抗心を燃やしている。切磋琢磨の健全なライバル心ならいいのだが、性格的にソリも合わない彼が、一方的に舎人に負けまいと攻撃的な感情を抱いている。

法務省は中央官庁の中でも特殊で、国家公務員試験で採用された事務官よりも司法試験を合格して検事になった者の方が主流で、事実上、検事経験者でないと局長以上にはなれない。それ故、非検事である彼と舎人は少ないポストを争っているわけだ。

同時期に、舎人は法務省矯正局総務課矯正監査室企画官になり、彼は警察庁に出向となった。本省の企画官と出向の身分の差に、彼は大いに焦りを覚え、なんとか舎人の出世を阻んでやろうと画策するに至った。

その相談を寝物語で逸美にしたところ、彼女から「いい方法がある」と提案があったのが、刑務所で受刑者が二人死亡し、刑務官が殺される少し前のことだ。私のワークショップに使えそうなコがいるから、と。

「あんたがベッドでうだうだ言ってるの聞いてるの、嫌だったから」

「それだけでもないだろ？　おれに力貸して得点を挙げておけば、いろいろ有利になると計算してのことだろ？」

「それは……お互い様でしょ」

「しかしだな、お前の言った『使えそうなコ』は危険だ。何とかしろ。刑務所で二件も不祥事が起きて刑務官も殺されたんで、舎人のヤツは次の人事で地方の矯正管区に飛ばされてメインストリームから脱落するのは確定だ。それはいい。それはいいんだが、その後が問題だ」

男は逸美を睨み付けた。

「注文もしていない余計なことまでしでかしやがって、バレたら大変なことになる。心身耗弱状態での犯行だと主張しても、お前が焚《た》きつけたと判ったら、極めて面倒なことになる。刑が確定して『終わった』過去の事件にまで首を突っ込んで掻き回してるじゃないか。火の粉がこちらにもまともに飛んでくるぞ」

「それは私も困ってる」

そうか？　と男は疑わしそうな目を向けた。

「お前としては、そいつがいろいろ事件を起こしてくれた方が、ネタが増えて商売繁盛とか思ってホクホクしてるんじゃないのか？　いや、それどころか、その女をいっそう煽《あお》ったりしてな」

そんなことしたら許さんぞ、と男は逸美の顎を摑んで揺さぶった。

「なによ……マゾ男のくせして」

「今はマジで話してるんだ」

男は逸美の顔から手を離して、溜息をついた。

「とにかく、既に遅きに失している感は否めないが、この件は収拾しないと絶対にまずい。判ってるだろうな？」

判ってるわよと言いながら今の話を誤魔化すようにペニスに手を伸ばして弄りはじめた逸美を、男は冷たい目で眺めていた。

「とりあえず、世間の目を逸らせましょうよ。あの女医さんでも使って派手にやれば、他のアレコレなんてマスコミも忘れるわよ。そうしたら、こっちのものでしょ？　そうでしょ？」

男のモノは次第に元気を取り戻してきた。

＊

「えらい迷惑被ったぜ。結局、ガイシャの理恵子サンが証言してくれて、犯人はおれじゃないってことになったんだが、あの分じゃ警察はまだ疑ってるな。おれを事件の黒幕だと思ってる。だいたいおれが誰かを脅す時は、女房なんかにゃ手を出さずチョクに本人を締めるんだってのに」

九段《くだん》にあるホテルのラウンジで、竜二は葉子を相手に憤懣《ふんまん》をぶちまけていた。

そんなの自慢にならないでしょう、誰を脅そうが脅しは脅し、という歯切れのいい、いつもの叱責《しっせき》を竜二は期待した。だが、なぜか今日の葉子は突っ込んでこない。疲れた顔にはまったく生彩というものがない。

「どうした先生。働き過ぎは美容の敵だぜ」

普段なら当然ある反撃もなく、葉子は力無く笑うだけだ。

「相当疲れてるな。お疲れのところ悪いが、先生がもっと疲れる話をしなきゃならない。『あの事件の実録ビデオ』が実在したぜ」

ああそう……と言いかけた葉子も、さすがにはっとした顔になった。

「正常に戻ったな。そうこなくっちゃ」

「なに？　私を驚かす嘘だったの？　あと十分で学会が始まるんだから、早く話して。今月は、警察だ事件だ学会だってもう、忙しくて」

「ネタじゃないって」

低い声で喋ると、竜二の声はドスが利く。その迫力に、葉子も居住まいを正した。

「確かにこの目で見たんだ。加賀って野郎、女子高生殺しをライブでビデオに撮ってやがった。先生、このこと知ってたのか？」

「まさか」

葉子は信じられないという表情だ。

「ネットでそういう噂があるのは知ってた。けど、まさかそれが本当だとは」

「警察は全然知らないのか？　十年前、加賀の野郎を捕まえた時、家宅捜索とかしたんだろ」

「それはもう、徹底してやったはずよ。菅原さんをはじめ警察サイドは、どうしてこんな凶悪犯罪が起きてしまったのか理解出来なかったんだから、なんとか事件の全容を摑んで理解しようとして、それこそゴミの一つまで集めて調べたのよ。その記録を見たから」

「でも、ビデオの存在は判らなかった」

あんな嫌なものを見たのは警察のせいだとでも言いたげな竜二に葉子は言った。

「うろ覚えだけど、たしか、共犯の少年たちも、加賀がビデオを撮ってたことは供述してたのよ。だけど、それは犯行の動かぬ証拠になるから消してしまったんだろうと思われたのね。実際、そういうテープは出てこなかったから」

「警察も相当なもんだな。決定的証拠になるビデオ一つ探し出せないなんてな」

「まさか……わざと握り潰したなんてことは」

だが竜二は葉子の言いかけたことを無視して自分の考えに没頭した。

「加賀の野郎、いずれこれで商売が出来ると思って巧妙に隠したんだな。自分が捕まって刑務所に入れられても大丈夫な場所に」

「それとも、その時は商売のことなんか考えずに、あとからじっくり見て楽しもうとしたのかも」

葉子は言ってしまってから、そのおぞましさに顔を強ばらせた。

「アイツは、根っからのサディストだぜ。プレイ専用の女を作って、徹底していたぶるビデオを作って儲けてる。タダの金儲けじゃない。マニアならではの出来だとえらい評判なんだ。実際、やるほうもやられるほうも感じまくりのイキまくりで、そこらの真似事SMとはまるで違う」

「許せることじゃないわ」

一点を見つめて、葉子が言った。

「あとから撮ったビデオはともかく、あの事件そのものの映像を商売に出来るのは、犯行についてこれっぽっちも反省していないということよ。未成年とは言っても一生刑務所に入れておくべきだったんだわ」

死刑廃止論者の葉子としてはそう言うしかない。

「それと先生、もう一つ。加賀の女房を襲った犯人は、どうやらネットで広がってる噂どおりのやつらしいぜ。セーラー服を着た女が、麻酔を打ったんだとよ」

「そんな……」

葉子は一瞬絶句してしまった。

「まさか。ネットの噂は噂……怪談か都市伝説にすぎないものを」

「で？　元犯人の連中を殺して回ってるってのも、その女なのか？　あの、十年前の」

「そんなことはあり得ません！」

葉子はムキになって怒った。

「死者を冒瀆《ぼうとく》するのは絶対に許されないことよ。無責任な噂を本気にしないで！」

「けど先生にも、警察から裏情報が入ってるんじゃないのか？　それとも、あんまりストレートにモノを言いすぎるから干されてるとか？」

「どういう意味？　何も知らないくせに適当なことばかり言わないでっ！　ただでさえいろいろ」

途中で言葉を飲み込んだが、いつもはクールな女医のあまりに激しい怒りように、竜二はあわてて話題を変えた。

「じゃ、ちょっと平和な話をしよう。おれはかねがね、大介の野郎の心配をしてるんだが」

「大介さんに心配させないように生きなきゃいけないのは、あなたのほうでしょう?」

葉子の言葉にはまだ険がある。

「まあ、おれとしては、大人の男として、未熟な童貞野郎も同然のダメ男ちゃんにだな、もっとしっかりしてほしいのよ。でまあ、ヤツに女を紹介してやろうかと思ってさ」

そう言って取り出したのは、明子の写真だった。彼女が求人広告に応募してきた時の、ごく普通のバストショットを竜二は気に入っていた。

「どうしてあなたが世話好きの田舎の親戚みたいなコトするの? まるで似合わないじゃない」

「先生も、人間の理解が足りないな。いいかい。おれと大介は文字どおり一心同体だろ。おれは金にも女にも恵まれて結構な人生を送ってるが、無二の相棒とも言えるアイツはどうだ? 女を見る目はないし、年中金にピーピーしてる。そんな人生の敗残者みたいな状況を、おれが黙って見てられるとでも思うか?」

大介を人生の敗残者にさせた張本人がそんなことを言うので、主治医としては不謹慎ながら、葉子は思わず噴き出しそうになった。

「なんだよ。おれは真剣に喋ってるのに」

なんとか笑いを噛み殺した葉子は、そうそう、と思い出してバッグから写真を取りだした。

「大介さんから借りてたの。ずーっと前のセッションの時」

大介と竜二の母親の、若い頃の写真だった。息子の頭がなまじ良かったために英才教育にのめり込み、自分と息子の人生を破滅させてしまった狂信的な母親だが、大介と竜二がまだ小さい頃は、当然母親も若かった。その頃の彼女は、とても優しくて愛情に溢れた、最高の母親だったのだ。

「あら……その写真のひとと、あなたたちのお母さん、よく似てるわね」

ラウンジのテーブルに並べられた写真を見比べると、たしかに明子と、竜二たちの母親は印象が似ていた。優しくて真面目そうな——いわゆる『A型長女タイプ』と分類される、しっかり者でクラス委員によくいる感じが共通している。

「ふーん。このタイプが好みなんだ。沢さんもその意味じゃ日本の男の典型ね」

「マザコンって言いたいんだな。しかし……これは……参ったぜ」

明子が若き日の自分の母に似ていると、竜二も今初めて気づいたらしく、動揺を隠せない。

だから明子がデート嬢になりたいと言った時、自分は反対したのだろうか？

『あなた、この人に惚れてるのね？　ね、そうなんでしょう？』

という恭子の言葉が甦り、竜二はショックを通り越して激しく憂鬱《ゆううつ》になった。

「あ、いけない。時間だわ」

腕時計をみて葉子が立ち上がった。

「ビデオのこと、教えてくれてありがとう。私もちょっと調べてみるから」

そう言って、女医は小走りに立ち去った。


竜二は、なんだかしらけた気分でベンツに戻ったが、事務所兼自宅に戻る気にもなれず、駐車場に車をとめたままカーナビのスイッチを入れ、テレビに切り替えた。特に世の中の最新情報を知りたいわけでもないので、ぼんやり眺めていると、『前田雅之』の名前が聞こえてきた。

『昨夜遅く、埼玉県K市本町の路上で、近くに住む会社役員前田雅之さん二十五歳が死んでいるのを近くの人が発見しました。首を刺された失血死で、埼玉県警K署は殺人とみて捜査本部を設置しました。なお同夜、前田さんの内縁の妻・安曇理恵子さんも何者かに一時連れ去られて暴行を受けるという事件があり、捜査本部ではこの二つの事件に何らかの関連があるものとみて調べを進めています』

「やつが死んだ？」

ついさっきまで理恵子の件で埼玉の刑事にしつこく事情聴取されていたのに、前田、いや加賀雅之のことは一言も聞かされなかった。

こういうことは誰に聞くのが手っ取り早いだろう、と考えを巡らせながらエンジンキーを廻そうとしたとき、窓ガラスをこつこつ叩く人影があった。

菅原だった。

「なんだよあんた。ちょうどおれ、あんたに会いたい気分だったんだ。気味悪りいな」

「それはこっちが言いたいね。私は一橋先生に至急伝えたい用件があって、今の時間はここにいると聞いて来てみたら、ホテルの前の駐車場でバカ面のダンナが目を丸くしてドヒャーとか言ってるのが目に入ったんでな」

まあ座んな、と竜二は老刑事を助手席に招き入れた。

「今、先生は学会だぜ。で、知らせたいことってのは、アレだろ、加賀雅之が殺された件だろ」

菅原はタバコに火をつけながら頷いた。

「もうテレビでやったか」

「あんたは知ってるかどうか知らないが、加賀の女房がひどいことになった件で、おれは朝まで取り調べを受けてたんだぜ」

「知ってる。内縁の妻が何者かに拉致されて、無理矢理腹の中から子供を掻き出されたんだろ。その件は県警から連絡があった。ま、お前の手口じゃないわな」

「当たり前だろ。おれには動機もないし理由もない。第一そんな悪趣味なことはしない」

竜二は、さっき葉子に言ったビデオの件と、理恵子が目撃したセーラー服の女のことを話した。

「おれは結構知ってるんだぜ。こうなりゃもう、完全に連続殺人だろ。十年前の、あの事件の犯人たちが次々に殺されていく、連続殺人事件じゃないか」

「まあ、誰でもそう思うだろうな。被害者たちの素性が表に出れば、の話だがな」

煙を吹き出しながら応じる菅原に竜二は畳み掛けた。

「で？　警察はどうしてる？　犯人らしいヤツがインターネットで流してる音声やメールは、加賀が撮ったモノホンの犯行実況ビデオと同じモノだぜ。まさか警察も、怨霊がやってるなんてたわ言、信じてないだろうな」

菅原は聞こえない振りをした。

「よお。耳が遠くなったか、じいさん？　加賀が殺されたんだから、やつの事務所を捜索すれば例のビデオはすぐに見つかる。たぶんもう見つけてるんじゃないか？　それに、ネットではかなり前から噂になってるんだ。みんな知ってると言っても言い過ぎじゃない。最近は、警察もマスコミも、ネットをしっかりチェックしてるだろ。なのになぜ、このビデオの件だけは一致団結して知らん顔してるんだ？　あの事件の実況ビデオがあったなんて、大事件だろ？」

刑事は、灰皿に擦りつけるようにしてタバコを消した。

「おい悪党。小利口かと思えば案外阿呆《あほ》だな。お前は組織ってモノを知らない。いいか、警察ってのはお国を背負ってる巨大組織なんだ。組織って言ってもそこらの暴力団あたりから類推するなよ。まるでスケールが違うんだからな。アタマは東大出の役人だし検察ともつるんでる。見栄とメンツの入り乱れる伏魔殿では一般の常識は通用しない。つまり、そのビデオは存在しないものだし、連続殺人もあり得ない」

「なんでだよ。これだけハッキリした証拠が出てきてるのに、そんなバカなことがあるのか？」

「あるんだよ。いいか、藤崎由布子さん事件は、すでに判決も確定していて、事件を捜査する側も裁く側も、完全に終わったコトなんだ。なのに、判決をひっくり返すような証拠が今さら出てきても意味はないし、内容が内容だけに大きな騒ぎになればなるほど困るわけだ。主犯が従犯で、ホントの主犯がすでに出獄してたとバレるのは、警察や検察、裁判所の権威を傷つける。それに、今は被害者の人権が厳しく言われる時代だ。マスコミだってそのビデオの扱いには困るだろうよ。下手すりゃあの事件の猟奇性に再びスポットが当たり、下劣な関心を十年経ってまた煽ることにもなる。ビデオで加賀が大儲けしていたということが知れたら、ヤツの模倣犯《もほうはん》がわっと出てくる可能性もある。趣味と実益を兼ねた『先行投資』で、ちょっと我慢して刑務所行き、あとは大儲け、と判れば、真似する阿呆は山ほどいるぞ。こんな世の中だしな」

まくし立てる菅原は、反論出来ず黙ってしまった竜二を見て、ニヤリと勝利の笑みを浮かべた。

「まだあるぞ。少年犯罪は、加害者の実名を明かさないことになっている。重大な犯罪を犯した者でも法律で守られて、退院・出所後も名前を変えて新しい人生を歩めることになっている。にもかかわらず、その新しい名前や住所が知られて襲われるなどということは、法を司《つかさど》る側としては、絶対にあってはならないことなんだ。あってはならないことというのは、すなわち、ないことになる。な？　原発事故は起きてはならないから絶対に事故は起きないってことにされてきたのと同じ理屈だ。もっと言えば戦争に負けるとヤバいから負けるはずがないという無茶苦茶な理屈。これ戦争中は大真面目に使われてたんだぞ」

「それって、なんかのギャグか？　頭の悪いおれが考えても強引すぎるだろ」

「それが、ヤバいことに対処する日本人のお偉方特有の考え方なんだよ。ヤバいことは見ないことにする、なかったことにするっていう、ガキと同じパターンだがな」

で、と菅原は話を戻した。

「ここしばらくの間に起きた殺人事件数件は、相互に何の関連もなく、おのおの独立したまったく別個の事件である、ということだ。これ、上の方の決定」

「じゃあ……犯人を捕まえられなくてもいいってわけか？」

「迷宮入りの事案が数件増える、ということだ」

「マスコミだってネタが欲しいんだ。嗅ぎつければ黙っちゃいないだろ」

「マスコミの最大のネタ元はどこだ？　警察の記者クラブだ。そこを除名になったら大打撃だ。厄介《やっかい》なビデオの件もあるし、ここは警察とマスコミは連携するのさ。持ちつ持たれつってな。この事件ではマスコミも大誤報を連発して知らん顔したままだから、連中も蒸し返されるのは好ましくないってわけだ。それに、殺された連中はみんなろくでもないヤツばかりだ。掃除が出来たって面もあるだろ？」

「加賀はそうだろう。だけど、あの女房は違うぞ。何にも悪いことをしてないのに」

菅原は、それは大変気の毒だが、そのことより、と身を乗り出した。

「あのな、悪党。お前の主治医の一橋先生は、この件で警察の極秘情報を外部に漏らしてるんじゃないかと疑われてるんだ。それで、顧問のような形で参加していた会議にも呼ばれなくなって、先生、結構参ってるんだぞ」

「あんた、葉子先生とは仲悪かったんだから、それで良かったんじゃねえの」

「だから若造は考えが浅くて困る」

菅原は新しいタバコに火をつけようとして思いとどまり、キャンディを口に放り込んだ。

「おれと先生の拠《よ》って立つところは違うが、被害者を悼《いた》む気持ちは同じだ。保身と事なかれに終始して、真相解明や再発防止に無関心なお偉いサンとは違う。だから先生に会いに来たんだろ」

「惚れてたりして？」

ごん、と菅原のゲンコツが竜二の頭頂部にめり込んだ。

「じゃ、長居したな。一橋先生があまりに気の毒だから、お前のような前科持ちとも話したが、基本的にはお前の顔なんぞ見たくもないんだ。だが、何かの時のために連絡先だけは教えとけ。一橋先生は患者のプライバシーだなんだ、とか堅いことを言って教えてくれないんでな」

老刑事は、慣れないウィンクをしようとして目をしばしばさせた。

「ほらよ、おっさん。おれの携帯ナンバーだ。先生に何かあったら知らせてくれ。それと、あんたの携帯番号も教えろよ。おれのだけ聞くのは不公平だろうが」

「いいとも。お前みたいなカス人間第一号と携帯番号の交換ってのはまるで嬉しくないがな」

「それはこっちの台詞だっての」

この菅原とかいうデカは、おれが今までに知ってるサツの連中とはちょっと違うよな、と思った竜二は頼んでみることにした。

「なあ、ちょっと頼み事をしていいか？」

「だめだ」

だが菅原の目は笑っている。

「園田緋沙という女のことを調べてくれないか。データは後から渡す」

「どういう理由でだ？」

「例のビデオに関係があるかもしれないんだ。いや、確証ってほどのものはないんだが」

菅原は、剃り残しのヒゲのある顎をごしごし擦った。

「かもしれない、ぐらいじゃ調べられんね。おれも忙しい。警察は悪党ごときの私的な調査機関なんかじゃねえんだ」

ぷいと歩き去ろうとした刑事は、二、三歩歩いて足を止めた。

「事件に関係あるかもしれない、女、なんだな？」

「そうだ。若くて、結構、いい女だぜ」

菅原は思案する様子だ。

「事と次第によっちゃ、調べてやらないでもない」

「なんだ？　ワイロか？　あんたの相場はいくらだ」

「バカ。お前程度のワルに端た金貰って退職金と年金をフイにしたかねえや。条件は一つ。お前、その女の髪の毛、手に入れられるか？」

「なに訳判んねえこと言ってんだよ、おっさん。いいよ。自分で調べるから」

「まあそう言うな。せっかくその気になったんだから。じゃ髪の毛、手に入れてくれ。

な」

　菅原は訳の判らない言葉を残して歩き去った。

　オヤジの考えてることはよく判らん、とぼやきつつ竜二は車を靖国《やすくに》通りに向けた。

　その手前、内堀《うちぼり》通りで信号待ちをしていると、またドアの窓をとんとん叩かれた。

「なんだよじいさん」

　菅原だと思って左を見ると、そこに立っていたのは、樋口逸美だった。

「乗っていいでしょ？」

　逸美は、昨夜の怒りをどこかに置いてきたようにケロリとして、持ち前の図々しさを見せた。

　菅原が降りたままでロックもしていなかったドアを開けて、さっさと乗り込んでくると、「いい車ね」とのたまわった。

「この車でやっぱり緋沙とドライブとかしてるわけ？　それともお相手はあの女医さん？」

「余計なお世話だ」

　こんな奴とまともに話をするのは面倒だ。と言うか、何故この女が緋沙とのことを知ってるんだ？

「なんでおれがここにいると判った？　つけてるのか？」

「いやだ。そんなんじゃないわよ。この近くに出版社があるの。あなた、やっぱり自意識過剰ね」

胸の大きさを強調したシャツ姿の逸美は、その膨らみを見せつけるように背を反らした。

「で？　何なんだよ。おれは忙しいんだから、あんたとドライブなんかしてるヒマねえんだ。そこら辺で降りてくれ」

「緋沙は乗せてるくせに」

彼女は竜二を睨みつけた。

「ねえ。しあさっての夜の七時、空いてる？」

「そんな先のことなんか判らねえなあ。仮に空いてても、アンタのための時間はないぜ」

「いつまでショッてるの。そうじゃなくて、空いてるなら渋谷区の勤労福祉会館に行ってみるといいわ。会議室でセミナーやってるから。そこに行けばあなたの緋沙の真の姿が判るわ」

そこでとめて！　と叫んでほとんど飛び降りるようにベンツから降りた逸美は、叩きつけるようにドアを閉めて、カツカツと足音も高く歩き去った。

神経を逆撫《さかな》でする女だぜとうんざりしながら、竜二はアクセルを踏んだ。自分の部屋で寝ようと思っていたのだが、ふと、明子と淳二の姉弟のことが気になった。

＊

「社長……あの、今ちょっと取り込んでて……すみません」

明子と淳二が隠れ家にしている大介のアパートの玄関を開けた途端、まさに阿鼻叫喚《あびきょうかん》という悲鳴と泣き声がぶつかってきて、竜二は度肝《どぎも》を抜かれた。

「またかよ。今度は何が届いた？　殺人画像か？　怨霊じきじきの脅迫電話か？」

「そんなんじゃありません。弟が大事に飼っていた猫がいなくなったんです。ギコっていうんですけど、捨て猫でガリガリに痩せていた時から可愛がってて」

明子の顔は蒼白だ。たかが猫一匹がいなくなったにしては空気が重すぎた。

「それだけじゃないんだろ？」

明子は、大介のパソコン・ディスプレイの光る画面を震える手で指さした。

「私たち、あのパソコンには、言われたとおり手も触れてませんでした。でも昨日見たら、勝手に画面が明るくなってて、あんなものが……」

「なんだこりゃ。猫の死体がぶら下がってるじゃないか」

画面を見た竜二が思わず見たままを口にした。

ワイヤーに引っかかってぐったり二つ折りになっている猫の画像は、どう見ても死んでいるようにしか見えない。

「え？　これがあんたらの飼い猫だって？」

「色と、しっぽの形がギコと同じなんです……弟が言うにはメールで送られてきた画像にマクロというものが組み込まれていて、勝手に表示するようになっていたらしくて」

閉ざされた襖の向こうの和室から、淳二が叫ぶ声が聞こえた。

「もうだめだ　殺される！　ギコをさらって殺して、おまけに、お前たちの居場所はもう判ってるんだって、そう言いたいんだ、きっと」

手の込んだ脅迫か。

竜二は、この趣味の悪い画像をしげしげと見た。最初は眉をしかめていたのだが、だんだん口元がゆるんで、最後には笑い始めた。

「おい。喚く前によく見てみな。これはニセモノだ」

明子が言われるままに画面に顔を近づけてじっくり見ると、しっぽの部分に、写真を切り張りしたような線がくっきり走っている。

「色はパソコンでいくらでも変えられるんだろ。しっぽは下手くそに切り張りしてある。ちょっと前に、猫処刑の実況をしたというんで大顰蹙《だいひんしゅく》を買った事件があったよな。あのときの画像をいじったんじゃねえか、これ」

襖がばっと開いて、淳二が飛び込んでくると、ディスプレイに齧《かじ》りついた。

「……ほんとだ……加工してある」

「な。あんまりテンパるなって。冷静にいこうぜ」

安堵《あんど》したのか、床にべったり座り込んだ淳二の顔には涙の痕が残り、目は真っ赤だ。

「お前、ハタチすぎて何たるだらしなさだ！　風呂入ってこい！」

バツの悪さを顔に浮かべて洗面所に行きかけた淳二は、ぴたりと足を止めた。

「だけど……まだ肝心《かんじん》のギコはいなくなったままじゃないか……」

淳二はそう言いながら、玄関のドアを開けた。と、そこには猫がちょこんと座っていた。

「ギコっ！」

弟は夢中になって抱き上げて力任せに頬ずりした。それが痛い猫は、きゅーと鳴いた。

「おい、見ろ。首に何かぶら下がってるぞ」

花束に付けるメッセージカードのようなものが猫についていた。それには筆跡を消すためか、プリントアウトされた文字が並んでいる。

『思い知ったか。大事なものを奪われ、無残に殺された人たちの気持ちを』

それを見た瞬間、淳二はゲボッと嘔吐《おうと》した。

「仕方ない。隠れ家を移そう。知られてしまった以上、このままじゃまずい」

竜二は携帯で手下を呼び出した。

「今すぐ来い。大事な客人をおれのマンションに案内するという重要な任務だ。マシンガンで撃たれても大丈夫な、組長用のスペシャル・カーで来い。すぐ来い」

　その大号令が効いて、十分も経たずに若い衆が三人やってきた。

　竜二は猫を抱いた淳二を指した。

「このお方を丁重《ていちょう》におれのマンションに案内して差し上げろ。部屋を開けただけじゃダメだぞ。どこに何があってっつーことを懇切丁寧に教えて差し上げるんだ。とにかくマンションに着くまで、その客人とお猫様を完璧にガードしろ」

　へい、とガチンコ勝負が似合いそうな迫力満点の三人が頭を下げた。

「こいつら、見てくれは悪いが、おれの客人には尽くすタイプだから、心配しないで何でも命じてくれ。必要なものは後から運ぶ」

　淳二は三人に連れられて行こうとしたが、一緒に来ないのかと姉を振り返った。

「姉さんとおれはちょっと話がある。さ、行け行け」

　淳二を送り出して、部屋には竜二と明子の二人だけが残った。

　お互い、なんとなくバツが悪い。空気が重いというのではなく、決定的な告白をしたりされたりするような、そんなとき特有のムードが漂ってきた。

「あ。ごめんなさい。今、コーヒーでも淹れますから」

　明子は竜二の視線をすり抜けて台所に立った。

彼としては、さっき葉子先生に、自分の母親と明子が似ているという事実を指摘されてドキッとした気分が濃厚に残っている。が、流しに立ってカップを洗っている明子の姿を見ていると、なんとなくほのぼのした気分になるのだ。

「あのさあ」

竜二はことさらに明るくあっけらかんとした声を出した。

「おれでよかったら、しばらく一緒に暮らしてみるってのはどうだ？　ああ、だからって特にナニをしろって言うんじゃないんだ。そばにいて、時どき事務所でやってたみたいに料理とかしてくれるだけでいい。弟が一緒でもかまわないんだぜ」

我ながら偽善的な申し出だ、と思った。メシを作ったりするだけ？　それじゃ家政婦じゃないか。とは言っても、明子に即セックスを熱く濃厚に求める気分でもない。

なんなんだろうかな、こういう気分ってのは。

明子が振り返って口にする返事が気になって、竜二は自分のキャラではないドキドキ感を味わっていた。

「それは」と明子が笑顔で振り返ったのと、玄関ドアが開き満面の笑みを浮かべた緋沙が顔を出したのが、ほとんど同時だった。

にっこり笑った緋沙は、女性雑誌のモデルかと思うほど、きれいだ。いつもと違って、気合いのはいった化粧をしている。元々化粧映えする顔立ちだし、なぜか今日はいつもの貧しげな服装とは違う、新しい服を着ている。ブルーのワンピースが、ファッション雑誌から抜け出てきたようにセンスがいいし、おまけに似合っている。

「お邪魔します」

その声の調子と仕草が、旧知の女性であることをはっきりと示している。しかも、うわべだけの関係ではないことを判らせようという気迫が、その声には満ちていた。

「あら、お客様？　お邪魔だったかしら」

自分が揺るぎない存在であるという、自信に満ちた口調だった。

「……いいえ、こちらこそ。すみませんでした……じゃあ私、これで」

「おいおい、ちょっと待ってくれよ。話はまだ済んでない」

「私、元のアパートに戻りますから」

そう言うと、明子は緋沙と入れ替わるように玄関に立ち、古びた靴を履《は》いた。

「待てって！」

追いすがろうとする竜二の腕を、緋沙が摑んだ。

「あの人、ずっとここで暮らしていたのよね？　あなたのいったい何なの？　何度も来たんだけれど、あなたはいないのに、いつもあの女がここでのさばってて」

この部屋に大介がいないのは当然さ。その間おれは忙しく走り回ってたんだからな。

竜二は目の前の女がつくづく憎らしくなった。この緋沙といい逸美といい、鬱陶しい女が身の回りに増えてきたと思うと、余計に明子が大切な存在に思えてくる。

「あの女も、あなたのことが好きなんでしょう? 見れば判るわ。でも、ここに来るようになったのは、私のほうが先。あなたと付き合っているのも、私が先。悪い女ね、あのひと……」

緋沙の目は憎しみに燃え、人を油断させる笑顔はすっかり消えて、嫉妬の色だけが浮かんでいる。

「おい。なんだテメエ」

『柄にもないプラトニックな告白』のチャンスをつぶされた竜二は、頭に来ていた。同時に緋沙への嫌悪感も沸点に達し、これ以上怒りを抑えることが出来なかった。

この女はろくなもんじゃない。強制的にでも大介との仲を裂かなければ、おれにまでそのとばっちりが来ちまう。

竜二は、緋沙の肩を摑んで思い切り揺さぶった。

「いいか、よく見ろ。おれは大介じゃない。似てるかもしれないが別人だ」

「何言ってるの?」

緋沙は、余裕すら漂わせて微笑んだ。

「変なこと言って。いつものあなたじゃないみたい」

「そうだよ。だから言ってるだろうが。おれは大介じゃない」

このシチュエーションなら大介と間違われるのは仕方がないのかもしれないが、もしかしてこの女には同類だけが持つ選別眼が備わっているのかもしれない。しかしここは別人だと言い張るしかない。というか、実際おれは大介ではなく竜二なんだから。

竜二は吠えた。

「いいか。とにかくおれは大介じゃない。大介じゃないが、お前のことは大介以上によく知ってる。その上で言っておく。お前のことは大嫌いだ。いや、それ以上にとてもヤバいと思ってる。今日限りここには来るな！　姿を見せるな！　どこかに消えてしまえ！」

その剣幕に、緋沙は首を傾げた。

「ひどい言われ方ね。いったい今日はどうしたの？　あの時は、あんなに愛してくれたのに」

竜二の脅しを鼻先で笑うような態度に出た女は、緋沙が初めてだった。どんなにスレたあばずれでも、竜二の恫喝《どうかつ》に顔を強ばらせない女はいなかったのだ。

「……でも、そういうあなた、好きよ。もっと乱暴にして」

ええい、不気味だ、と彼は咄嗟に緋沙を床に突き飛ばした。

しかし彼女は顔を上げて微笑んだ。これくらい怖くも何ともないという不敵な笑みに見えた。

「そうか。乱暴にされたいのか。それなら、お望みどおりにやってやろうじゃないか」

緋沙に馬乗りになった竜二は、ワンピースの胸元を力任せに引き裂いた。

「ここから素っ裸で帰れ！」

「きゃっ！」

一応悲鳴は上げるものの、緋沙の目には恐怖の色も怯えの色もない。あたかも襲われたのを愉しんでいるかのような、愉悦の光が宿っている。竜二にははっと閃《ひらめ》くものがあった。

「そうか、なぜ気がつかなかったんだろうな。前田んとこのビデオに出てた女はお前だろう？　お前はマゾでど変態の、淫らな牝犬だ！」

「なにを言うの！」

緋沙の瞳が憎しみに燃えた。竜二の胸を押し返そうとした手が、彼の顔に命中した。それはしたたかに鼻を打ち、竜二はたらりと鼻血を垂らした。

「おれの顔を汚したのはお前が三人目だぜ。後の二人は墓場でおネンネしてら」

日本映画史上に残る有名な台詞を引用したものの、竜二は相当頭に来ていた。

この女、絶対に、泣き喚かせて、這いつくばらせてやる……。

竜二は、彼女の頬を平手打ちした。最近は女には手を上げないことにしているが、今は気分的にレイプに明け暮れたガキ時代に戻っていた。こっちを鼻先でせせら笑う女をギトギトに犯してやった、あの頃の気分になっていたのだ。

顔を打たれて、さすがに緋沙は硬直した。

「さあ、望みどおりお前を料理してやる」

ブルーのスカートは大きくまくれ上がっていて、太腿のほとんどが露出している。

「え……」

緋沙に、とまどいの色が浮かんだ。

「あなた……大介さんよね？　まさか……」

「なんだよ。痛めつけられたいんだろ、このマゾ女が」

竜二は、緋沙のきれいな髪を摑んで、後頭部を床に打ち付けた。

「やめてっ！　い、痛いのは……い、嫌」

怯えた緋沙の瞳が、恐怖に見開かれた。

「なに言ってるんだ。お前、マゾなんだろ。マゾなら痛めつけられてヨガるんだろ？」

竜二は思いきり往復ビンタを頰に見舞った。

「ち、違う……違うの。痛めつける暴力と、サドマゾのプレイは違うの」

「どう違う？　おれはそんなこと知らねえよ」

彼は緋沙のワンピースを完全に引き裂いた。白いブラに包まれた彼女の乳房が、美しい曲線を描いてまろび出た。

「ね、ねえ……あなたちょっと誤解してる」

「うるさい。お前はおれを怒らせたんだ。命だけは保証してやるが、それ以外のことはどうなるか、知らねえからな」

彼はブラの上から乳房の両脇を揉み上げて真ん中に寄せ、谷間を強調してみた。

「いい乳してるじゃねえか。男好きする乳ってやつだぜ」

竜二は薄桃色をした緋沙の双の乳首を露出させ、そこに思いきり吸いついた。

「い、痛いっ！」

ちゅぼっと音がするほど吸い、最後にがりっと乳首を噛んでやった。

「ひいっ！」

悲鳴に刺激されて、竜二はさらに強く乳房全体を摑んで絞り上げた。美乳が、惨めに変形した。

「お前、相当ヤリ込んでるな。おれは女の躰をいじれば大体判るんだ」

彼の手は乳房からスカートに移動し、その中に潜《もぐ》り込んだ。

「いや……やめて」

緋沙は躰を捩《ねじ》らせた。しかし竜二がそう言われて手をとめるわけがない。スカートを捲《まく》りあげて、純白のショーツをパンストもろとも、引き裂くように脱がせてしまった。

生えかけの、密生した恥毛の感触が、ざり、と手に伝わってきた。

「お前、マン毛を全部剃られたんだよな。ずいぶん生えてきたじゃねえか。結構、濃いな」

竜二は一センチほど伸びた秘毛を摘《つま》むと、ぷちぷちっと音を立てて引き抜いた。

「ひいっ！」

痛さのあまり、緋沙は躰を反り返らせた。

竜二の顔が、サディスティックな喜悦に歪んだ。

「おれは、遊びのＳＭなんか犬に食われてしまえと思ってるんだからな」

彼は緋沙の足首を摑んで頭上高く持ち上げ、左右に大きく割った。

彼女の抵抗は、竜二にはまるで通じない。

開脚した股間には、口を広げた秘唇があった。鮮烈な、濃いピンク色の果肉がむき出しになり、それを縁どる生えかけの秘毛がひどく猥褻《わいせつ》な眺めだ。

そして……その部分は、しっとりと潤っていた。

いや、はっきりと濡れている、といって良い状態で、ぬめり光っていたのだ。

無残に開脚され、身を捩る緋沙のその部分から、ぷん、とある種の『匂い』が立ちのぼった。

「いい匂いだ。お前のチーズ臭いマン臭が漂ってるぜ」

竜二は、その香りに惹き付けられるように、その秘めやかな場所に顔を近づけていった。

男の息が敏感な場所に吹きかかると、彼女の全身に鳥肌が立った。

彼の指は、女の秘唇を摘み、指を這わせ、中まで入り込み、秘腔を大きく広げた。

「これがお前のマン腔か。なるほど使い込まれて、いやらしいな」

いや、いや……と、彼女は大きく首を振った。

「あ……あたし、こういうのは嫌いよ」

しかし竜二は、容赦なく舌を伸ばして、そこをぺろりと舐めた。

「お前はあれか。西洋式のビシビシやるＳＭが好きなのか。和風の、じわじわ羞恥《しゆうち》責めってのは専門外ってわけか？」

舌先で小陰唇をれろれろと翻弄《ほんろう》しつつ、クリットも鼻の先で転がした。

「ひっ！　あ、あああ……！」

緋沙は気絶しそうな声をあげた。全身を早くも、ひくひくと痙攣のように震わせている。

「柔らかいようでコリコリしたこいつを、貝に譬《たと》えた先人はエライよな。そう思わないか？」

彼が秘部をちゅばっと音を立てて吸うと、緋沙の躰はがくがくと大きく波打った。舌先をぬめりと動かすと、今度は腰がふるる、と震えた。

肉襞に包まれた奥の部分はたっぷり濡れそぼって、ぬるりとしている。

「じゃあ、そろそろ、ずぶり、といくか」

彼はスーツのパンツを下着ごと脱ぎ捨てた。すでに屹立《きつりつ》し、もりもりと膨れ上がっている陰茎が、腹を打たんばかりに反り返っている。

彼は緋沙の両脚を抱え込んで肩に担ぐと、彼女の腰の谷間にのしかかっていった。

ペニスの先端が、女の淫らな秘唇に密着し、めり込んだ。

竜二が全ての体重を、ぐいと亀頭の先端に集中させると、彼の男性は飲み込まれるようにずぶずぶと沈んでいった。

欲棒を、熱く濡れた痴肉が包み込んだ。それは飢《う》えた餓鬼のように男根を貪《むさぼ》り始めた。

ぐいぐいと締めつけては吸い付いてくる。

そんな果肉を思い切り押し返してやると、緋沙の全身が激しく痙攣した。

「あうううっ！」

竜二は、激しく腰を突き上げて、彼女のさらに奥まで貫いた。

ぬちゃり、と音をさせながら竜二の怒張したものが出入りするたびに、緋沙の背中は反り返った。彼がペニスを奥深くまで埋め込むと、緋沙の喉の奥から「うっ」という呻きが洩れた。

淫襞はますます濡れそぼり、波状的に締めつけてくる。

彼の力強い抽送に、緋沙は首を左右に打ち振った。肩までの艶やかな髪が左右に揺れる。

これは……凄い。女に免疫《めんえき》のない大介の目が眩《くら》むのも、無理ねえかもしれないな。

竜二は、事の発端がどうであれ、欲望の赴くままに腰が動くのを、もう止められなかった。

肉棒が秘腔を出入りするたびに、緋沙の臀部もふるふると揺れた。曲線に富んだ淫らな腰だ。

両手でそれを支えているのだが、腰から腿にかけての肌の感触も、何とも言えずぞくぞくする。

竜二は前に手を伸ばし、裂けたワンピースの胸元で揺れている剝き出しの乳房を摑んだ。

「はうっ」

緋沙はくぐもった声を出した。

彼の指先に、乳首の硬い感触が伝わってきた。

ぐいぐいと揉み続けていると、肉襞もそれに合わせてくいくいと締まってくる。

秘腔は淫液で溢れ、緋沙の内腿までを濡らしていた。

「ああっ！　あふっ！」

緋沙は彼の抽送に同調して腰をがくがくっと揺らした。男の先端が彼女の奥深くを突き上げるたびに、蜜が湧きだし、淫肉が絡みついてくる。

彼女はこのレイプに酔っていることは明白だ。肌に汗が浮かび紅潮し、躰のあちこちに欲情のマークのような模様が浮かび上がっている。

竜二はそれを見逃さなかった。

「オマエ、本当にセックスが好きだな。え？　淫乱な躰を持て余してるんだろ？」

彼はそんな言葉嬲りをしながら、腰をねっとりとグラインドさせた。

「ほら。何とか言えよ！」

ペニスが濡襞を蹂躙《じゅうりん》し擦りあげるたびに、緋沙は切なそうな声を出した。

「ああっ、そ、そうなのっ！　そうなんですっ！　好きなの……セックスが……ああっ！」

緋沙の背中が反り返り、脚の力が抜けていった。

それでも濡襞は、ぎりぎりと彼の肉棒に絡みつき密着して、決して離そうとはしなかった。

「さすが根性の腐ってる女だよな。オマエ、こういうのが好きなんだな。こういうツッコミみたいなセックスがよ」

「ち、違う……違うのっ！　あ、あなたに抱かれてるから……だから」

「ナメた嘘ついてんじゃねえよ。オマエは誰が相手でも、レイプされてマゾ心を刺激されると、ヒィヒィ言って悦ぶんだろ……そんな女なんだよお前は！」

「ひどい……」

そうは言いながらも、緋沙の肉体は言葉責めに敏感に反応して絶頂への階段を上りつつあった。

「あうあうあう……か、感じる……もう、ダメ……」

美しい女の口から出るだけに、余計に男を蕩けさせるヨガリ声だ。

腰を動かすたびに、肉の湿った音が部屋中に響いた。

竜二も、この性奴プレイというかレイプもどきの成り行きに異常に興奮していた。恥も外聞もかなぐり捨ててメロメロになっていく女を見ていると、全身がカッと熱くなり、躰の奥深くからマグマのような奔流がせりあがって来る。

が、この女を悦ばせてどうする？　彼は突然、緋沙からペニスを引き抜いて行為を中断した。

「そんな……ひどい。お願い、このまま最後まで……」

「ダメだ。もっと恥ずかしい体位で犯してやる」

緋沙は恨めしそうに彼を見た。

竜二は、ニヤリと笑った。彼の中の野獣が雄叫《おたけ》びをあげたのだ。彼は緋沙を後ろから羽交い締めにしたまま、プロレスのバックブリーカーのようにしてその裸体を持ち上げて自分が下になり、そそり立つ肉棒の上に緋沙を降ろしていった。

「女は犯してみないと判らないもんだな。オマエなんか、とんでもない変態だもんな」

下から突き上げてやるたびに、緋沙は、その唇の隅から涎を垂らすほど、ほとんど理性を喪《うしな》ったかのように激しく身悶《みもだ》えした。

「ほら、何とか言えよ。返事しろ！」

「そ、そうよ……私は……セックスが好き……ハメられるのを誰かに見られるのが好き……あ、あたしはどうしようもない変態なんですぅっ！　あっ、うくく……」

緋沙は官能のあまりか淫らなことを口走りながら全身を震わせた。

竜二は右手で緋沙の乳首を弄《いじ》り、左手は秘裂に挿し込んで秘芽を転がしてやった。

緋沙の躰は、ぐぐっと硬く反り返り、悦楽の波に激しく洗われているのが判った。

彼は、淫らな女の両膝の裏側に手を添えて、脚をさらに思いきり左右に広げてやった。

男根が秘腔に、深々と刺さっているのが丸見えだ。ピンク色の女芯は淫液にてらてらといやらしく濡れ光り、そこを肉棒が、獲物を嬲り殺す毒蛇のようにぬらぬらと出入りしている。

「ああ……こんな恥ずかしい格好で……」

緋沙の内腿には汗と蜜液がしたたり落ちていた。

竜二は、自分の男性が没入している割れ目に指を添えて、花弁を摘んで引っ張ってみた。

「ほら、お前のいやらしいオマンコは、チンポがなきゃ我慢出来ないんだろう?」

「そ、そうです……あたしは淫乱ですっ!」

彼は、陰茎の脇から指を入れて中を乱暴に掻き乱した。

「ひいっ! ああ、狂う、狂ってしまうっ!」

次に、無理矢理アヌスに指を入れた。

最初はぶるんと指を押し返したが、力ずくで押し入ると、声が変わった。

「あうっ! あふうっ!」

緋沙の腸の壁越しに、自らの男根をごりごりとくじると、彼女の躰は細かな痙攣を始めた。

その余震はほどなく本震に変わり、緋沙は最初のアクメに達してしまった。

が。

この淫乱女をただイカせてはつまらない。

彼は、手近にある梱包《こんぽう》用のナイロンロープを使って緋沙に縄を掛けた。

彼女の足首を左右片側ずつ手首と一緒に縛り、それをデスクの足に結び付けたのだ。緊縛の知識はないので、緋沙の胸を縄で上下に挟んで搾り出すように縛ることはできなかった。

だが緋沙は、セックスの痕も生々しい局部をさらけ出す形で、縛り付けられてしまった。

「なあ。おまえ、こういうこと誰かとやったことあるのか？」

竜二は聞いたが、緋沙は顔を紅潮させたまま答えない。

きっと、思惑を遥かに超えた事態になってしまって、どうしていいのか自分でも判らなくなっているのだろう。

「おい、こいつをしゃぶれよ」

思い出したように言うと、彼は硬直したままの男根を、彼女の口に突きつけた。

緋沙の唇がゆっくり開き、そこに竜二の怒張がすかさずカリ首を突っ込んだ。

「舌で舐めるんだ。フェラを知らねえとは言わせないぞ」

美女の口の中で肉棒はますます大きくなっていき、緋沙の口いっぱいになるかと思えるほどだ。

竜二もじっとしていられずに、緋沙の顔にまたがる形で、自分でも腰を使いはじめた。

「いいじゃないか……うまいぞ」

ペニスをしゃぶらせながら、彼は手を伸ばした。まんぐり返しの形で、目の前に緋沙の股間がある。きゅっとすぼめたままの緋沙の菊座を指でなぞり、再び指先をぐいと挿し込んでやった。

彼女は尻を左右に振って逃れようとしたが、竜二はかまわずぐいぐいと指を侵入させた。

必死ですぼめたアヌスはなおも彼の指を強く撥《は》ね返したが、竜二が思い切って回転を効かせて、ぐい、とねじ込むと負けてしまった。

中指がずぶっと侵入した。

「ははは。一気に根元まで入っちまった」

彼は中でうねうねと指先を動かして、女の直腸の感触を楽しんだ。

指で後ろを犯すソドミーな快楽。そして、上の唇でも奉仕させるフェラチオ。

充分に倒錯的な歓びを味わったあとの、ラストはやはりあの場所で迎えたかった。

口から一物を引き抜いた彼は躰の位置を入れ換え、秘部をまたも、ぶすりと貫いた。

「ああ……イク。イクっ!」

二度目のアクメに達しそうな緋沙は全身を波打たせ、果肉はここぞとばかりにきゅーっと収縮した。

竜二は、彼女の躰をいましめていたナイロンロープを解《ほど》いた。正常位を取らせると、最後の激しいスパートに入った。

「ほらっ! イケ、イッちまえっ!」

緋沙の背中が大きく反り返り、弓なりになって、硬直した。

強く激しく締められて、竜二もたまらず、思いきり射出した。

「うっ……くそ。この淫乱女っ」

竜二は興奮のあまり、死なない程度に緋沙の首を絞めていた。

「ひいいっ！　いいいいいいいっ！　ぐぐぐ」

緋沙は絶命するかのような濁った声を出しながら、全身を大きく反らせたまま、電気ショックを浴びたかのようにびくっびくっと波打たせた。

「げえ」

白目を剝いて、彼女はそのまま失神した。

＊

どうしようもなく甘美《かんび》なけだるさを感じながら、大介は目を覚ました。

そこは自分の部屋だった。が、目覚めたのはベッドの上ではなく台所の、フローリングというより板の間というべき場所だった。

目の前に、誰かが倒れている。

その白い裸身は、女性のもののようだ。

「え？」

目の焦点が合った瞬間、彼は凍りついた。無残な姿で失神しているのは、緋沙だった。

ワンピースの胸元は引き千切られ、スカートは腰まで捲り上げられ、パンティは足首に丸まって引っ掛かっている。両の乳房も下腹部も、すべて剝き出しだ。

しかも殴打の痕や血痕、痣になった指の痕など、凌辱の痕跡が生々しく残っている。

いつもならこうして正気に返ったところで激しく動揺するのだが、今の大介は少し違った。

躰に濃厚に残っている、異様な興奮がまだどうしても抜けないのだ。

緋沙の、剝き出しにされた下半身の、なだらかな曲線が悩ましい。真っ白な肌は陶器のように滑らかだ。締まったウエストからむっちりと豊かなカーブを描く腰……そこから太腿に伸びるラインも、量感があって息を呑むほどだ。

竜二だ。こんなことをするのは竜二に決まっている。なにより今の自分は全裸だし、情けないことに、陰茎は半勃ち状態で、緋沙の愛液が付着している。

竜二が、緋沙を犯してしまった……。

おぞましい事実が、じわじわと大介の頭と躰に滲みこんできた。

「緋沙さん！　大丈夫？　ごめん。なんと言っていいのか……」

多重人格のもう片方が君を凌辱したのだと言っても、それは無責任きわまりない作り話としか思われないだろう。肩に手を掛けても、ぴしりとはたき落とされてしまうだろうと思ったのだが……緋沙の反応は、違った。

「あなた……とても素敵だった」

陶酔し、トロンとした目を大介に向けたのだ。

「絶対ほかの女の人に目を向けないで。さっきの女の人とも、絶対こういうことはしないでね」

ここに明子と淳二の姉弟がいたことも、竜二が緋沙とバイオレントなセックスに至った経緯もまるで知らない大介は、当惑するばかりだ。

「これは、あなたが次に私を愛してくれるまで、あなたが浮気をしないための、おまじない」

緋沙は自分の肩までの髪の毛を抜いて、大介のペニスに結びつけた。象の鼻に蝶ネクタイが結ばれたような格好で、可愛いと言うよりマヌケにしか見えないが、それでも大介には緋沙の真情が伝わった。同時に、どうしようもない怒りも湧いてきた。

竜二が、緋沙を抱いた。それも自分には絶対出来ない、暴力的な遣り方で……。

真っ黒な気持ちで頭を抱えている大介をよそに、緋沙は甘い声でなおも話しかけてきた。

「ねえ。あの女は今、何処にいるの？」

大介には答えられない。明子には会ったことがないのだから。

「……口が堅いのね。でもいいわ。あんな女に絶対、私たちのことは邪魔させないんだから」

一瞬、すさまじい憎しみの光を目に宿したように見えたが、それはすぐに消えた。

「本当に……凄かったわ、あなた。いつもああいう風に私を愛して。ね？」

そう言われて、ぎゅっと抱きつかれた大介は焦った。裸の、量感のある乳房が、胸を擦った。

「ああいうセックスが好きなの。感じるの。乱暴にされれば、されるほどいいのよ」

「違うんだ」

どうしても言っておかなければならないと思った。

「こう言っても判ってもらえないかもしれないけれど、きみを抱いたのは僕じゃない。沢竜二という、別の人間なんだ」

不審の目を向けてくる緋沙に、大介は必死に説明した。自分が解離性同一性障害、すなわち多重人格という病を抱えていること。もう一人の、自分の意思ではコントロール出来ない人格が、緋沙をレイプしたこと。

「本当なんだ。とても信じてはもらえないかもしれないけれど、あれが僕だと思われるのは耐えられない。きみはそれが好きだと言うけれど、そんなセックスは愛でもなんでもない。やつは……竜二は、きみを憎んでいる。きみが嫌いだから、そんなひどいことが出来るんだ」

「私を……憎んでいるって？」

「竜二がどうしてそうなのか、僕には判らない。でも、言えるのは……きみには、愛と憎しみの区別がついていないところがある。そこが竜二の癇《かん》に障るんだろう」

緋沙は落ち着かない様子になった。何度か口を開きかけては閉じ、ようやく言った。

「その、もう一人の人も、私のことをいろいろ知っているのね？　ビデオのこととかも」

「ビデオ？　それは知らないけれど、少なくとも僕が知っていることは彼もみんな知っている。それは仕方がないんだ。そういう病気だから」

緋沙は何か言おうとしたが、言葉が出てこない様子だ。

「僕はね……きみも病気なんだと思う。たぶん、僕と同じような病気じゃないかと思う。ずっと迷っていたんだけれど、今度こそ僕の主治医の先生にきみを紹介するよ。自分を傷つけるようなことは、もうやめなくちゃ」

「私は病気じゃない！」

彼女は激しい調子で言った。

「病気なのはあなたよ」

そうだよ、けど、と大介は言った。

「悪いけど……このあいだ、初めてきみと愛しあったあと、日記というか、メモというか、きみの書いた文章を読んだんだ。どうしても、きみのことをもっと知りたくて……」

緋沙の顔色が変わった。

「それで？　私のことを誰かに言った？」

「誰に何を喋るというの？　何も話すことなんかないよ。いろいろ想像は出来るけれど、それはあくまで想像でしかないし」

「たとえば？」

緋沙の目には射貫くような光があった。

「たとえば、きみが知りたがった下川雄一のことだ。普通の人なら、誰も気にも留めないだろう。有名人でもないし。けれどきみはなぜか関心を持った。でも、それだけで罪になるわけもない。第一、きみを守りたいと思っている僕が、きみについて妙なことを誰かに言うわけがないだろう？」

緋沙は、しばらく黙って大介を見つめていた。

と、緋沙はいきなり必死の面持ちで大介の胸に飛び込んできた。

「私は……大介さんが好き」

瞳に真剣な光を宿し、彼をじっと見つめた。

「いくら激しいセックスが出来ても、もう一人の人は嫌。私は、あなたが好きなの」

「判ってるよ」

大介は緋沙の肩を強く抱きしめた。

「二人の人に抱かれるなんて、嫌。二度と嫌なの。あたしを愛しているのなら、あなただけになって。もう一つの人格は捨てて。あなたにそれが出来る？」

「そうなりたいさ！　もちろん僕だけになりたいんだよ！　でも、それが難しいんだ」

竜二と持ちつ持たれつの関係なのは判っている。何度か窮地を救って貰ったこともある。だが、多大な迷惑も被ってきた。竜二が自分のことを邪魔な厄介者だと思っているのも知っている。

ならば僕だって、竜二を邪魔だと思ったっていいじゃないか……。緋沙のためなら。普通の人間になって、緋沙と愛を育《はぐく》んでいきたい。

大介の思いを感じたのか、緋沙は大きく頷くと、自分のバッグから錠剤を取り出した。

「ある人から貰ったの。あなたの症状に効くんじゃないかって。難しいことは判らないけれど、多重人格って右脳と左脳に別々の人格が住んでるんでしょう？　だったら、もう一人の人が住んでる方の脳を抑えてやればいいんでしょ。これはそういう薬なんですって」

大介には俄《にわか》に信じがたい効能だ。もしそんな薬があるのなら、彼が長年悩み苦しんできた多重人格の問題は、あっけなく完治してしまうではないか。

「飲んだらすぐ効くんですって」

緋沙はその錠剤のシートパックを突きつけた。

「お願い。私のことを大切に思ってくれるのなら、今すぐこれを飲んで。……心配してるの？　毒なんかじゃないのに。信用してくれないの？　私が大介さんの害になるようなものを飲んで、とお願いするわけないでしょう？　これはアメリカの新薬で、日本ではまだ治験が済んでいないの。でも」

緋沙は懸命に訴えた。

「私を信じてくれるのなら、私を大切に思ってくれるのなら、飲んで。もう一人の人から私を守って！」

すがるような緋沙の眼差しに抵抗することなど出来ない。

大介は掌に載せられたその錠剤を口に含み、飲み込んだ。

# 第6章　悪のサイコドラマ

　三日後。大介は渋谷にいた。

　緋沙が帰ったあと、仕事机兼用の食卓に、竜二がポケットから取り出したらしい小銭や車のキーが散乱していた。その中の、くしゃくしゃになった首都高速の通行券の裏に竜二の汚い字で書き殴ってあった、日付つきのメモのせいだ。

「十九時、渋谷勤労福祉会館　ＨＩＳＡ　サイコドラマ」とあるのが気になった。ＨＩＳＡとは緋沙のことだろう。竜二がまたも彼女を毒牙にかけようとしているのなら、絶対に防がねばならない。

　インターネットで調べてみると、サイコドラマは心理療法の一種らしいということが判った。この際、早急に緋沙を引き合わせておきたいという思いもあって、大介は主治医の一橋葉子に連絡を取り、勤労福祉会館で待ち合わせることにした。

　公園通りを登ったところに、勤労福祉会館はある。お洒落《しゃれ》な通りにそぐわない、地味な名前と外見の施設だ。

入り口の案内板には『渋谷グループセラピー・檸檬』と表示されている。初めて緋沙に出会った時と同じ系統の集まりのようだ。

大介は会場のドアをそっと開けると、ドアのすぐそばの席に、一橋葉子がいた。すでにセミナーが始まっていたので、二人は黙礼しただけで並んで座った。

会議室は、前方のテーブルが片づけられて、舞台のようにセットされていた。そこでなにやら演劇のようなものが行なわれている。

「……そんな言い訳するの？　自分の娘に酷いことしておいて、一時の気の迷いだとか魔が差したなんて言うの？　気の迷いって毎日続けて起きるの？　毎日何年間も魔が差すの？」

そのヒステリックな声が緋沙のものであることに大介は驚愕《きょうがく》した。

「パパがあたしにきれいなドレスを着せてくれても、バレエを習わせて写真を撮ってくれても、お人形をいっぱい買ってくれても、あたしはちっとも幸せじゃなかった。いつもいつも怯えていた。どうして普通のお父さんみたいじゃなかったの？」

緋沙は両手で顔を覆って泣き出した。責められる側は、どうやら両親の役のようで、ひいひいと泣きじゃくる彼女を何とかなだめる演技をする風だが、完全に腰が引けて、緋沙の迫力に見合う気合いが、まるで入っていない。

「こういうグループセラピーは初めて?」

大介に葉子が耳打ちした。

「トラウマから癒されるためにお互いの体験談を話したり、幼児虐待を克服するための追体験として、ああいう再現劇をやる場合があるの。誰でも過去の嫌な体験は忘れようとするでしょう?」

大介は頷いた。自分もその一人だ。葉子は続けた。

「でも、その体験が苛酷《かこく》なもので抑圧が強すぎると、対人関係や日常生活の面で問題を抱えてしまう……だから、それを解放してやるために、抑圧を解こうということなのだけれど」

再現劇を見つめる葉子の表情は厳しい。

緋沙は泣きながら、父親役の男を責め続けている。が、突然、矛先《ほこさき》は母親役に向かった。

「ママ! ママはママなのに、どうして私を守ってくれなかったの! パパの味方になって……いつもいつも見て見ぬフリばっかりで!」

見ているのが辛くなる光景だった。親の役廻りの者がまるで反応出来ずに突っ立っているだけなのも痛いが、何よりも緋沙の悲痛な叫びが真に迫り過ぎていた。他人が見てはいけない、彼女の心の深い闇を覗き込まされているのだから、鬼気迫るものがあるのも当然なのだが。

緋沙は両手で顔を覆って激しくすすり泣いていたが、やがてすっくと立ち上がると、二人の両親役の男女に指を突きつけた。

「あんたたちは、本当に、人間のクズね！　最低の人間ね！」

緋沙の全身からはすさまじい憎悪が放たれ、目は吊り上がり、般若《はんにゃ》のような形相で相手を罵っている。いつもの内気で弱々しい彼女の姿など、微塵《みじん》もない。

「カスっ！　お前たちなんか死んじゃえ！　死ね死ね死んでしまえっ！」

緋沙は仁王立ちになって、両親役の二人を責め続けている。

大抵の人間なら引いてしまうだろうその姿を見て、大介は胸が締め付けられるほど彼女が哀れになった。

ほんとは彼女だってあんなことを言いたくはないんだ。僕だってそうだった。ただ……母さんが一言でもいい、謝ってくれていれば、こんな苦しみを味わわなくて済んだのに……。

自分のことのように辛くなった大介は、滲んできた涙を慌ててぬぐった。

舞台では、一人の女が立ち上がって、緋沙を指導し始めた。パンツスタイルに、やや流行遅れのレイヤーカットの髪、小柄だがエネルギッシュな感じのする、三十前後の女性だ。

「素晴らしいじゃない？　あなた、ものすごく感情を出せるようになったわ。こういうふうに、今まで押し殺して心に蓋してきたものを一気に出して、心をきれいにするの。憎しみも怒りも、すべてを解き放つのよ。過去は変えられない、なんて諦めるのはもうおしまい。サイコドラマで解き放たれたパワーは、過去すら変える。……ほかのみんなも、彼女を見習ってね」

緋沙はその女の言葉に素直に頷いた。その顔は、大介がいつも見る可憐な緋沙そのものだ。

「いいですか、このセミナーは、みなさんがこれまで固く封じてきた怒りや憎悪を全開にして、あなたの心を解放する場所です。我慢しないで、怒りをぶつけて！　ぶつけて！　もっと怒れ！　怒れ！」

リーダーというか指導者のその女は、緋沙の感情を煽りに煽っている。

こういうセラピーもあるのか、と大介は驚きを隠せなかった。

『待てよ、この馬鹿。こんな茶番に素直に感動するな』

大介の中で薬によって封じられている竜二は、表層に出て行けないもどかしさに歯ぎしりした。しかしそれは大介には伝わらず、大介には何の変化もない。それがまた竜二には我慢がならない。初めての体験に竜二は、一種の閉所恐怖症のようなものすら味わっている。

『ったくよう、あそこで煽ってる女は樋口逸美じゃねえかよ！　あのインチキ女のやることがマットウなわけねえだろ！　今だってデタラメ心理学で緋沙を煽ってるんじゃねえか！　しかもお前、あの緋沙って女も相当にヤバい女なんだぜ！　いい加減気づけよ！お前の鈍感さはいつかお前の身を滅ぼすぜ。お前の道連れは御免だ』

だが緋沙は、逸美に煽られて、ふたたび顔をゆがめて両親役を罵り始めた。

「この男は父親でもなんでもない！　私を守るどころか傷つけ……最後に、私を」

「そう！　もっと、もっと！　もっと感情を爆発させて！　今まで耐えてきたあなたの負の感情は、こんな程度じゃ解放されないわ！　もっと！」

だが、竜二にはすべてお見通しのこのセミナーのいかがわしさは、大介には判らない。

　葉子はというと、腕を組み、指先を動かし、苛立った様子を見せている。

「あの先生、凄いでしょう？」

近くにいた老女が、感に堪えないという様子で話しかけてきた。大介と葉子を、事情がよく判らない新入りだと思ったのだろう。

「あの先生、どこかで勉強したわけではないの。すべて独学で、自己流で、今の方法を編《あ》み出したんですって。きっとご自分も何かに悩んでたんでしょうね。学者先生の理屈じゃなくて、実地の体験から出来てるから、効くのですわ。だからたくさんの人が」

逸美の信奉者であるらしい老女は尊敬の眼差しで、緋沙を煽りに煽っている逸美を見つめた。

竜二は懸命に表層に出ようともがいたが、依然として完全に閉め出されている。

やがて、逸美のセミナーは終了した。

感情を吐き出し、泣き疲れた緋沙がぐったりと椅子に倒れ込もうとしたその時、彼女はようやく大介の存在に気がついた。

その瞬間、緋沙は大変なものを見られてしまったという表情で蒼くなり、自分のバッグを摑むと、物も言わずに前方にあるドアから逃げるように出ていった。

彼はその跡を追おうと立ち上がったが、足早に現れた逸美に前方を阻《はば》まれてしまった。

「来てくれたのね。どうだった？」

逸美は意味深な笑顔を大介に向けた。

相手は親しげに話してくるが、大介にとって逸美は初対面だ。

どう返事していいか躊躇っているのを見た逸美は、葉子に向き直った。自分の成果に誇らしげな笑顔をたたえている。

「一橋先生、いらしていただけたんですね。どうです？　かなりのものでしょう？」

帰っていく受講生が口々に逸美に頭を下げ挨拶をしていく。ここでは先生であり有名人な逸美は、鷹揚《おうよう》な態度でさよならを言った。その後ろには、先生に相談したい受講生が列を作っている。

「トラウマって厄介ですよね。ここでは大学病院の精神科ではとても取れないような長い時間をかけて、丁寧に個々の悩みを聞いて対処してあげてるんです」

「これは……一体どういうセラピーなんですか？」

葉子の声と表情には、そんな逸美の説明も耳に入らないかのような怒りの色がある。

「どういうことって……だからグループセラピーですよ。かなり成果は上がってるんです」

逸美は受講生の手前、余裕を保とうと笑顔を作っているが、頬が引き攣《つ》り始めた。

「どなたのご指導があるんですか？　こういう治療法について、あなたはどれだけの研究をなさったんですか？　各症例についてカルテのようなものを作って、事後検証されてるんですよね？」

ふだんの冷静さもどこへやら、葉子はほとんど喧嘩腰だ。

「精神医学とか心理学とか、難しいことは私、よく判らないんですけど、自分なりの」

「素人療法は危険です」

葉子は言い切った。

「眠っていた過去の体験、抑圧された記憶を甦らせるという手法は、フロイト以降の精神分析の基本のように言われていますが、クライアントの受容力をきちんと見極めて行なわないと、思いもよらぬ結果を招きますよ」

専門家に面と向かってきっぱり言われた逸美は一瞬押し黙った。しかし、ここで言い負けるわけにはいかないというパワーが、彼女の顔を歪ませた。

「なんか……失礼しちゃう感じですね」

「失礼？　クライアントに失礼なのはそちらでしょう？」

葉子も負けてはいない。

「そもそもあなたはこの分野の教育を受けてませんよね？　ライターの仕事でいろんな人の意見を聞き、ご自分で本を読んだりしただけの、聞き齧《かじ》りの知識でやってるんじゃありませんか？　どなたかのバイアスのかかった特殊な考えを信じ込んでるようにもお見受けします。こういう治療は、たしかに劇的な変化が現れます。それだけに面白いです。手応えも感じると思いますが、フィードバックや検証もきちんとしないと危険であるという認識もお持ちではないようですね」

「それ、とても失礼なお言葉ではありませんか？　大学で専門に学ばなければ、やってはいけないんですか？」

「治療行為を素人が行なうと、医事法違反で逮捕されます」

逸美の顔が怒りで赤くなったり怯えて青くなったりした。

多少震えているように見える手で、逸美はショルダーバッグから数冊の本を取りだした。

った。

「私の勉強がダメだと言うんですか」

逸美は胸を張ったが、本というのは「家庭の医学」に毛の生えた新書とか、症例をセンセーショナルに扱った読み物の類《たぐい》で、著者が正確な記述に骨を折った専門書は一冊もなかった。

葉子は、ある本を手にとった。

「……鳴海重三《なるみじゅうぞう》。トラウマを言語化する療法を日本に導入した人ですね。でも、この人も精神科医ではない、アメリカ文化研究者ですよね。最新のアメリカ文化の潮流を紹介する一環として本に書いたら、予想外の反響があったということですよね」

立て板に水で、葉子は詳しい知識の一端を披露《ひろう》した。

「しかし本家本元のアメリカでは、この手法は数多くの犠牲者を出してますよ。甦った記憶に耐えられずに多数のクライアントが自殺。偽《いつわ》りの記憶によって断ち切られた幾つもの親子関係。そして、数々の訴訟沙汰。この本も絶版扱いですよね？　失礼ですが、あなたが書いた本も絶版になってますよね？　そういう、既に否定された手法を無批判に継続しているのは、無責任過ぎるのではないですか？」

さすがに逸美は絶句した。偉い先生のご高説なんか机上の空論、と反論したくても、自分の参考文献として出したものが、あっさり否定されてしまったのだ。

「しかし、実際に、このセミナーは結果を出しています。ねえみなさん！」

逸美は、会場に残っている受講生に問いかけた。受講生たちから微かなざわめきが上がった。

「……医者に通っても、医者を何度も替えても治らなかった症状が、ここのグループセラピーを受けて、すっかり良くなった例もたくさんあるんです。先生方はたくさん勉強しすぎて、法則というか教科書どおりというか、決まり切った治療しか出来ないんじゃないんですか？　従来の発想にとらわれず思い切ったことをやってみるからこそ、ブレークスルーが可能になるんだわ。それには専門家より素人のほうが」

「そうかもしれませんが、面白さにとらわれて間違いを犯してしまう危険が怖いんです。ことに人の心を扱う場合は影響が大きすぎます。民間療法と称する素人の治療で、重大な結果を招いてしまった例がたくさんあるんです」

葉子は一歩も引かず、実際の事例を諳《そら》んじた。九八年の吹田《すいた》市で誤った記憶が捏造《ねつぞう》されて架空の幼児虐待を信じた女性が無実の実父を死亡させた事件、九九年鶴岡《つるおか》市で中学時代の友達同士の喧嘩をいじめと思いこみ裁判まで起こした男性が、逆にそんな事実はなかったことが証明されて自殺してしまった事件、九六年大宮《おおみや》市（現・さいたま市）で突然強度の鬱になった大学生が飛び降り自殺したが、自己啓発系のサークルで、やはり過去のトラウマを再現する指導がなされていた事件……。

反論できない逸美は頬を引き攣らせ、怒りの矛先を大介に向けた。

「ちょっと、あなた。私はあなたをご招待したけれど、こんな大学の偉い先生を呼んでこいとは一言も言ってないわよ。なに？　この人。この先生はご自分の学歴とか業績に、もの凄い自信がおありのようね。ふん。偉い先生だって裏で何をしてるか判りゃしないってのに」

逸美はそう言い捨てると、自分の『信者』を集めて意気揚々と出ていった。歩きながら彼女は「東大の屁理屈《へりくつ》女に難癖つけられたけど、論破してやった」というようなことをまくし立てていた。

「困ったことね……で、大介さんの恋人がここに？　もしかして、今日の主役だった、あの……」

葉子に聞かれ、大介は頷いた。

「早くこの会は辞めさせるほうがいいと思う。あの手法で、眠っていた憎しみと攻撃性が呼び覚まされるのは、危険だわ。本人に向かうか、他人に向かうか……どちらにしても」

危険とは、どういうことなのか。葉子の言う攻撃性が緋沙自身に向かえば、ああいう暴力的なセックスを求めたりして、自分を傷つけることになるのだろう。それは判る。だが他人に、とは？

大介はもっと詳しい話を聞きたかったが、葉子は予定が入っていると言った。

「ごめんなさい。ちょっと今、あれこれ立て込んでいて、すぐに戻らないといけないの。

次の診察がもうすぐでしょう？　その時に、ゆっくり話を聞くわ」

忙しそうな葉子だが、大介は聞いておきたいことがたくさんある。

「あの……三日前に、竜二の人格を封じる効き目があるという薬を飲んだんですが」

先を急ぐように歩いていた葉子の足が止まった。

「え？」

信じられない、という表情で振り返った葉子に、大介は慌てて言った。

「もちろん、大丈夫な薬です。日本では認められていないけれど、アメリカでは使われているもので……何でも大脳の半分の活動を抑える作用があるらしいです」

「まさか……それを飲んじゃったの！」

葉子は、その薬がどんなものか真剣な表情で説明しはじめた。それは大介には難解すぎてよく判らなかったが、いわゆる『大脳半球仮説』というものがあり、多重人格に基本的な二つの人格、すなわち犠牲者型でトラウマに苦しむ人格と、現実適応能力が高く楽天的な人格のそれぞれが、右左二つの大脳半球の片方ずつに宿っているのではないか、という仮説だった。大介が飲んだ薬はその二つの半球のバランスを整え、過剰になっている側の活動を抑制するものらしい。

「大脳半球仮説の裏付けとなるような事例は多いし、間違っているとは思わないけれど、その薬はまだ治験例が少ないの。どんな副作用があるか判らないでしょう？　主治医としては反対です。それに、竜二さんを封じ込めてしまう、ということについてはどうなの？　同じことをされたらどう思う？　彼はあなたが思うほど、あなたを憎んではいない。むしろあなたのことを」

心配していたくらいなのだ……そう言おうとした葉子は、しかし大介の激しい言葉に遮られた。

「嫌だ。もう僕は、あいつのすることに我慢が出来ないんです！　僕が大切にしているものを奪われたり壊されたり、そんなのはもう御免なんだ」

大介は、竜二が緋沙を抱いてしまったことは口にしなかったが、いつになく強い調子で話す彼の様子に、葉子も何かを察したようだった。

「私は、別に竜二さんを弁護するつもりではないんだけど……大介さん、あなたにしては軽はずみな行動をしてしまったわね。幸い、その薬の効き目はそう持続するものではないから、とりあえず、もう二度と飲まないと約束してちょうだい」

それでも、緋沙に言われたらまた飲むだろう、と大介は思った。緋沙の、あの必死の訴えを拒絶することは出来ない。別れる覚悟があれば別だが、今の大介にそんなことは夢にも思えない。

気掛かりそうな様子のまま、葉子は公園通りでタクシーに乗り込んだ。大介は見送った。

逃げるように出ていってしまった緋沙のことが心配だった。……何も恥ずかしがることはない、君が体験してきた苦しみを含めて、君のすべてが好きなんだ、と、今すぐに伝えたかった。

だが、緋沙の携帯にかけてみても、留守電が応答するばかりだ。

いつも自分は、大事な局面でなにも出来ない、という情けなさが大介を襲った。

酒が飲めるのなら飲んだくれてしまいたい。

大介はそう思いながら、公園通りを下っていった。

＊

『まったく大介の野郎は超弩級《ちょうどきゅう》の阿呆だぜ』

竜二は懸命に意識の表層に出ようともがいていた。これ以上大介の失策を傍観《ぼうかん》出来ないのだ。

『この期に及んでまだ愛してるだと？　あれを見て、最高にヤバい女だとなぜ気づかない？』

しかし、大介が飲んだ薬のせいで、どうしてもスポットに出ることが出来ない。

と、右手だけはどうにか動かせることに気がついた。仕組みはまるで判らないが、意識の中心が大介のままでも、右手だけは竜二がコントロール出来るらしい。

そういやあの馬鹿は、ジャケットの右ポケットに例の薬の残りを入れたんだよな。

竜二は意識を右手だけに集中させた。

たしかに動く。右手が勝手にポケットの中に入ったのに、大介の阿呆は気づきもしないようだ。

中を探ると薬の入った紙袋があった。

大介は山手線《やまのて》のホームにいる。これから秋葉原に戻ろうとしているのだ。

竜二はその紙袋を取り出してプラットフォームに落とした。まもなく電車が入線し、紙袋は乗降客の靴に踏みつぶされていった。

あの薬の効力がどれくらい保つのか知らないし、もう一つの人格が『内部』から働きかけることで効きが悪くなるのかどうか知らないが、電車が大崎《おおさき》を過ぎる頃には、竜二は肉体のかなりの部分を支配下に収めることに成功していた。

秋葉原に近づいたあたりで携帯が鳴った。かけてきたのは菅原だった。

「なんだよ、おっさん。電車の中なのに電話してくるな！」

「お前が今何をしてるかなんか知るか。電車に乗ったら電源を切る。これがエチケット」

「説教かますために電話してきたのかよ。この前頼んだ件、出来たのか」

「人をクリーニング屋みたいに言うな。ちょっと……日暮里《にっぽり》あたりまで出て来いや」

指定されたのは、日暮里駅前の小ぎれいな中華料理屋だった。菅原はラーメンを啜っていた。

「ラーメンなら隣の汚い店の方がうまいぜ」

「おれの上品な舌にはこっちが合うんだ」

シューマイとビールを頼んだ竜二に、刑事は一冊の週刊誌を見せた。

それには葉子と竜二の写真付きで『爛《ただ》れた精神医療／患者を喰う女医の日常』という煽《せん》情《じょう》的な見出しの記事が載っていた。

「なんだよこれ。おれと葉子先生がねんごろってか？」

その記事は、東大病院の非常勤医師であり警視庁嘱託医でもある某女医は、少年犯罪者の人権擁護活動の急先鋒という『時代遅れの人権思想の持ち主』でありながら、医師の規範を逸脱して患者と関係を持つ、ダブルスタンダードな人物であると決めつけていた。

「おい、警察はデタラメ記事を取り締まれないのか？　こんなのまるっきりのデッチアゲじゃねえか。たしかにおれはずっと葉子先生に迫ってるけど、まるで相手にされてないんだぞ」

「デマも誤報も取り締まれないな。表現の自由ってものがあるからな。というか、添島のヤツ、取り締まるどころか、わざわざ電話してきてこういう記事がありますって教えてくれたぜ。アイツ、この記事が出たのを喜んでるのかね？」

菅原も、憮然とした表情で言った。

「だがな、おれはその記事を書いたライターの名前を聞き出したぜ。あそこの編集長には貸しがあるんでな。樋口逸美って名前の、女のライターだそうだ」

「ほおおおお」

竜二はすでに臨戦態勢になっていた。逸美の『ふん。偉い先生だって裏で何をしてるか判りゃしないってのに』という先刻の捨てゼリフの意味が判ってさらにムカついた。

「お前さん、知ってるのか、その女を？」

「ああ。ちょっとな」

「過去に少々問題あり、のライターらしい。何年か前に『奇跡のサイコドラマ』って本を出してる。これはそこそこ売れた。鳴海なんとかというインチキ学者が紹介した、いわゆる『奇跡の治療』を持ち上げた本だ。薬なしでもあなたは治る！　という内容で、確かにその療法で元気になった鬱病の患者もいた。一時的に、だがな」

「でもまた悪くなったんだろう？」

「そうだ。お前も読んだのか、そのトンデモ本？」

「いいや。けど、その女、性懲《しょうこ》りもなくまだ奇跡の療法とやらで食ってこうとしてるぜ。そのサイコなんとかを見てきたばかりだが、ありゃヤバい。自分の過去の、いわば再現ドラマをやって怒りを吐き出すんだが、そりゃ、怒りまくればハイになる。テンションもあがる。ドーパミンだかなんだかがどばどば出てんだろうな。だが、おれに言わせれば、そういうのはシャブ打つのと一緒だ。揺り戻しが怖い」

「まあ、お前さんの推察どおり、何人かの患者は前より悪くなった。治ったと思い込んで、それまで飲んでた薬を切ったからだそうだ。薬が効く鬱病なんかの場合は、勝手に服薬をやめると、効いてた薬も効かなくなることがあるらしい。自殺した患者の遺族がその医者を訴えて、樋口逸美の本も絶版、せっかく売り出しかけたキャリアも挫折《ざせつ》、てなわけだ」

竜二は菅原から渡されたその雑誌を見た。樋口逸美が書いたという記事は、その荒淫問題女医・一橋葉子には少年法の改正に反対した前歴があり、凶悪な少年犯罪者を甘ったるい理想主義と『心身耗弱《こうじやく》』という診断名で庇い、患者として自分の管理下に置いては愛人として『若い性』を貪《むさぼ》っているという内容の、名誉毀損《きそん》に充分な捏造記事だった。

「裁判にすれば先生は勝てる。明らかな名誉毀損だ。刑事裁判でいけると思うぞ」

どうやら逸美が葉子に相当な悪感情を持っているのは間違いない。

「あの女、ぶち殺す」

「待て。お前がそんなコトしたら、先生はもっと窮地に追い込まれる。今でさえ、警察内部情報リークの疑いをかけられて、充分困った立場なんだからな」

なるほど、だからさっき葉子先生はそそくさとタクシーに乗り込んで帰ってしまったんだな。

「このデタラメ記事が、そんなに影響力あるのか？」

「いや。情報リークがらみのほうでだ」

菅原は、さっきより深刻な表情になった。

「新聞テレビの報道各社に『例のビデオ』のコピーが送りつけられてるんだ」

「例のって、加賀雅之撮影の、あれか？」

「そうだ。もちろん全部じゃなくて、サワリだがな。『こんな極悪非道な犯行を犯し、その上ビデオまで撮っておいて商売にしているような奴らを保護・更生させてやる必要があるのか？』という煽り文句つきだ。警察としてはあくまでも隠し通して、この世にそんなビデオが存在する証拠などない、という線で切り抜けようとしたんだが、コピーが出まわったとなれば、もはや隠しようもないスキャンダルだ。番組で流れたり紙面に載るのも時間の問題だろう。先生の立場は警察内部でも最悪になっちまった」

「どうして？　なぜリークの元が葉子先生ってことになっちまうんだ？　先生はそのビデオを管理でもしてたのか？」

「いや……日頃の言動もあってな。ご意見番として嘱託にしてるくせに、あんまり正論をガンガン吐かれると、煙《けむ》ったくなって邪魔になるんだよ」

「あんたもそうだったんだよな」

竜二の言葉に菅原はニヤリとした。

「とにかく、このクソ記事を書いた女のことは知ってる。ちょっと話をしてくる」

その言葉に、菅原は竜二の腕を掴んだ。

「おい待て。手荒なことすると、余計にあの先生の悪評が立つぞ。あの女医はヤクザまで雇って言論を封殺しているとか、な」

「まかせなって。おれはそんなヘボじゃねえ」

腕を振り払って立ち上がった竜二の目の前に、菅原はぽんと箇条書きにしたメモを置いた。

「その前に、これを読め。この前お前が調べてくれと泣いて頼んだ件だが、口で補足してやる」

竜二は菅原のメモに目を落とした。

緋沙の件だった。

「園田緋沙って女の実家は千葉県勝浦市《かつうら》にある。両親は元の行川《なめがわ》アイランドの近くでドライブインをやっていたが、経営難から夜逃げしたということで、そこは廃墟《はいきょ》になってる」

そこまで喋って、菅原は、ここからがミソだぞという顔になった。

「さらに近隣では以前、彼女が近所の不良少年たちに暴行されたという噂がある。しかし被害届は出ていない。従って警察的には事件はないことになるが、女の側が泣き寝入りした可能性もある。当時あの辺りではそういう事件が頻発していて、何件かは捜査が行なわれたが、示談になってる。だが、だ。地元では有名なその不良のグループが、二年前に集団で事故死を遂げてる。全員が、事故死だ。連中が乗ってたワゴン車がカーブを曲がりきれずガードレールに激突して、崖から転落。全員が即死か翌日までに死んでる。ブレーキが故障していたそうだ」

「なるほど。思ったとおり、叩けばいくらでもホコリの出そうな女だよな」

竜二は胸ポケットから、ジップロックに入れた髪の毛を取り出して菅原に渡した。三日前に大介のペニスにあの女自身が巻き付けた、あの髪の毛だ。

「あんた、この前、園田緋沙の髪の毛を手に入れられないか、って言ってたよな。何が判るんだ、これで？」

「そいつは教えられねえな」

「まあいいや。おっさん。本当に恩に着るぜ。とてもいい話を聞かせて貰った。で？あんたのワイロの相場はいくらなんだ？」

菅原は笑って店の伝票を寄越した。

竜二は、樋口逸美の名刺を探し出し、その住所に直行した。セキュリティなどまったくない、安アパートに毛の生えた程度のマンションだ。

宅配便を装ってチャイムを鳴らすと、逸美本人が出てきた。

「お前、ヤクザを本気で怒らすとどうなるか、判ってるんだろうな」

竜二はいきなり服の上から逸美の腹を殴った。

「顔は殴らねえよ。腹だってな、プロのパンチはカタチに出ないんだ」

強引に上がり込むとさらに連続したパンチを浴びせた。

「おれのパンチは、痕が残らない。紫色にも腫れ上がらない。しかし、確実にダメージはある」

彼は、逸美のシャツの裾をジーンズから抜き取り捲りあげた。たしかに殴った場所には何の変化もない。見ただけでは殴ったとはまったく判らない。逸美は顔を歪めながらも毒づいた。

「なによ。あの女医、今度はヤクザを寄越したのね！」

「言うと思った言うと思った。お前は予想どおりに反応する単純なバカ女だな」

また殴った。逸美は玄関の上がりがまちに腹を押さえて蹲《うずくま》った。ようやく効いてきたらしい。

「お前、知ってるよな。おれは葉子先生の患者で、悪い男だ。葉子先生があの記事に怒っておれを雇ったわけじゃない。あんたを締め上げるのは、あくまでもおれの意思だ」

爪先で逸美の顎を軽く蹴った。

いつもは鼻っ柱の強い逸美も、真っ青になって腰が抜けそうになっている。

「あ、あたしは悪くない。あんな記事、週刊誌なら当たり前じゃないの。それにあの女医さん、どうせあんたとは出来てるんでしょ？」

「うるせえ。下司《げす》な想像してんじゃねえよ。クソデタラメな記事書きやがって。葉子先生にマトモに相手にして貰えなかったその腹いせか？」

よつんばいになって逃げる逸美の背中を踏みつけた。ぐきぐきっと音がして女は廊下に崩れた。

「おっと。いつも姿勢が悪いから、背骨が曲がってたんだな、お嬢さん」

みのもんたのような声を出した竜二を、逸美は睨みつけた。

「訴えるなら訴えなさいよ！　あたしには強力なバックがついてるんだから」

「そんな強力なバックがついてるんなら、お前こそおれを訴えればいいだろ。え」

彼女の部屋は小ぎれいな1LDKだが、掃除が苦手なのか、はたまた忙しいからか、部屋中にスナック菓子やカップ麺の食べ殻《がら》、本や雑誌や紙屑《かみくず》が散乱している。

「お前、ライターでガツガツ売り出す前に、掃除の出来ない女で有名になったらどうだ？　オシャレでイケてる最先端ライターって線は狙えないが、バラエティ番組で重宝されるぜ」

竜二はそう言いざま、逃げる逸美の足首を摑んでずるりと引き寄せた。

「ねえ、ちょっと……話し合いましょう。お互い大きな誤解があるようだわ」

「誤解してるのは一方的にお前の方だろう。このインチキセラピストが！」

彼は逸美のシャツを思い切り引き裂き、ブラも千切るように引っ張った。そんな程度では裂けないはずのブラが外れ、ぷるん、と結構大きめのバストがまろび出た。

「八十四。ズバリだろ？」

竜二は揉みしだくというより摑み壊すという感じで乳房に手を這わせた。

「い、痛いっ！」

彼の掌から歪んだ乳房が零《こぼ》れるようだ。

「お前の目的は何だ？　何をどうしたい？　一橋葉子をスキャンダルで潰したいだけなのか？　そんなんじゃないよな。野心家の樋口逸美サンとしては、もっとデカい目的があるんだろ、え？」

竜二は逸美に馬乗りになると、ジーンズのベルトやボタンを外してずるずると脱がし始めた。

「なあによ。なんだかんだ言って、アンタもあたしの躰が欲しいわけ？　アンタってば、ただ、ヤル口実が欲しいだけのゲス男なんだ」

笑顔でいれば美人に見える逸美も、憎々しげに唇を突き出して悪態をつく様は、まるで醜《みにく》い猿のようだ。

「へん。お前みたいなブス、顔を見ただけで萎《な》えるぜ。おれは別に飢えてないし、お前程度の女はお引き取り願ってるんだ」

彼が拳を振り上げたので、逸美はハッと顔を背《そむ》けた。しかしその手は殴るのではなく、彼女の頰を摘んで引き伸ばした。

「ほれ、ダヨ〜ンのおじさんだ」

膝まで脱がしたジーンズを、彼は足を使って、すべて降ろしてしまった。

憎悪の表情を満面に浮かべている顔を除けば、逸美の肉体はいい線をいっている。乳房のラインはきれいなまろみを描いているし、ウエストもきゅっとくびれて、暴れて左右に揺れると煽情的ですらある。そこから伸びる腿も形がよく、小柄なりに均整がとれている。

「お前も、たいした才能もないくせに妙な野心を持たなければ、それなりに幸せな人生があったろうによ」

彼の右手は逸美の腰の曲線をなぞるように降りて、ショーツにかかった。

「あのね、するんなら、きちんとしましょうよ。こういうのじゃイヤ」

なおも自分の魅力を以《もっ》てすれば何とかなると思うのか、逸美は言い募ったが、竜二は鼻先で思い切り笑ってやった。

「ば〜か。おれはお前が普段転がしてるような、チョロい男とは違うんだよ」

彼はビリビリに引き裂いたシャツの切れっ端で野心家ライターの両手を後ろ手に縛ると、床に転がした。

普段男を舐めきっているらしい、鼻っ柱の強い逸美も今は恐怖のせいか、白いショーツの局部を濡らしていた。あの緋沙のようにサド行為に感じて濡れたのではなく、失禁したのだ。

「や、やめて……」

竜二の本気を悟った逸美の顔には怯えが浮かんでいる。

「じゃあ教えてくれよ。ホントのところをよ。おれが考えたストーリーがあるんだが、当たってたら正直にそう言え。嘘をついたらお前はどんどん苦しくなっていく。いいな」

彼に腹を踏みつけられて、女はかくかくと何度も首を縦に振った。

「まずその一。事件の内部情報をネットやマスコミにリークしてたのは、お前だよな？」

いきなり問題の核心に触れられた逸美は全身を強ばらせたが、内臓が破裂しそうな勢いで腹を踏まれて、仕方なく頷いた。

「お前のネタ元は大介のアホだな？　お前、緋沙を使って大介のパソコンの中身を探らせただろう？　あの女を置いて、大介が席をはずしたことがあったからな。漏れてる情報は十年前のあの事件の加害者どもの、現在の名前と居所だ。おれがやつに調べさせたことばかりだ。それをお前はネットに流した。あと鑑識の写真やなんかは、葉子先生からパクった。違うか？　多摩センターで会ったとき、お前は葉子先生が持ってた資料入りの封筒を物欲しそうに眺めてたもんな」

「どこに証拠があるってのよ？」

逸美が不敵な笑みを浮かべたので、竜二は横っ腹を蹴ってやった。

「その二。警察も知らなかった例の殺人ビデオは、緋沙を使って入手した。そうだろ」

「どうしてよ。あのヒトはあたしのセミナーに通ってくるビョーキ持ちよ。そんなヒトをどう使おうっていうの？」

悔し紛《まぎ》れなのか、本気で勝ち誇っているのか、逸美の唇が笑みで歪んだ。

竜二は、彼女の躰の上に馬乗りになった。

「おれは、じっくり見たんだよ。加賀雅之監督・主演の超本格ハードSMビデオをな。主演のM女は、あの女じゃねえか」

そう言って逸美の頬を数発、往復ビンタした。女の唇が切れて血が滲んだ。

竜二は部屋の中を探して古新聞をまとめるナイロン紐《ひも》を見つけると、逸美を奥の寝室に引きずっていき、躰をくの字にさせて、両脚を首の両脇に押しつけるような姿勢でベッドに括《くく》りつけた。股間を突き出す形で縛り付けたのだ。

「加賀が隠し持っていた例のビデオを、緋沙を使って手に入れたんだろ？　そのために緋沙を加賀に近づけたのか、マゾ女の緋沙が吸い寄せられるように加賀に接近して、その結果例のビデオの存在を知ったのか、どっちか判らないけどな」

両脚の真ん中に鎮座している局部を薄布の上からゆっくりと撫でた。

「なあ、ここはチンポが欲しくて疼いてるんだろう？　アンタはオマンコで仕事を取ってるって、もっぱらの評判だぜ」

ライター業界の噂話などまったく知らない竜二だが、その当てずっぽうはズバリ的中したようだ。逸美は顔を歪め、せせら笑った。

「ふん。使えるものは何でも使えってね。あたし程度の文章書けるヒトは山ほどいるから、それくらいしないとね。どうせそんな噂流してるのはアレでしょ。カラダ張る度胸《どきょう》も根性もない、張るほどのカラダもない、ブスで貧乳の女どもがあたしをやっかんでるのよ」

「ま、あんたは性格ブスだが、たしかにおっぱいは大きいよな。すぐヤラせるしな」

竜二はショーツを引き裂き、指先で秘腔を左右に大きく広げて執拗《しつよう》に嬲り始めた。

「おい。アンタの目的は何なんだ？　ヤバい橋を渡ってでも手に入れたいものは何なんだよ？」

逸美は目を逸らして黙っている。

竜二はその濡れた秘腔に指を挿し入れて、激しくピストンしてやった。

「え？　言えよ。おれは多重人格のワルのほうだから、いくらでも女をいたぶる方法を知ってるし、口を割らせる方法も知ってる。アンタのバックに誰がついてるのか知らないが、おれのバックも相当強力で怖いぜ」

竜二は秘腔に突っ込んだ指を増やしていった。

「や、役所関係の凄く偉い人よ！　出版社にもテレビにも顔が利くし、警察にだって」

「じゃ、こっちはそのお偉いさんを東京湾に沈めてやるか」

子供の喧嘩のようなことを言ってるなあと思いながら、竜二の指は全部女壺に入ってしまった。

「では、フィストファックを始めるか」

指以外の手の甲までも、ぐいぐいと力ずくで挿入されようとしていた。

「駄目！　裂けてしまう。ダメっ！」

逸美は怯えているが顔は怒っているので、竜二の溜飲《りゅういん》は下がらない。ほとんどむりやりに、手首まで入れてしまった。

「うぐっ！」

彼は手を出し入れした。秘門は精一杯口を広げて、まさにセックス拷問《ごうもん》の様相を呈している。

指を動かして、肉襞を掻き乱してやる。無理に広げられた肉襞が収縮しようとして、ぐいぐいと彼の拳を締めつける。

「や、やめて……やめ、てっ！」

逸美は、心ならずも急激に喜悦の階段を駆け上ったのか突然、ガクガクと全身を痙攣させた。

「ンだよ。淫乱なやつだな。おれはお前をイカせるためにやってンじゃないんだよ！」

しかし、逸美は失神したかのように、がっくりと脱力した。

ぐったりした彼女の秘部から手を抜いて、べっとりついた淫液をシーツで拭うと、彼は部屋の中を一瞥《いちべつ》した。

仕事中だったのか、ノートパソコンが動いている。画面には書きかけの『あなたにも出来るＣＧ画像処理～アイコラ入門！』という標題の文章が表示されている。

「何でも屋か、お前は」

竜二は吐き捨て、その文書を終了させてハードディスクの中を覗いてみた。すると、かなり長文の「Ｎｅｍｅｓｉｓ」という名のファイルがあった。

「……！」

そのファイルを開き、素早く目を走らせていた竜二の視線が、ある箇所で止まった。

『……男は見苦しく叫び、命乞《いのちご》いをした。

「うわあああっ……殺さないでくれ！　おれたちが悪かった！　おれが悪かった！」

首には長い髪の毛がしっかり巻きついている。その両端を握って力を込めれば、「ネメシス」が顕現《けんげん》する。復讐の女神、世界に因果応報をもたらす力、それが「ネメシス」だ。間違った法律や、畏《おそ》れを忘れた人の心に邪魔されて、この世に顕《あらわ》れ出ることのできない力。

それが私の両腕を通って、この世に流れ込むのだ。

やらなくてはならなかった。

おそろしいほどの時間がかかった。この前のときは一瞬で済んだのに。血は流れたけれど。

ネメシスがもたらす力に、文字どおり息の根をとめられつつある男の手から、携帯が落ちた。スピーカーから声が漏れてくる。衝撃で、どこかにつながってしまったのか。

「もしもし？　もしもし……雄一か？　どうしたんだ？　何が起《お》こったんだよ！」

下川雄一の身体の痙攣がとまった。手を放すと、その身体は厭《いや》な音を立てて床に転がった。

携帯を拾い上げ、発信元を確認してみる。思ったとおり、坂本淳二からだった。

「雄一！　大丈夫か？　返事してくれよ、頼むよ」

怯えきった、情けない声が聞こえてくる。

邪悪な、愚《おろ》か者が、ここにも一人。怯えるくらいなら、最初からやらなければいいのだ。

邪悪さが、愚かさが、いかにこの世には満ちあふれていることか。あの子が、そして私が、どんなに怯えていたか、怖かったか。せめて、その何百分の一かでも思い知るがいいのだ……』

一読して精神に変調を来した人間が書いたとしか思えない内容の文章だ。だが、そこには見過ごすことの出来ない個人名がある。

下川雄一。

竜二はぐったりしている逸美の頰を叩いて目を覚まさせた。

「おい。このパソコンに入ってる文書だが、なぜお前がこんなことを知ってる？　ネメシスってタイトルの、このファイルだよ」

逸美は一瞬、しまった、という顔になったが、すぐにシラを切った。

「はぁ？　何のことかしらね。あたしは小説も書いてるのよ。架空の内容について、なぜ知ってる、なんて言われてもね」

「とぼけるんじゃねえ」

竜二は逸美の首をつかんだ。

「静岡で殺された下川雄一ってやつが、死ぬ間際に坂本淳二って友達に電話をかけてきた。その事実をなんでお前が知ってるんだよ？　お前なのか、下川を殺したのは？」

ふふん、と逸美は鼻先でせせら笑った。

「だからあたしには凄いバックがついてるって言ったでしょ。コネとツテさえあれば、情報なんていくらでも手に入るのよ」

「警察関係か？」

竜二は次いで、机の上の本立ての取材ノートを開いてみた。新聞記事の切り抜きが貼ってある。日付は二年前だ。千葉県勝浦市で少年数人の乗ったワゴン車が、スピードの出し過ぎとブレーキ故障でガードレールに激突、崖から転落して全員死亡という内容だった。

そして逸美の聞き取り取材のメモもある。少女時代の緋沙が不良グループに輪姦された噂について、以前緋沙が住んでいた近所の住人が語った内容だ。こういう取材は逸美のお手の物だろう。

『あの子は近所でも目立つ器量よしだったからねえ……たしかにその頃、夜、女の子の悲鳴が聞こえて、怖くて外に出られなかったことがあったんだけど……あの子、しばらく学校休んでたみたいだし、外に出るのも見かけなかったわね』

『隣町の産婦人科に勤めてる看護師が私の姪《めい》っ子で。あの子、診て貰ったらしいの。先生は警察に届けなさいってしきりに勧《すす》めてたけど……何がどうなったのかってことまでは知りませんけどね。可哀想な話ね』

菅原の調べでは、緋沙絡みの被害届も告発もなかったそうだ。ということは、世間体を気にしたのかどうなのか判らないが、親が事実を握りつぶしたのだろう。そして、緋沙を集団で襲ったと思われる地元の不良どもの死も、ただの事故死として片付けられたということか。

竜二は、複数の情報を重ね合わせて考えながら、取材ノートを読み進んだ。

緋沙の両親が、一人娘の緋沙を残して、忽然《こつぜん》と失踪《しっそう》していることも、取材されている。

緋沙は大介には、両親は死んだと言っていたが、それも事実とは食い違う。地元の噂では借金をつくって夜逃げということになっているが、それまで経営していたドライブインを突然、放り出すようにして消えているのだ。

客はよく入り、沿線でも評判で、ガイドブックにも載るほどだったというのに。

逸美の取材ノートには、ガイドブックの紹介記事もコピーされて貼ってあった。『128』という名前の、海ぎわの崖の上に建つ、結構規模の大きなドライブインだ。

「逸美姐サンよ。あんた、まっとうな仕事、やれば出来るんじゃんかよ」

「そんなのデータマンの仕事よ。そういう材料集めて書くアンカーになれなきゃね」

逸美はふん、という口調で言った。竜二は逸美のその口元をねじり上げた。

「あんた、一体何をたくらんでる？　緋沙のことを調べてどうするつもりだ？」

「いっ……痛いじゃないのっ。余計なお世話よ。話す必要ない」

「そうか。じゃあ、おれが言ってやろう。緋沙って女は元々おかしいが、あんたはそれを悪化させてる。あんたのやってる自称『セラピー』で、あの女はますますヤバくなってるぜ。それに気がつかないのか？」

「何よ。あんたもあの女医に洗脳されて、あたしのセラピーにケチつける気？　緋沙は喜んでいるのよ。本人がラクになったって言ってるんだから、それでいいじゃない！」

「何たくらんでるのか知らないが、アンタは、自分に助けを求めてきた病気の女をそそのかして悪化させて、自分のネタにする気だな？　驚いたね。人間のクズだね、アンタ」

「緋沙が何をしたっていうの？　あたしがそれをそそのかしたとでも？　どこに、何の証拠があるってのよ！」

たしかに証拠ってもんはないがな……と竜二は思った。だが、緋沙は危険な女だ。

大介と違って、見る目のある竜二にはそれが判る。

竜二の直感では、緋沙はストーキングされるのもレイプされるのも、ハードな裏ビデオで自分の恥ずかしい姿を不特定多数に顔出しで晒されるのも、理由は見当がつかないが、すべて自ら仕組んで男たちにさせているとしか思えない。緋沙の異常さはそこにある。

「そうか！　加賀雅之から例のビデオを入手するために、アンタは緋沙を加賀に近づけたんだな」

竜二は縛られている逸美の乳房をねじり上げた。

「加賀のビデオの中で本気でヨガってるマゾ女は、ありゃ緋沙だ。あんたは自分じゃマゾ奴隷《どれい》なんか出来ないから、そのケのある緋沙を加賀に接近させたんだろ。緋沙はマゾだからな。不良に輪姦されたせいか生まれつきなのか知らないが、とにかく真性のマゾだ。あんたの命令を受けて加賀の女になったわけだ。緋沙自身が一番憎んで、殺してやりたいと思っているような男の、マゾ愛人にな。まあそれはいかにも真性のマゾ女がやりかねないことだと思うよ。緋沙は加賀とのプレイに溺れながら、男どもにぎとぎとに輪姦された過去を、何度も何度もプレイバックしてたってわけだ」

「豊かで下品なエロ想像力の産物、と言ってあげましょうか」

逸美はあくまでもシラを切った。

「でもね、一つ訂正しとくけど、あの子があたしのセミナーに来たときは、すでに筋金入りのマゾで、そのマサユキとかいう男の奴隷も同然だったのよ。あたしがその洗脳を解いてあげたの。感情を解き放つ方法を、彼女に教えてあげたのよ」

逸美は得意げに鼻をふくらませた。

「粋《いき》がってんじゃねえよ。てめえの手に落ちるなんざ、言うなれば、虐待親から逃げて家出したガキが変態につかまるようなもんだ。ロクなもんじゃない」

そのとき、携帯電話が鳴った。竜二の物か大介の物か判らないが、とにかく応答した。

「もしもしっ！　今取り込み中だ！」

物静かな大介なら決して出さない怒号に、電話の向こうで息を呑む気配があった。

「あ、あなた……あなたは大介さんじゃなくて……まさか」

「そうだ。おれは竜二だ馬鹿野郎。今おれは最高に気が立ってるんだ！　誰だテメエは？」

相手は黙ってしまったが、こんな反応をするのは緋沙に違いない。

「そうか。頭のネジがユルんじまった緋沙か。いいかよく聞け。お前のやったことは全部お見通しだ。てめえの親分の逸美センセイが何もかもゲロったからな」

電話に向かって竜二は、ひーっひっひっひと高笑いしてやった。

「判ったか？　判ったら二度と大介に近づくんじゃねえ！　高飛びの準備でもしておけ」

緋沙は、無言で通話を切った。

「あんた、バカね」

逸美が言った。

「あたしが何もかもゲロったなんて、気の利いたブラフのつもり？　あんた、あの子のスイッチを入れたわよ。あの子、全部がバレてしまったと思って、何しでかすか判らないわよ」

「結構だね。おれは今から警察に行く。動かぬ証拠ってやつを持ってな」

竜二は逸美のノートパソコンを終了させ、その上に取材ノートもまとめて重ねた。

それを見た逸美は、目を大きく剝いて、慌てた。

「ちょっと、それをどうする気？」

「もちろん、警察に持っていく。きちんと調べれば、絶対、何かが出る」

「やめなさいよ！　この泥棒」

「うるさい！　これが一番の早道だ」

逸美の金切り声に負けじと罵り返した竜二は玄関の、ほんのかすかな物音を聞き漏らした。

忍び寄る気配を感じ、振り向こうとした時は遅かった。

首筋に凄まじい衝撃が走り、竜二は『証拠物件』を抱え込んだまま昏倒《こんとう》した。

股間も露《あら》わな姿で縛られたまま、口だけは達者《たっしゃ》な逸美は、竜二を冷たく見やった。

「馬鹿な男。自分の力を過信するとこうなるのよ。緋沙、手伝って。こいつを処分しなくちゃ」

逸美の目の前には、スタンガンを手にした緋沙がいた。

「その人を今、殺すのはやめて。例の薬を注射すれば、暫《しばら》くは大丈夫だから。私に考えがあるの」

# 第7章　断崖《だんがい》の家

姉が戻って来ない。

今まで庇護者《ひごしゃ》としての姉のいない生活など考えられない日々を過ごしてきた淳二は、ひどい不安に襲われていた。

もともと暮らしていた、あの古いアパートに戻っていると一度連絡があったきりで、それ以来、命の綱とも言える携帯が繋がらない。それがいっそうの不安を掻き立てた。

今いるこの部屋はとても豪華だ。家具もテレビも、ないものはない。……食料を除いて。

竜二も一度来たきりでその後いっこうに姿を見せない。大きな冷蔵庫の中には初めからあまり食料は入っていなかった。酒のつまみのようなものとトニックウォーターは、すぐに食べ尽くし飲み尽くしてしまった。

この数年、淳二は自分で買い物に出ることもなかったし、ここは初めての場所だ。外に出てスーパーとかコンビニに行くことなど思いつきもしなかった。あの事件で捕まってから、淳二は外の世界との接触を断っているのだ。

ただ、猫缶だけは最高級のものがあった。竜二が買い込んできて、ほれ、と放り出すように彼に渡すと逃げるように出ていったのだ。姉に気があるような胡散《うさん》臭い男は、猫が苦手らしかった。

他に食べるものはない。彼は「最高級ツナ」の猫缶を、飼い猫のギコと分け合って食べた。しかし、袋にいっぱい詰まっていた猫缶も、もう数えるほどしか残っていない。姉の携帯は依然として繋がらない。

……このまま見捨てられて、自分は猫と一緒に飢え死にするのだろうか。それは、物凄く寂しい死に方なんじゃないか……。

そんな恐怖を感じ始めていた。

猫を抱いて床に縮こまり、眠る。眠って目が覚めても、状況はまるで変わっていない。

何度目かの夜が明けたとき、淳二の携帯が鳴った。

「もしもしっ、姉ちゃんか？」

だが、息せき切って問いかけた彼に答えたのは、『水を……水をください』というあの声だった。彼らが殺してバラバラにしてしまった、あの少女の、声。忘れようとしても決して耳から去ることのない、あの声だ。

淳二は恐怖で固まった。あのテープの声？　それとも、本当にあの少女が甦って、電話してきたのか？

携帯のスピーカーから、『私が誰だか判るわよね？』という声が響いた。あの少女の声が、話しかけてきた。

恐怖に凍りつき、心臓が止まりそうなショックを感じているのに、淳二は電話を切れなかった。本当にしばらくぶりに自分以外の人間の声を聞けた安堵が、恐怖に勝っていたのだ。

『あなたに最後のチャンスをあげようと思うの。もう一度、やりなおすチャンスよ』

聞こえてくる声は恐ろしい。しかし、完全に忘れ去られ途方もない孤独の中で死んでいくよりも、このほうがいいと淳二は思った。悪意でもいい。誰かが自分に関心を持ってくれて、構って貰えるだけまだましだ。電話から流れる声が、あの少女のものでも。監禁して嬲り殺した女子高生は、とても魅力的な、まるでアニメの声優のような可愛い声の持ち主だったのだ。

『あなたはほかの男の子とは違ってた。加賀や、塩瀬や木原や下川みたいに酷いことはしなかった。黙って見てただけで、助けてくれなかったことは恨んでいるけれど……。あなたにチャンスをあげる。あなたの携帯に画像を送るから見てね』

通話は一度切れたが、メール着信のアラームが鳴った。

携帯の小さな液晶に、送られてきた画像が浮かび上がった。それは、目を閉じ倒れている明子の姿だった。それは、眠っているようでもあり、死んでいるようにも見える。

間髪を入れず、また携帯が鳴った。今度は普通の通話だ。

淳二は悲鳴のような声を上げた。

「ね、姉ちゃんを殺したのかっ！」

『殺してはいない。まだ』

「姉ちゃんを返してくれ！　頼むよっ！　姉ちゃんがいないと、おれ……おれおれ」

電話の相手は沈黙し、やがて静かに言った。

『お姉さんを助ける方法は一つ。あなたがここまで来ること。どうする？　また見殺しにする？　私のときみたいに？　あなたが来なければ、お姉さんは私と同じ目に遭うのよ。全身を殴られて、ライターオイルをかけられて火をつけられて……』

優しい声は、無惨なことを淡々と告げた。

「やめてくれ！　もう言わないでくれ！　お願いだ。あんたの言うとおりにするから。どこに……どこに行けばいいんだ？」

淳二は座り込んだ。目に涙が滲んだ。

『まず、白い服を着てきなさい。そして、どこでもいいから近くの駅に行って、そこからJRの東京駅にまず向かうの。そして外房線《そとぼう》に乗って……』

「待ってくれよ。無理だよ。おれ、遠くに行ったことないし、最近ずっと外に出たことないから……電車の乗り方なんて」

電話の声はしばらく黙った。それから、ゆっくりと、丁寧に、優しく説明しはじめた。券売機での切符の買い方から始まって電車の乗り方について。駅ではまず路線図を見て目的の駅を探すこと。必要な大体の金額。乗り換える駅の名前……。

その声を聞いているうちに、なぜか淳二は心が静まってくるような気がしていた。あの少女が攫《さら》った時の姿のまま生き返って、自分に優しく話しかけてくれているようにも思えた。

あの子とは、見張りをさせられて二人きりになった時、こうしてなごやかに話したことがあったのだ。彼女はなごやかとは思っていなかったろうけど……。

不思議にもう、あまり怖いとは思わなくなっていた。ネットの噂に怯え、見えない悪意を怖れ、「自分の番」はいつ来るのかと息を詰めていたこの数週間より、ずっとましだった。外に出るのは怖いが、それでももう、このまま目を逸らせて逃げ続けることは出来ないことは判っていた。この世で最も大切な姉を失って世間に一人で放り出されるよりは、何としても出かけていって、すべてを終わらせたほうがいい……そう思った。だが。

「待って！　猫が……猫がいるんだ。おれがいなくなると、世話をする人がいない。どうしたら」

『猫は、あなたたちが前に隠れていた秋葉原のアパートに戻って、そこに預けるといい。ソノダ・ヒサに言われた、と言えば預かってくれるはずだから』

電話の声は、さらにそのアパートへの戻り方も教えてくれた。ソノダ・ヒサって誰だよ、とぼんやりと思ったが、それはどうでもいいことだった。

『忘れないで。白い服を着てくるのよ』

淳二は、姉が置いていったわずかな所持金を全部かきあつめ、猫をバスケットに入れた。猫のトイレや缶詰を紙の手提《てさ》げ袋に詰めて、スニーカーを履いた。

息を大きく吸い込んで、思い切ってマンションの鉄扉を開けた。

昼の光と音が目と耳に飛び込んでくる。あらゆる刺激が自分を責め苛《さいな》んでいるように思える。思わず後ずさりしかけたが、後ろにあるのはもう自分を安全に守ってくれるシェルターではなく、後悔と孤独にあふれた地獄なのは判っている。

淳二は、必死に第一歩を踏み出した。

＊

大介は、逸美のマンションで意識を取り戻し、ぐったりして自分のアパートに帰った。

何があったのか逸美という女性はまるで喋らなかったし、どうして自分が彼女の部屋にいたのか判らない。しかし、彼女の着衣の乱れを考えると、竜二がかなり激しい凌辱を加えたことは明らかだ。なのに、そんな重大なことを逸美が無視しようと努《つと》めているような態度に、おおいに引っかかりを感じた。

警察沙汰にすると言い出さなかったのは有り難いとは言え、普通なら激怒して訴えてやると息巻いてもおかしくない状況なのに、どうして……。

大介自身の体にも、『凌辱疲れ』のようなものが残っていて、自分から問題にする元気は残っていなかった。

これ幸いと逃げるように帰宅して、どさりとベッドに倒れ込んだ。医者に行った覚えもないのに、腕に小さな四角い絆創膏《ばんそうこう》が貼られているのも不安だったが……疲れていたのでどうでもよくなった。

そのうちに眠り込んでしまったらしい。チャイムの音で目が覚めると、すでに翌日なのか、日が高くなっていた。大介がドアを開けると、白いトレーナーを着た見知らぬ若者が立っている。一応身綺麗にしているが、髪が長く伸び、何カ月も散髪に行っていないような感じだ。

若者は、大介と対面して、ギョッとして一瞬目を泳がせた。そして、しばらく無言で凝視《ぎょうし》した。自分の前に立っている人間が誰なのか慎重に確認している様子だ。

「あの……」

意を決したように、彼は手に持っていたバスケットと紙袋をいきなり大介に押し付けた。

「あのこれ、預かってほしいんです。えさは必ずやって。おれはもう戻ってこれないかもしれないけれど、姉が戻ってきて引き取るまで。雑種だけど、おれには大事な猫なんだ。お願いします」

バスケットの中で生き物が動く気配があった。大介はとまどった。

「どうして……僕に」

「ソノダ・ヒサさんがそうしろと言ったから」

「緋沙が？　彼女がどうして」

「僕、何も判らないんだけど、とにかく急いで千葉まで行かなきゃならないんで……じゃ、よろしく」

若者はバスケットごと猫を大介に渡した。渡しながら猫に呼びかけた。

「じゃあギコ、元気でな。幸せに暮らすんだぞ。さよなら」

身をひるがえすと、大介が呼び止める暇もなく行ってしまった。

自分にとっては初対面だが、今の彼はそうではなさそうだ。ということは、竜二の知り合いなのか？　何が起きて進行しているのだ？

大介が戸惑っていると、今度は電話が鳴った。

『私です』

思い詰めたような声は、緋沙だった。

『ずいぶん考えたの。でも、やっぱり言うべきだと思った。この間、あなたの部屋にいたあのひと……坂本明子さんとあなたはどういう関係なの？　彼女のことが好きなの？』

突然、知らない女性の名前を出されて、大介は面食らった。知らない人だよ全然、と言いかけて、悪い予感がした。

竜二だ。

坂本明子はおそらく、竜二が付き合っている女性の名前なのだ。

緋沙の声が言った。

『大介さん。あなたはどう思ってるのか判らないけど……私は、あなたのことを愛してたのよ』

それは大介も同じだ。いや、緋沙が自分のことを愛しているというなら、その百倍、自分は緋沙を愛している自信がある。

「どうしたの？　何があったの？」

『……ほら。その、何も知りませんっていうような明るい声が、どうして出せるの？』

絞り出すような恨みのこもった声だ。

『あなただけは別だと思ったのに。あなたなら、絶対に裏切らないと思ったのに』

緋沙の声は震え始めた。

「いや、ちょっと待ってよ。僕にはよく判らないんだけど……君は何のことを言ってるの?」

『彼女のことも、私、許せない。あなたの部屋に行くようになったのは私が先なのに、それを知っていて、図々しく訪ねてくるなんて! 今では、彼女の弟以上に憎いわ』

大介は、緋沙がヒステリックというかエキセントリックになった時の様子を思いだした。異様に鋭く光る眼。きつい声。強ばった表情。そして、普段とはまったく違う言葉遣い。

今の緋沙は、間違いなくその状態になっている。

大介は不安になった。今のままでは、彼女はとんでもないことをしかねない。

『あの女は間違っている。正しくないことをしているのよ! あなたも同じ。私を愛していると言いながら、平気で二股をかけるなんて。私……彼女を殺すかも』

「何を言ってるんだ! 緋沙さん、あなたは何かとんでもない思い違いをしてるよっ!」

『誤魔化さないで。あなたはあの女、坂本明子がどうなったか心配しているんでしょう? あなただけは、私をほんとうに愛してくれていると思っていたのに。裏切ったのよね』

大介は、これは絶対何かの誤解だ、会って話し合おう、きみを愛しているんだと必死に訴えた。

『……もう遅いわ。私、大変なことをしてしまったかもしれない。取り返しがつかないことを』

ただならぬ様子を感じた大介を、居てもたってもいられない不安が襲った。

「ね、今、どこにいるの？　すぐそっちに行くから。きちんと話せば、たぶん何でもないことなんだ。何も心配したり怖がったりするようなことはないんだ。きっと、何もかも、全部良くなるよ」

必死に言い聞かせる大介に答える緋沙の声は、絶望のトーンを帯びた。

『駄目なの。私。もう。これで絶対、あなたに嫌われる』

「そんなことあるわけがない。君が何をしたって、どんな人だって、君への気持ちは変わらないよ。今、どこにいるんだ？　それだけでも教えてくれ」

『……実家。ごめんなさい。もう切ります。色々と親切にしてくれて、ありがとう。本当に……』

もしもし緋沙さんっ、と必死に呼びかける大介に答えるのは無情な発信音だけだった。

落ち着け、冷静になれ、ゆっくり考えろ、と、大介は自分に言い聞かせた。

坂本明子という女性がいて、たぶん竜二と仲良くしている。それを緋沙が見て、僕が浮気というか二股かけていると思いこんだ。僕は僕だが竜二でもあるのだから、彼女が誤解したことは仕方がない。だが緋沙は、その坂本明子という女性を「殺すかも」と言った。大介には緋沙の声の思いつめた響きに只事《ただごと》ではないものを感じていた。

とにかく、誤解にしろ何にしろ、彼女が暴走して取り返しのつかないことをしてはいけない。でも、どうすればいいんだ？　あの口調では、緋沙は明子という女性と一緒にいるんだろう。しかし僕は緋沙の実家を知らない。今彼女がどこにいるのかも判らない……。なにも出来ない自分、という無力感に襲われて、大介は絶望した。

ああ、僕はこんな肝心な時に何も出来ないんだ。でも……。

その時、彼の右手が、勝手に動き始めた。痙攣というか麻痺というか脊髄《せきずい》反射というか、とにかく大介の意思とはまったく別に、右手が動いてしまうのだ。

「こら！　こんな時にっ！」

大介は自分の右腕をどんどんと叩いて、勝手な動きを封じようとした。

打撲《だぼく》の衝撃で神経の迷走が直ったという感じで、ふいに右手は正常に戻った。

落ち着くんだ、と大介は自分に言い聞かせ、以前緋沙が話していたことを思い出そうとした。

『……両親は千葉でドライブインをやっていたけれど、経営がうまくいかなくて。結局、閉めてしまったんです。今では心霊スポットみたいに言われていて、廃墟マニアのような人も始終やってくるし……困るわ』

大介は本棚から首都圏のロードマップを取り出して、千葉県のページを開いた。

その時また右腕が震え始めた。勝手に動いて、指先が房総半島をなぞるように動いている。

「ええいくそ。こんな時に！」

彼は右腕をバンバンと叩いたが、今度は効き目がなく、右手の人差し指が海岸線に沿ってひとりでに動いた。指はまるで何かを探すように勝手に動いている。薄気味悪い眺めだ。

そして、ある一点で止まり、ここだ、というように、とんとんと上下に動いた。

「勝浦？」

指が示した地点には、勝浦市浜行川という文字があった。どういうことなのか。大介が知らない情報を右手の指が教えてくれている、とでも言うのだろうか。

だが、雲をつかむような手掛かりでも、今はそれをたどるしかない。ほかには何がある？

『心霊スポット』『廃墟』……大介はパソコンをインターネットに接続し、この二つのキーワードで検索をかけてみた。

『千葉の心霊スポット』や『廃墟マニアのサイト』のような情報がすぐにヒットした。最速を誇る彼のパソコンだが、画面が表示されるまでの時間すらもどかしい。

大介が見つけた廃墟マニアのサイトにはこんな書き込みがあった。

『外房の国道一二八号線沿いにある「お化けドライブイン」も有名ですね。鴨川《かもがわ》から勝浦に向かって走っていくと、海と国道のあいだに建ってる白い建物です。トンネルとトンネルにはさまれた短い道路のところなので、気をつけてないと通り過ぎてしまうかもしれません。経営者が夜逃げしたそうで内部は何もかもそっくり残ってるそうです。特に住居部分は「凄く雰囲気があった」とのことです。でも、最近では侵入禁止の柵《さく》が作られちゃって入れません。みんな、廃墟探検は一応法律違反だし、危険なこともあるから、それも考えて楽しもうね』

心霊スポット関連でも、このドライブイン跡については数多くの書き込みがあった。

いわく、

『勝浦の国道沿いの「128」は出る』

『雨の夜は傍を通らないほうがいい』

『近くには江戸時代から有名なスポット「おせんころがし」もあって雰囲気最高』

『潰れたドライブインの経営者は首を吊ったという噂。「おせん」の祟《たた》りか』

『立入禁止になる前の「128」を探検していたら、いきなり読経の声がしてきて逃げ帰った』

などなど。

問題のドライブインは国道名から取った『128』という名前らしい。

ここだ、ここしかない、と大介は心を決めた。緋沙が言っていた条件がすべて揃っている。

緋沙を助けにいかなくてはならない。彼女がとんでもないことをしでかす前に。

大介は立ち上がって出かけようとした。

しかしその時、バスケットの中からにゃーんという声がした。

忘れていた。猫をなんとかしなくてはならない。よく判らない経緯で預けられてしまった猫だが、猫には何の罪もない。自分がいつ戻ってこれるか、いやそもそも無事に戻ってこれるかどうかも判らない以上、このままにしておくのは可哀想だ。

大介は少し考え、葉子のクリニックの番号をダイヤルした。

「お仕事中すみません。あの、僕、これから千葉に行かなくちゃならなくて」

『千葉？』

「はい。勝浦の、大きな廃墟のドライブインです。で、部屋の鍵を大家に預けるので、僕が戻ってこれない場合、部屋にいる猫の世話をしてくれる人を探してほしいんです。話がとっ散らかって済みません。でも今、急ぐので」

『ちょちょ、ちょっと待って。猫って何？　どうしてあなたが千葉に行くの？』

「時間がないので詳しく言えないんですが、僕にとって大事なある人、先生もご存じですよね、園田緋沙さん、渋谷でグループセラピーを受けていたあの人が」

『ロールプレイをしていた人ね？』

「ええ。彼女が困ったことになっているので、行かなきゃならないんです」

大介は無意識に話を早く切り上げようとしていた。緋沙が思い詰めるあまり、何か犯罪めいたことをやろうとしている可能性もある。葉子が一応、警察の側の人間である以上、詳しいことは言いたくなかった。緋沙が警察の取り調べを受ける……それは考えただけでも胸が痛かった。

だが、電話を切る前に大介はふと気になることを思いだした。

「もしもし……あの、先生、手が、右手なんですけど、勝手に動くってこと、ありますか？」

『「エイリアン・ハンド」ね。まさか……あの薬がまだ効いているなんて、そんなことは』

片方の手が持ち主の意思を無視して勝手に動く現象を『エイリアン・ハンド』と言うのだ、と葉子は言った。

『あなたが飲んだあの薬……左脳の活動を抑制して竜二さんを封じ込めたあの薬だけれど、その副作用かもしれない。すぐ私の診察を受けて。検査をして脳の活動をモニターする必要が』

「残念ですけど、今その時間はないです。では猫のこと、よろしくお願いします」

大介は電話を切り、必要最小限のことをメモに残すと部屋を飛び出そうとしたが、あることを思い出して押入を開けて奥の方からビニール袋を取り出した。中には、油紙に包まれた金属の塊がある。

これは、竜二の持ち物だ。「もしもの時の用心に、ここにもひとつくらい置いとかなきゃな」とか言いながら、時折手入れをしていた。包みを開くと、ベレッタの小型拳銃が出てきた。

もちろん、こんなものを持っているのは違法だ。人殺しの道具が自分の部屋の中にあるというだけでも嫌だった。しかし、今は、これが必要だと思った。緋沙に、取り返しのつかないことをさせないために。そして、最悪の時は、緋沙と一緒に死ぬために。

＊

浜松町《はままつちょう》駅から出る高速バスに乗れば房総は意外に近い。通行車両がまばらにしか走っていないアクアラインを渡れば一時間ほどで、海苔《のり》の養殖場と釣り舟溜まりを左右に見ながら木更津《きさらづ》に到着する。バスはそこから千葉の山中に入る。海あり山ありの千葉は変化に富んで広大だ。

森ばかりの景色が続く山の中に、突如という感じで最先端の研究所が出現し、赤い橋のある不気味なダム湖も見えてくる。

しかしバスに乗った大介に車窓からの景色を楽しむゆとりはない。緋沙のことを考えると、全身が冷たくなっていく。こうしている間にも、緋沙は取り返しのつかない何かをしてしまっているかもしれない。

……駄目なの。私。もう。これで絶対、あなたに嫌われる。

絶望に満ちた声が耳に甦るたび、大介の心臓も早鐘《はやがね》のように打った。バスが停車するたびに、イライラと時計の秒針を覗き込まずにはいられない。

彼女は病気なんだ。自分のしていることが判らないんだ。僕が傍にいてあげなければ……。

やがて道路はなだらかな下りになり、ようやく前方に海が見えた。広々とした平野が開けてくると、そこは安房《あわ》鴨川だった。

一方、淳二は、慣れない電車に乗ろうと苦労していた。靴を履いて遠出をすることなど長い間なかったから、足が痛んだ。何より長期にわたる引きこもりで、全身の筋肉が衰《おとろ》えてしまっていた。人よりずっと遅くしか歩けないのに息が切れ、足は鉛《なまり》のように重かった。

淳二はパニックになりかけていた。誰かと目があうたびに、自分のことを知られているのではないか、あいつは人殺しだと指差されるのではないかという恐怖に襲われた。人に近付きすぎないように、絶対誰にもぶつからないようにと神経を使って歩くだけでも、死にそうに疲れた。

ようやく切符売り場にたどりついたが、券売機の使い方がよく判らない。電話の彼女は丁寧に教えてくれたけれど、聞くのとやるのとではまるで違う。

まごまごしていると、突然おばさんが話しかけてきた。

「あんた、外国の人？　切符どこまで？　ウェアー・アーユーゴーイン？」

こなれた発音が、典型的な中年おばさんの外見とミスマッチだ。

「あー、勝浦」

思わず単語で答えた淳二を、英会話を習っているらしきおばさんは日本語が不自由な日系人と思いこんだようで、頼みもしないのに目的地までの切符を買ってくれた。

何がなんだか判らないが、自分が親切にされたらしいことは理解出来た。外の世界が、少し怖くなくなって、気のせいか足も軽くなった。

黄色い電車で千葉まで行ったが、内房線・外房線・成田《なりた》線・総武《そうぶ》線が集まり入り乱れる千葉駅での乗り換えがさっぱり判らない。とにかく東京と反対方面に行くのに乗ればいいんだと思って、発車間際の電車に飛び乗った。

本千葉《ほんちば》を過ぎ蘇我《そが》を過ぎた。勝浦に行くには遠回りの内房線に乗ってしまったのだが、地理に無知な淳二はそれすら判らなかった。

車窓からは林立するコンビナートが見えていたが、やがて電車は切り立った山のふもとを縫《ぬ》い、海を見はるかしながら走るようになった。のどかな漁港や海岸線が車窓に現れる。

窓の外の光る緑がまぶしい。行く手には次々と、海に突き出た岬が現れる。

今まで、光といえば閉め切った部屋の中の蛍光灯しか感じていなかった彼の目には、太陽の光がとても眩《まばゆ》く、新鮮だった。その陽光に照らされて青く澄《す》み渡る大空と、広々とした海。木々の緑も鮮やかで、外の世界はこんなにも美しいのか、と息が詰まった。

が……この世の中が美しいものだけではないことは、淳二が一番良く知っている。彼は今、自分の中の醜い部分、いやおそらくは自分自身を葬《ほうむ》り去るための場所に向かっているのだ。

やがて電車は、終点の安房鴨川駅に到着した。

電話で指示されたとおりに携帯の電源をオンにすると、待っていたかのようにコール音が響いた。

『着いたのね。よくやったわ。褒めてあげる』

電話の向こうの声は相変わらず優しかった。

『駅前からバスに乗って。日東《にっとう》バスの太海《ふとみ》興津《おきつ》線にね。興津駅行きね』

降りる停留所も指示された。

時刻はすでに夕方になっていた。

淳二とほとんど間を置かずに鴨川に到着した大介は、客待ちしていたタクシーに転がるように乗り込んだ。

「あの、潰れた行川アイランドの手前に、『128』っていうわりと大きめのドライブインがありますよね？　そこまで。すみませんけど、なるべく急いでください」

大介が告げた行き先を聞いた運転手は、ぎょっとした様子で振り返った。

「どうしてあそこに行くんです？　お客さん。あそこは廃墟ですよ。それにもう陽も落ちるし」

「ええ。だから大急ぎで」

「行きますよ。行きますけど……」

中年の運転手は車を出しながらぼやいた。

「お客さん、まさか幽霊の仲間なんてことはないでしょうね。いや、そうじゃなくても、あそこを探検するんだとかいって、ちょっと見てくるだけだから待っててとか言われて、待てども待てどもいっこうに戻ってこないお客さんを何度か乗せてるんで」

こうしている間にも、と気が気ではない大介は数千円取り出すと運転手の目の前に差し出した。

「お金ならあるんです。なんなら多めに先払いしてもいいです。お願いですから大至急」

「悪いね。いやあそこはね、とかく噂のある場所でね。昼間はともかく夜は行きたくないんだよね。雨の夜とかにさ、ドライブインの前の道路に中年の夫婦者みたいな人影が、ぼーんやりと白く浮かんで見えたりね、ヘッドライトが当たるとそこにはもう誰もいないのさ。こういうの、仲間うちで大勢見てるんだ。わたしも実は」

　そう言って運転手は落語の怪談噺《ばなし》に出てくる人物のように大袈裟に身震いした。

　海に沿ったドライブウェイをタクシーは快走した。昼間の、天気のいい日に走ったら、そしてこんな目的でのドライブでなければ、きっと最高の眺めだろう。しかし大介には西陽に映える山々の緑も、眼下に広がる大海原の青さも目に入らない。うねうねと蛇行《だこう》する国道のカーブまでが、緋沙のもとへと急ぐ彼を引き止める罠《わな》のように思えた。もっと急いでください、と言いたい気持ちをようやく我慢した。そんなにスピードの出せる道ではない。

　やがて道はだんだんと山の中に入っていった。峠《とうげ》を越える気配だ。

「お客さん。もしもあのドライブインに入るつもりなら、表の国道からはダメです。柵があって閉鎖されてるから。裏の、海沿いの、崖の上の道から行かなければ」

「じゃあ、そうして貰えますか」

だが、その『海沿いの道』に入る前に、タクシーは止まってしまった。そこは建物も人の気配もない、文字どおり人里離れた寂しいところだ。国道トンネルの脇に、細くて寂しい道の入り口があった。

「悪いけど、ここで勘弁してください。ここから先は道が悪くて、もうすぐ夜になろうっていうのに、危なくて行けません。なんせこの先は街灯もないんだから」

それでも行くのか、と大介の決意を試すように運転手は彼を見た。

「……これを貸してあげましょう」

運転手は、グローブボックスから懐中電灯を取り出して大介に手渡した。

「用事が済んだら駅前の営業所に返しておいてくれればいいから。乗せた客が不帰の客になったってのは気分が悪いからね」

大介は、深呼吸して、覚悟を決めざるを得なかった。

指定された停留所で淳二がバスを降りた時には、あたりには夕闇が迫っていた。人里離れた寂しい場所で、人家の灯りもない。頼れるのは昇り始めた月の光だけだ。

携帯が鳴った。

『バスを降りた？　国道の、トンネルの脇に細い道があるでしょう？　脇道みたいな。そこを通ってきなさい。一本道だから迷うことはないわ』

彼は言われるままに狭い脇道に入っていった。

ただでさえ人の気配のない寂しい場所なのに、この細い道はまるで魔界への入り口のようだ。前方に小鳥のつがいが羽根を休めていたが、人がやって来たので慌てふためいて不格好に飛び上がった。滅多に人が足を踏み入れない、ということを証明しているような慌て方だった。

その鳥の姿は予兆だった。

道はどんどん細くなっていき、やがて舗装すらされていない砂利道《じゃりみち》になった。それも、車の轍《わだち》以外は雑草に覆われている。左には山肌が迫り、右側は切り立った崖だ。左の山塊の中を、国道のトンネルが通っているのだろう。この脇道は急な山肌を削って無理に道を通した格好で、道の遥か下には海がある。どどーんという波濤《はとう》の響きが聞こえてくる。ガードレールはあるが、錆《さ》びた支柱を支える土台はひび割れていて、今にもぽろりともげてしまいそうだ。しかも崩落危険の標識まで立っている。

歩けば歩くほど、人里から離れていく。聞こえるのは、遥か下の波の音だけだ。山肌にへばりつくように走っている道の脇には、もちろん何もない。前方にも道が続いているだけで、人家どころか小屋すら見えない。

このままずっと崖が続いて、完全な夜になってしまったら……そう考えると、淳二の足は震え、先に進めなくなってきた。

と、その時、また携帯が鳴った。無人島に流されたような恐怖を味わっていた彼は、相手が誰でも……たとえこの世のものではなくても、話せるだけで嬉しかった。

『「崩落危険」の看板は過ぎた？　その先に、海に突き出た崖があるでしょう？』

「暗くてよく見えないんだ……」

『よく見て。月が出てるんだから見えるはず』

淳二が目を凝らすと、たしかに、ひときわ海に突き出た岩鼻が右前方にあった。

『見つけた？　じゃあガードレールを乗り越えて、その上に立って』

「……どうして？」

『怖いの？　怖いんでしょう？　怖いから理由を聞くんでしょう？』

その声には嘲りがあった。

淳二は、必死の思いでガードレールを乗り越え、恐怖を抑えて、その突起部分に進もうとした。

周囲に遮る物のない、海に突き出た吹きっさらしだ。風が強い。その中には波しぶきも混じっている。足下が崩れることはないだろうが、腰を低くして進まないと突風によろけて、数十メートル下の太平洋に真っ逆様《まっさかさま》に落ちてしまいそうだ。

やっとの思いで先端の部分にたどり着いた。

『そんなへっぴり腰じゃなくて。きちんと立つのよ』

何処かから見ているのか？　という疑問を感じるより先に背筋を伸ばそうとした時、突風が吹いた。思わずよろけて下を見ると、遥か下には岩場と、逆巻く波があった。

暗闇の中に、波濤が白く、誘うように蠢いている。

それを見た淳二は、目が眩んで一瞬気が遠くなった。

……ここから飛び降りてしまえ、と言われるのではないか、と淳二は激しく恐怖した。

だが落ち着くと、数百メートル離れた前方のやはり断崖の上に、白い大きな建物があるのが見えた。この道に入ってから初めて見る『人家』だった。すでに辺りは夜のとばりが下りて、月光だけでは建物のディティールまではよく判らない。それでも崖から海に突きだした、展望台のような場所があることだけは判った。そしてそこに人影のようなものが動いているのも。

『あなたが一人なのは判った。そこにずっと立って、次の指示を待って。携帯を発信したりしては駄目よ。あなたの姿がこちらからは見えるから、変な気を起こさないで』

携帯から声がした。が、声はそれっきりで途切れ、沈黙してしまった。

完全に夜になった。明かりは月光だけ。人影はまったくなく、潮騒《しおさい》の音だけが無気味に響いている。見えるものは海上の漁船の灯と、遠くの岬のふもとに見える灯りだけだ。

ずいぶん待たされた。次の指示はいっこうに来ない。だが、淳二には待つことしか出来なかった。

逃げようとも立ち去ろうとも思わなかった。もうすぐ人生が終わるというのに、あまり感慨《かんがい》はなかった。どうせ失敗ばかりのでき損ない人生なんだから、さっさとリセットしたい。

ずいぶん待って、ようやく携帯が鳴った。

『あなたの立っているところから、白い建物が見えるでしょう？ そこに、一人で来てね』

淳二はガードレールをまた乗り越え、両側を雑草に覆われた狭い道に戻った。

取りあえず飛び込めとは言われなかった、そう思うと足がガクガク震えて、ガードレールにつかまらないと、立っていられなかった。

ここまででもう、一生分の冒険をしてしまった気分の淳二は、腰が抜けそうになってぜいぜいと荒い息をついた。

「君……」

出し抜けに声を掛けられて、淳二は口から心臓が飛び出しそうになった。

振り返るとそこには、あの男がいた。数時間前に猫を預けた、あの男だ。

「どうしてあんたがここにいるんだよ。猫のこと、頼んだろ？」

「猫は大丈夫だよ。安心しろよ。だけど、君こそ、どうしてここに？」

「姉ちゃんが人質になっているんだよ。おれが行かないと姉ちゃんは殺される。ひとりじゃないと駄目だって言われた。邪魔しないでくれ。姉ちゃんが死んじゃうんだ」

「言われたって、園田緋沙ってひとにか?」

「知らないよ。電話の女だ」

「園田緋沙に猫を預けてこいと言われたんだろう?」

　そこまで言っても淳二の反応は鈍い。いろんなことが起きて訳が判らなくなっているのだろうか。

　とにかく判ったことは、緋沙がこの若者の姉を人質にとって殺そうとしているという、最悪の想像が現実になったということだ。大介は腹をくくるしかなかった。

「その、人質になっている君の姉さんの名前が、坂本明子、なんだね」

「そうだよ! なに判りきったこと聞いてんだよ。けど、電話の女は『ここからそっちが見える』とか言ってたんだ。帰ってくれよ、あんた。二人いるのがバレたら姉ちゃんが殺されるだろ!」

　不安のあまり、淳二は大介にむしゃぶりついてきた。

「冷静になれ! この道はカーブしてて前が見えないだろ。だから彼女は君をあの岩鼻に立たせたんだ。あそこは飛び出してるから向こうからはよく見えるんだろう。でも、ここは大丈夫だ」

　大介は、淳二の肩を摑んで山肌に押し当てた。彼はやっと落ち着いた。

やはり緋沙は、とんでもない誤解かいわれのない嫉妬で、坂本明子という女性に危害を加えようとしているのだ。

大介は、なんとしても緋沙を説得して誤解を解き、彼女に罪を犯させないためには、自分が行くしかないと決心した。緋沙が明子を憎んでいるとすれば、それは自分のせいなのだ。が、それには、この弟が邪魔になる。緋沙は、この若者にも危害を加えようとするかもしれない。

大介は、山肌に手を突いて涙ぐみぜいぜいと荒い息をしている淳二をじっと見た。完全に油断して隙だらけだ。

「悪いっ!」

淳二の鳩尾《みぞおち》に思い切り拳をたたき込んだ。大介には腕力もないし暴力にはまったく不慣れだが、引きこもっている間に体力がすっかり衰えてしまった若者は、あっけないほど簡単に崩れ落ちた。

大介は若者の白いトレーナーを脱がせて頭からかぶると、この先にあるというドライブインに向かって歩き出した。そこに、緋沙がいるのだ。

しばらく歩いてカーブを曲がると、大きな建物が見えてきた。

崖にへばりつくように建っている。海側に大きく張り出したバルコニー。その下にはガラス張りの展望レストラン。さらにその下の階は、白いコンクリートに普通の窓がいくつか開いている。厨房《ちゅうぼう》か居住部分なのだろう。今いる狭い脇道に向かって、小さな通用口が開いている。

展望レストランと、さらにその上のバルコニーに通じる、錆びた非常階段もある。

こちらから見た、建物の裏側が国道なのだろう。急峻《きゅうしゅん》な山肌にしがみつき、進退きわまったように建っている姿がどこか不吉だ。大介は風水など信じないし知識もないが、なんとなくそういう教えは当たってるんじゃないかと思えたほどだ。

その建物が目的のドライブインのようだ。しかし看板は錆びて朽《く》ち果てている。白い塗装も、ところどころコンクリートの地肌が剥き出しになり、窓ガラスはすべて割られ、入り口にはベニヤが打ち付けられている。

建物の死体。廃墟だ。それも海風のせいで傷《いた》みが進行していて、ちょっと押せば崩れ落ちてしまいそうだ。

「ここだ……」

ネオン管があったとおぼしき窪《くぼ》みをよく見ると、『ドライブイン128』と読める。

大介は、一階の通用口から、朽ち果てたドライブインの中に入ろうとした。

上から伸びる非常階段の陰に、金属バンドで留められたプロパンガスのボンベがあり、その横に鉄製の錆びたドアがあった。以前は厨房で使う食材の仕込みをしたり、タオル類を干すため従業員が出入りするのに使われていた扉なのだろう。

がりがりと音をさせてドアノブが回り、ぎぎぎと骨が擦れるような不気味な音を立てて開いた。

南国風のリゾートを模したドライブインらしく、窓が大きいので外の月光がふんだんに入る。だから廃墟の中は案外明るい。

ガラスをぱきぱきと踏み割りながら、ゆっくりと足を進める。

そこは、厨房だった。ステンレス製の調理台や冷蔵庫が並んでいる。うぃーんと微かに唸《うな》る音がするのは気のせいか。床には割れた食器が散乱している。

そこを抜けると、表の国道に面している正面入り口だった。だが両開きの扉は厳重に打ち付けられている。国道に降りる階段が高い柵でブロックされている様子が、窓の隙間から見えた。

二階に上がる螺旋《らせん》階段があった。きっと当時はこの螺旋階段もオシャレだったのだろう。

二階は展望レストランだ。

広いフロアはがらんとしていて、文字どおり荒涼《こうりょう》としている。昔からの大衆食堂にあるような粗末なテーブルに、パイプ椅子同然の粗末な椅子がいくつか残されているだけだ。今のファミレスがいかに豪華かということが判るようなインテリアだ。

窓からの眺めは、一面月光に照らされた海だ。レストランの壁ぎわに『展望台へ』という表示と階段がある。屋上の一部が海に向かって大きく張り出している様子が窓からも見えた。

庇《ひさし》になっているその部分が、射し込む月光で影をつくっている。

また一階に下りて、厨房からいったん外に出てみた。すると棟続きにまた別の入り口があった。

ここの経営者、つまり緋沙の一家が住んでいた居住部分らしい。

南欧調の白亜の入り口。玄関前に椰子《やし》でも揺れていれば、もっとムードが出たろう。

この中に緋沙とその人質が居るのではないかと思うと、踏み込もうとする足が震えた。

ドアは、壊れていた。引くと、あっけなく開いた。

その中には、息が詰まるほどの生活の匂いが残っていた。廃墟だというのに、数日前に泥棒に荒らされた、という程度だった。ドライブインの経営が立ちゆかなくなって夜逃げしたとはいうけれど、ほんとうに何もかも捨てて大急ぎで逃げ出したという雰囲気だ。

家財道具はほとんど揃っている。色は褪《あ》せてもきちんと吊られたカーテンや、ひっくり返っている花柄のソファが、何とも言えない哀感をそそる。

リビング、和室、とあって、奥には可愛い子供部屋があった。小さな勉強机にベッド。赤系統でまとめられたインテリアは、女の子の香りが漂っているようだ。

……ここが、緋沙の部屋だったのか？

アンティークドールや日本人形、大きなぬいぐるみが並んでいる。どれもが埃《ほこり》を被って薄汚れているのが、なんとも無惨で恨めしそうだ。

黄ばんだレースのカバーがかかったベッドやアップライト・ピアノもある。その上には、バレエやピアノの発表会らしき写真が飾られたままだ。

緋沙の面影のある小さな女の子が、フリルやレースの一杯ついた豪華なドレスを着せられて写っていた。とても可愛いが、その笑顔がどことなく大人のようで不自然だ。なにか大きな不幸を笑顔で包み隠している痛々しさのようなものを感じてしまうのだ。

懐中電灯で照らしながら、大介は家の中をさらに探索した。

目の前に浴室らしいガラスドアが現れた。

開いた途端、黒い不気味なものが目に飛び込んできた。上から降ってきて彼めがけて襲いかかろうとしている！　と見えたものは、天井から剝げて垂れ下がった防水壁紙だった。いたるところが真っ黒なカビに覆われ、不気味な模様を描いている。

懐中電灯の狭い光の束に照らし出されると何でも恐ろしく見えてしまう。怖がることはないんだ、と大介は無理に笑おうとした。

が、その笑みが凍り付いた。

床に向けた灯りが、何枚もの光沢のある紙片を照らし出していた。撒き散らされたばかりのようなポラロイド写真だ。一枚を取り上げてみると、それは、先ほどの部屋にあった写真の幼女の、全裸の姿だった。

幼女の頃の緋沙が、全裸で写っている。

大介は信じられない思いで散乱した写真を拾い上げ、食い入るように見ていった。

その背景は、今大介がいるこの浴室だが、もちろんこんな廃墟ではなく、建ったばかりのようなきれいな状態だ。だが、親が可愛さのあまり子供の入浴写真を撮ったものとは思えないのは、幼女がすべて不自然なポーズで写っているからだ。

カメラマンの邪悪な意図は明らかだった。くっきりと写っている局部の縦筋が痛々しい。

写真を撮られている幼い緋沙は、やはり発表会のときと同じ笑みを浮かべているが、その表情はさらに強ばり、幼いながらに怯えと罪の意識が露わだ。

「なんてことだ……」

目も眩むような怒りが湧いてきて、大介は呻き声をあげた。この写真を撮った人物に対する激しい怒りと、緋沙へのどうしようもない憐《あわ》れみで、胸が刺されるように痛んだ。

十数年前、廃墟になる前のこの家で、人知れず行なわれていたこと……。

この家の浴室で、こういう写真を撮ることの出来る人物は限られているだろう。

この家を見る限り、幸せそうな一家の生活が、突然断絶されたような印象を持っていたのだが、それは完全に一変した。住んでいた人間の『ぬくもり』や『思い』と感じられたものも、今は偽善と邪悪に満ちているとしか思えなかった。

「！」

小さな女の子の泣き声が聞こえたような気がした。大介はどきっとして振り返った。しかし、背後には誰もいない。

来るべき場所は、ここではなかったのではないか。

そう思いつつ、大介はもう一度ドライブインの通用口に戻った。

さっきは、廃墟が持つ恐ろしさに圧倒されてしまい、細かく見ていない場所がたくさんあった。

厨房とレストラン以外にも、これだけ広い建物だから、いろんな部屋があるはずだ。土産物コーナーとかゲームセンターだってあったはずだ。それに、従業員控え室とか社長室とか……。

彼はドアというドアを丹念に開けて見ていった。

さっき一度は見た厨房にもう一度足を踏み入れると、業務用冷凍庫のステンレスの扉が、懐中電灯の光を鈍く反射した。

そのとき突然、地の底から湧き上がるような、無気味な音が聞こえてきた。それはあたかも低い読経の声のようだ。

真っ暗な廃墟に響く、読経の声……。

大介はぞっとして、足が竦《すく》んでしまった。だが、その恐怖の謎はあっけなく解けた。冷凍庫のコンプレッサーが作動したのだ。

なんだ、とほっとした大介だが、次の瞬間、疑問を感じた。なぜ、この真っ暗闇の廃墟の中で、冷凍庫だけが生きているのだ？

さらに何かを引っ搔くような弱々しい音も微かに聞こえてきた。それは、まるで埋葬《まいそう》のあと生き返った「死人」が棺《ひつぎ》から出ようと、必死でもがいているような音に聞こえた。それも、冷凍庫の中から聞こえてくるようだ。

大介は、ステンレスの扉の前に立った。

＊

葉子は、日本橋のクリニックでの診察を中止して、今日の予定をすべてキャンセルした。

悪い予感がしていた。大介が自分の意思で女性と付き合うのは悪いことではないが、あの園田緋沙という女性は危険だ……そんな気がした。そして、大介は詳しい行き先も告げず、緋沙のもとに駆けつけるという。とりあえず大介のアパートに行ってみようと思った。

「先生。患者さんにキャンセルの連絡をしたら激怒されたんですけど……」

受付担当のアシスタントが泣きそうな顔で言った。

「ああ、若木《わかぎ》さんね」

間欠性激怒障害の患者だ。

「処方箋《しょほうせん》だけ出しておくわ。怒った勢いで何かしでかしてもいけないから、東大病院の貫《ぬく》井《い》先生に連絡しておいて。私はちょっと今日は戻れないと思うから」

先生待ってくださいと悲鳴のような声を出す彼女を置いて、葉子は秋葉原に向かった。

大家に鍵を借りて大介の部屋に入ると、彼が電話で言ったとおりに猫がいた。

テーブルの上には書き置きのメモもあった。だがそれは途中で筆跡が変わり、大介の丁寧な字が汚い殴り書きになっている。このひどい筆跡は竜二のものだろう。

例の薬で抑制されているはずの竜二がどうして字を書けたのか……と首をひねりながら、葉子はそのメモを読んだ。

『猫のこと、よろしくお願いします。浅倉大介』の「介」の字から突然筆跡が乱れ、竜二の文章になっている。

『大……介が危ない。つーことはおれもヤバい。助けてやってくれ先生。園田緋沙が坂本明子を人質に取った。弟の淳二をおびき寄せるためだ。下手すると全員殺される。大介にはそれが判ってない。急いでくれ。やつはどうでもいいが、おれの身体と、そして明子を助けてくれ。行き先は千葉県勝浦市の国道一二八号線沿いの廃墟。通称お化けドライブイン』

葉子は動物愛護ボランティアをやっている知人に連絡して猫の世話を頼み、自分も千葉に向かおうとした。そこで携帯に連絡が入った。菅原からだった。

『一橋先生か。ときに、先生の患者のあの悪党、沢竜二ってやつの居所が知りたいんだが……何度かけても携帯がつながらん』

「沢さんが何か？」

『いや、話すとややこしいんだが、あの静岡・磐田の下川雄一殺しの犯人が割れそうだ。凶器に使われた髪の毛の主が判ったんだよ。やはり、藤崎由布子さんの遺髪だった。警察に残っていた彼女の髪の毛と照合したんだが、たった今、鑑識から両方のサンプルが一致したと連絡があった』

「では、由布子さんのご実家にあったほうの髪の毛は」

『さあそこだ。おれがこの前藤崎さん宅から失敬してきた髪の毛は、由布子さんの遺髪ではなく園田緋沙って女のものだった。これで判ってきたろ』

「園田緋沙？　まさか……それでは一連の殺人の犯人も……」

『藤崎さん宅に行った園田緋沙は言葉巧みに自分の髪の毛と由布子さんの遺髪をすり替えて、凶器に使ったんだ。で、園田って女のことを教えてくれたのがあの沢の旦那《だんな》だから、任意で調書取らなくちゃならないんでな』

ばらばらだった情報が集まって全体像が見えた。だが、それは竜二と大介が現在置かれている状況がきわめて危険なものであることを示している。

「菅原さん、調書書いてる場合じゃないわ。大至急、千葉県警に出動を要請出来ないかしら？　後で詳しく説明しますけど、園田緋沙という女性は現在おそらく勝浦市郊外のドライブイン跡にいて、しかもさらに他人に危害を加える可能性があるんです」

『すぐには無理だ。色々と手続きがいるし、間に入る警察庁がどうもネックでな……というのも実は、鑑識への依頼はおれがプライベートに頼んだもので、下川殺しの犯人とその女を結びつける証拠は今現在、公式には存在しないんだ。これじゃ家宅捜索の令状はすぐには取れない』

「なんでまたそんな手際の悪い……」

『判ってるさ。でもな先生。おれの永年のカンで、この件はまともに行くと上からの圧力で潰されるって気がしてるんだ。だから非公式ルートを使ったのさ。どういう意味かは判るよな？』

菅原が監察官の添島のことを言っているのは、葉子にも判る。添島は、一連の殺人が連続殺人であるということを認めたくないのだ。だがその「添島の意図」は、警察上層部の方針なのか、添島の個人的なものなのか、よく判らないところがある。葉子を会議から締め出した辺りから雲行きが怪しくなり、急に神経質になったように思われ、それが気になるのだ。

『だからまず、ぐうの音も出ないような証拠を脇から固めて、と思ったんだが……どうやら裏目に出ちまったな』

「とにかく時間がない。このままでは、ますます犠牲者が増えてしまう。……菅原さん、一緒に千葉まで行っていただけますよね？」

警察が動かないのなら、自分たちで出来るかぎりのことをするしかない。

菅原を車で拾う場所を打ち合わせ、葉子は携帯を切った。

＊

がたん、という音がして明子は意識を取り戻した。暗闇の中で、低いモーターの回転音のようなものが聞こえていた。

秋葉原の隠れ家から自宅アパートに戻ったあと、自転車で遠くのディスカウントショップまで買い出しに出かけた。人通りの少ない住宅街を走っていたところで車が近づいてきた。運転していた女性に声をかけられ、道を聞かれたことは覚えている。澄んだきれいな声の女性だった。その女性が窓から地図らしきものを差し出すので、自転車のスタンドを立て、運転席の窓に歩み寄った。そこで腕に衝撃が走り、あとは何も判らなくなったのだ。

自分は死んでしまったのだろうか、と明子は思った。周囲は真っ暗闇で、しかも肌を刺すほどの冷気が染み入ってくる。空気が薄いような気がして呼吸が苦しい。いや、それ以前に、息を吸い込むたびに、喉から肺の奥までが冷気で凍りつくようだ。

膝を曲げて抱え込むような姿勢で、狭いところに押し込まれている。隣にもうしろにも何かがある。おそろしく冷たく、硬いものだ。触れると指先に濡れる感触がある。細かい霜《しも》の粒が溶けているのだ、と思った。冷凍室から取り出した直後の、鶏肉の感触に似ている。なおもまさぐると、いくつかに枝分かれした、細い棒のようなものがあった。

これは……指？……まさか？　私もこんなふうに冷凍されて……。

そう思った途端に恐怖で叫び出しそうになったが、凍りつく冷気で声も出ない。

私は死んでいくのか。いや、もう死んでいるのかもしれない。これが地獄というものなのかもしれない。でもなぜ、私が……。

原因は一つしか考えられなかった。弟たちがしたことだ。弟たちが嬲り殺しにしたあの少女は、もっともっとおぞましく、怖く苦しい果てに、どうして自分がこういう目に遭うのかも判らないままに死んでいったのだろう。

弟……淳ちゃんは、どうなるのだろうか、と明子ははっと我に返った。自分は死ぬわけにはいかない。

弟の姿、誰もいない部屋で縮こまり、起き上がる気力さえなく、餓えて食べるものもないまま、死を待つ弟の姿が、明子の脳裏《のうり》にはっきり浮かんだ。そしてその周りをぐるぐる回る、猫の悲しげな鳴き声も聞こえたような気がした。

痛いほどの冷たさと、薄くなるばかりの空気、真の闇……明子は必死に気力をふりしぼり、あたりをさぐった。前も天井も横も、すべすべした壁だ。どこかに出口はないか、扉を開ける取っ手かスイッチのようなものはないか……明子は夢中でまさぐった。しかし、明子が押し込められている小さな空間には、隙間も出口もなかった。

息苦しさが募ってゆく。明子は泣いた。狭いアパートでの、先の見えない毎日。重荷になるしかないと思っていた弟。でも、そんな日々でも、未来なんかなくても、そこに戻りたかった。生きている人間の気配と、光と空気があり、猫がいる毎日に。

もはや手指の先には感覚がなかった。

気がつくと明子は泣きながら目の前の冷たい壁を叩いていた。「お願い……助けて」と何度も繰り返しながら。

突然、壁の一角がごとりと音を立てて動いた。暖かな空気が吹き込んで、目に一条の光が差した。だが、その光で隣にいた『もの』を見た途端、明子は失神した。

大介は、冷凍庫の扉の前で立ちすくんでいた。

中を確かめなければならないが、開けるのが怖い。その時、がたんと音がして、コンプレッサーの回転が止まった。すると、彼の耳に、微かな「助けて……」という声が聞こえた。

ためらっている場合ではなかった。大介は扉に歩みより、レバーに手をかけた。

床から八十センチぐらいの高さにある重い扉を、力一杯引っ張った。

冷気が噴き出し、凍りついた水滴が引き剝がされるめきめきっという音とともに扉が開いた。

そして、嵩《かさ》のある物体がなだれ落ちてきた。

「うわあああっ！」

大介は飛びのいた。そして、床にごろんと転がった物体を見て、再度絶叫した。

その『もの』は茶色に変色して干からび、一面に細かい霜で覆われていた。だが、水分を完全に奪われおぞましい姿に変わり果てていても、それは『人の形』をしていた。頭の部分には目や鼻や口があることもはっきり見てとれた。

冷凍されてミイラ化した……人の死体？

大介は腰を抜かしかけたが、冷凍庫の中に、まだ何かがあるのが見えた。上半身をぐったりと垂らしたまま動かない。こちらは衣服らしきものを着ていて、茶色くもなかったし、霜も吹いていなかった。髪の毛が逆さに垂れ下がって揺れている。

「大丈夫ですかっ」

恐怖が吹き飛び、大介は夢中になってその人体を引っ張り出そうとした。だが、引っ掛かっているのか中々出てこない。両脇の下に腕を差し込むと、「それ」には体温もあった。まだ生きている！

大介が必死にもう一度引っ張ると、その躰は急にこちらに倒れ込んできた。大介はたたらを踏んだが、その柔らかい躰のあとにずるずるとくっついて来たものを見て、今度は完全に腰を抜かし、倒れてしまった。

仰向けに倒れた大介の上に、トレーナー姿の女性が重なるように落ちてきた。

そしてその女性の顔のすぐうしろから、おぞましい茶色の、カラカラに乾いたもう一体のミイラが、大介に顔をくっつけんばかりに迫っていた。

「たっ助けてっ！」

何度も何度も悲鳴をあげて、ようやく恐怖がおさまった。

ミイラはただじっと、物体のような目鼻立ちを晒しているだけだ。

大介はようやく二つの人体の下から這い出して、生きているほうに声をかけた。

「もしもし……もしもし、大丈夫ですか？」

顔を覆っていた髪の毛をかきわけて話しかけた。その皮膚は冷たく、意識はないが、息はしている。大介はほっとしたが、彼女のその顔だちに心を惹かれた。見知らぬ女だったが、ひどく懐かしい感じがしたのだ。

これが、坂本明子という女性なのか……。

冷え切った彼女を抱き起こそうとしたとき、背後から声が響いた。

「やっぱり、その女を助けに来たのね？　その女のことが好きなのね？」

大介が振り返ると、暗闇の中に緋沙が立っていた。

*

東京を出るのは大介より遅れたが、葉子の運転するサーブは首都高からアクアラインを抜けて館山《たてやま》道、と勝浦に向けて快走していた。車の屋根にパトランプこそなかったが、路肩を走行して止められても菅原の警察手帳が威力を発揮した。

「公式捜査ができないってのは辛いな。本来ならヘリでひとっ飛びか、パトカーで一般車を蹴散らしてってところなんだが」

しかし葉子のサーブは南房総を横断して鴨川に出、国道一二八号線を順調に走った。

可能な限り急いだが、すっかり陽は落ちて夜の闇が迫ってきた。

菅原は携帯で千葉県警に連絡を取り、応援を要請するとともに必要な情報を掻き集めていた。

「例の廃墟ドライブインだが、地元警察によると、正面玄関のある国道側からは入れないらしい。廃墟マニア避けに、厳重に柵がされているんだと。裏から行こう」

「了解です」

「それと……『128』ってドライブインは二年前に経営をやめている。同業者や近くの人の話では、経営者の一家三人もその後、夜逃げ同然に失踪したってことになっているが、不思議なことに、電気代だけが今も支払われているというんだな」

「電気代だけが？」

「そう。契約解除するのを忘れて引き落とされ続けているってのもへんな話だろ。水道は契約解除されているのに、電気だけはずーっと生きてるんだと」

車は、例のトンネルと脇道の分岐点に辿り着いた。

「この道だ。先生、頼むよ」

菅原はいとも簡単に指さしたが、ヘッドライトに照らし出されたその道は細く狭くて、とても車が入れるようには見えない。

「この道じゃなきゃいけませんか？　せめて、歩いていくとか」

葉子は難色を示した。

「ほかに道はない。それに、おれのカンでは急いだほうがいいと思う。先生、強行突破してくれ」

急がなければならないことは葉子も判っていた。普段は慎重な彼女だが、ええいままよ、と海側にハンドルを切り、アクセルを踏み込んだ。

車体の底が雑草にこすれ、砂利道の凹凸を拾う嫌な音がする。道幅は狭くなる一方のようだ。

我慢しながら数百メートル進んだところで、突然、行く手をさえぎるように二羽の鳥がライトの光に浮かび上がり、舞い上がった。

道の脇にある草むらから驚いて飛び立ったのだが、その色は夜目にも鮮やかなブルーだった。

「あんな鳥まで……あれはルリカケスかイソヒヨドリか……とにかく人里離れた場所に営巣する鳥ですよね？　菅原さん、この道やっぱり人なんか通らないんだと思う。戻るか、車を捨てて歩きましょう」

だが菅原は前方を見つめたまま言った。

「このまま行ってくれ」

嫌な予感に耐えて葉子は車を進めたが、事態はさらに悪化した。道はますます細くなり路面の状態も最悪になり、ついにガードレールさえなくなってしまったのだ。

カーブを曲がろうとした拍子に、がくんと衝撃があり、車の右側が大きく沈み込んだ。

「だ……脱輪しました。右側ですよ。海の側です」

左ハンドルなので葉子は自分の側のドアを開け、そろそろと車から降りた。たちまち激しく吹きつける風の音と、遥か断崖の下から響いてくる潮騒が二人の耳を打った。

車の様子を見に右の助手席側から身を乗り出した菅原は、慌てて体を引っ込めた。

「先生。こりゃいけねえよ。昔の映画でニトログリセリンを運ぶトラックが崖から落ちてお陀仏《だぶつ》になるのがあったろう。あれだぜ。右のタイヤが完全に浮いてる」

雲が切れて満月がのぞくと、この道の先がよく見えた。二人が今いるのは断崖絶壁に刻まれた、浅い窪みのような道なのだ。

「ここからは歩きましょう」

菅原も、やっと葉子に従った。

＊

緋沙の手にはナイフがあった。

「その女から離れて」

「待ってくれ。この人は何の関係もないんだ。君の誤解なんだ！」

「庇うのね？　人のものを盗ろうとした、そんな女を」

緋沙の表情は一見冷静だ。だが、その目は完全に据わり、異様なほどに輝いている。

「最初は弟だけでいいと思った。でも、姉にも同じ悪の血が流れているのよ。その女の弟をここに呼んだの。あの事件の犯人の、最後の一人だから。あの事件の犯人は、自分の命で罪を償わなければならないのよ。ごめんなさい反省しましたなんて、心にもないことはなんとでも言える。でもね、ああいうことをやってのけた連中は、もう人間じゃないのよ。骨の髄《ずい》まで腐りきってるの。そういう連中は、抹殺しなければならないの。あと一人で終わりだったのに」

「ちょっと待ってくれ！」

事ここに至って、大介にもようやく事情が判ってきた。

「君が……君がやったのか？　みんな君が？」

緋沙は、こくりと大きく頷いた。

「少年刑務所の刑務官を誘惑して、独房に細工して、あのビデオを投影して見せてやったの。声を聞かせて映像を見せるだけで、あんなに簡単に自殺するとは思わなかった。もう一人は刑務官にやってもらった。その次は髪の毛で絞め殺した。一番悪いやつからは、一番大切なものを奪ってあげて、それから殺した」

「どうして君がそんなことを」

「世の中にはどうしようもないクズっていうのはいるのよ。蟻《あり》でも猿でも何でも、使い物にならないクズっていうのは一定量いるんだって。そういう奴らは小さい時から凶悪で凶暴で、病的な犯罪者なの。生まれながらと言ってもいいわ。あの事件の犯人たちもそうだし、私を……私をレイプした連中だって……」

彼女の頰に伝う涙が、窓から差し込む青い光を反射した。

「いや、待ってくれ。君の言う事はそうかもしれない。正しいのかもしれない。けれど、君のやってきたことは犯罪だ。悪いことなんだ。君は少年犯罪の被害者だったんじゃないか？　そんな君が、どうして加害者の側に回らなきゃならないんだ？　それも、君には関係のない事件の犯人たちを殺していくだなんて……」

大介の言葉に、緋沙は大声で笑った。そのヒステリックな笑いは、大きな舞台で熱演する女優のようだったが、彼女の感情は芝居ではない。

「もちろん、私を犯した連中にも報いを与えた。その前のだって……」

大介が、え？　と視線を泳がせた瞬間、緋沙はぐっと踏み込んで大介の背後に回り込み、ナイフの刃を喉元にぴたりと押し当てた。

「ナイフの扱いも、最初は無我夢中だったけど、回数を重ねると上手になったわ。どこをどう切れば、どういうふうに力を入れればきれいに切れるか、しっかり身についたの」

彼女の声は、以前と同じように清らかで美しい。それが余計に悲しかった。

「頼む。自首してくれ。僕は、君が罪を償うのを何年でも待つ。自由の身になるまで何年でも待つから」

大介は、きっぱりと言った。本心だった。緋沙のためなら、何年でも待てる。

「無理ね。私は絶対に死刑になるわ。何人殺したと思ってるの？　どうせ死刑になるのなら、それまでに一個でも多くのゴミを始末したほうがいいでしょう？」

大介は身動きが出来ない。少しでも体を動かせば、鋭利な刃が彼の喉に吸い付くようにめり込んで、ぱっくりと切り裂くだろう。

「しかし、君にはそんな権利はない。君がやったら、犯罪になるんだよ！」

「犯罪ですって？　私がやってきたことは『正義』よ。法律もマスコミも、私の両親でさえも実現してくれなかった正義を、私だけが実行してきたの。私が殺したのは誰だと思ってるの！」

その目の光には、完全に狂気が宿っていた。

自分の命が危ないという恐怖も忘れ、大介は緋沙への愛情と憐れみで胸が締めつけられた。

「あの女の弟は、十年前に、何の罪もない女子高生を惨殺してバラバラにしたのよ。それも、殺すまでに長い長いリンチを加えて……弟が来ないのなら、姉を殺す」

「殺すのなら、僕を殺せ！」

大介は、思わず口走っていた。しかしそれは本心だった。数秒前には考えてもいなかったことだが、まったくの本心だった。

「僕は、君に殺されるのなら本望だ。僕の血で君のその激しい憎しみが消えるのなら、好きなだけ流せばいい」

『おい待て！　この大馬鹿者っ！』

大介の中に封じ込められている竜二が絶叫した。

『そのお前のセンチメンタルは勝手にやってろ。一生治らないのはもう判った。だが、おれを道連れにするな！』

竜二の絶叫は、もちろん誰にも聞こえない。大介にも。

緋沙は、大介をじっと見つめた。大介も見つめ返した。頼む、ここで踏みとどまってくれ、という願いを目に込めて。

長い沈黙の後、緋沙はふっと微笑みを浮かべた。

「私には、あなたが殺せないと思ってるでしょう？　でも、そんなことはないのよ」

その声が震えた。怒りとは違う、弱々しい響きがある。長い睫《まつげ》が濡れている。

「また、独りになるのなんか平気よ。ほんとうに……平気なんだから」

ほとんどすすり泣くような声だった。

「だめよ……あなたは何も判ってない……」

ナイフを持つ手に力を込めようとした。だが、刃先が微妙に震えた。

ああ、僕は、このひとに殺されるんだ。

一種の諦観《ていかん》が、大介を覆った。これもまた、いい最期なのかもしれない。

『いい加減にしろ！　テメエは安っぽい愛に殉《じゅん》じて気持ちいいかもしれねえがおれはゴメンだぜ！』

竜二は、唯一自分の意思で動かせる右手に全神経を集中させた。

まだチャンスはある、と大介の中に封じ込まれた竜二は思った。

この女は迷っている。本気で殺るつもりなら、とうにブスリと刺しているはずだ。

竜二は、大介がベレッタM20を持ってきたのを承知している。

竜二はじりじりと右手を動かしてトレーナーをたくし上げ、じわじわと銃に手を伸ばした。

その時。緋沙のナイフが喉元に食い込み、ちくりと痛みが走った。

もう、我慢が出来なかった。

竜二の意識がフル回転し、右手を動かした。

緋沙は大介の背後を完全に取っているわけではなかった。右腕で首を抱えこんではいたが、緋沙の躰は大介の左側にあった。それは、彼の顔を見るためだったのだろう。

それが竜二の付け目だった。無防備に晒されている緋沙の胸を撃てばいいのだ。

『くらえっ！』

竜二の意識が右手で銃を掴み、緋沙の胸に銃口を向け、人差し指がトリガーを引いた。

その瞬間、大きな銃声が響き渡って、緋沙の体が後方に吹き飛んだ……。

突如の轟音に自失した大介が振り返ると、緋沙は俯せに倒れて身体の下から血溜まりがゆっくりと広がっていく。

「緋沙っ！　どうしたんだっ、何があった！」

大介は緋沙の身体にすがりついたが、その自分の右手に拳銃があるのを見て、さらに混乱した。

どういうことなんだ……これは……僕が撃ったとでもいうのか？

触ってみると、ベレッタの銃身は熱かった。発砲された証拠だ。そして……確かに、発砲の衝撃が右腕から全身に伝わった記憶もある。

「ひ、緋沙っ！　そんな……こんな……どういうことなんだこれはっ！」

大介は足から力が抜けて、ふらふらと床に倒れ込んだ。

自分が愛する女性を、自分が撃ち殺してしまった⁉

凄まじいショックと混乱で、大介は意識を失った。

ベレッタが、床を転がった。

大介が銃を手放したのを確認するように、厨房に続くエントランスから、二つの人影が現れた。しかしそれは葉子と菅原ではなかった。

「竜二さん。それとも大介さんかしら？　それは何？　何のお芝居？　緋沙を撃ってショックで大混乱ですって演技？」

逸美だった。

「私の横にいらっしゃる方をご紹介するわ。警察庁関東管区警察局監察官の添島さん」

彼女の横に立っていた男は、手にしたS＆Wのリボルバー、チーフスペシャルをホルスターに仕舞いながら、床に倒れ込んだ大介を見た。

「なるほどな。『あたしには凄いバックがついてる』っていうのは、こういうことだったのか」

その大介の口から出たのは、竜二の声だ。逸美は、まるで恋人のように添島に寄り添った。実際、肉体関係はあるというのがミエミエな空気が漂った。

大介の意識が完全に消え去り、竜二はようやく肉体のすべてをコントロール出来るようになった。しかし、薬のせいで万全ではない。

竜二はゆっくりと床から身を起こした。

「沢竜二君か。君が撃ったのは彼女ではない。そこの床だ。素人は、引き金さえ引けば人が撃てると思うところが浅はかだね」

添島は、リノリウムの床に空いた穴を指さして、嘲笑した。

「なるほどね。そういうことか。もしかしてあんたは、この事件全体をなかったことにしたいんじゃないのか？　被疑者死亡のまま書類送検ってな具合で。そうすりゃ一連の事件もあんたらの好き勝手に闇に葬れるもんな。マスコミにもバレない。ありふれた殺人事件がいくつか、それでおしまい、と」

「まあ、好きに推理したまえ。しかし、私はその狂った女から君の命を助けてやったのだがな」

竜二はニヤリと笑った。

「そうだよな。狂った女が人殺しをしようとして、咄嗟の判断で凶器を持っていたほうを撃った。これは立派な緊急避難だから、あんたの口封じは完璧に正当化される」

だが、竜二は、本当のところでは、緋沙は大介を殺せなかったろう、と思っていた。もちろんそんなことは口に出さない。

「だが、一応の流れをすべて知ってるおれという存在は、どうするんだ？」

「そこが問題だ」

添島は芝居がかった仕草で、手を顎に当てて思案するポーズを作った。

「君のことは加賀雅之殺しの時に一応調べさせてもらったが、信用出来る人間ではなさそうだ。君のような人間に一生恐喝されるのは、私としても警察上層部としても、願い下げにしたい」

添島はそう言うと、逸美をじっと見つめた。

「樋口君。私と君とはこれまでも、そしてこれからも運命共同体だ。君が望むままに警察内部の捜査情報や資料を閲覧《えつらん》出来る。今後はいっそう広い範囲で見ることが出来るようにしてあげよう。そうすれば君は、犯罪ノンフィクションで名を成すことが出来る。なんせ、どんな大先生や偉い記者でも手が出せない極秘情報にアクセス出来るんだからな。君には決定的な大物になってもらいたい」

添島は逸美に、竜二を殺してしまえ、と暗にほのめかしているのだ。

「全部おっしゃらなくても判っています。添島さんが何をして欲しいのかは」

逸美は床に落ちたベレッタを拾い上げ、竜二に向けた。

「あたしもこの男、大っ嫌いだったの。さんざん馬鹿にされて鼻っ先で笑われて。もちろん正当防衛ってことで、不起訴どころか立件もなしにしてね。この二重人格の異常者があたしを撃とうとして、もみ合ううちに返り討ち、というストーリーでね」

万事承知、という表情で添島は含み笑いをした。

「ふん。なんだかんだカッコつけたこと言ってるが、お前らはどうせ、セックスで繋がってるんだろ。アソコで繋がるだけじゃ足りないのか。あれか？　逸美が女王様で、添島のオッサンがブザマなマゾ男って構図か？　で、マゾ男は女王様のために機密情報をせっせと貢《みつ》いでたってことかよ。要するに、テメエらのオマンコのために警察の秘密を使ってたんだな。お前ら、最低だな」

添島は顔を硬くして逸美に頷いた。

さすがに至近距離から撃つのは抵抗があるのか、逸美は数歩下がって銃を構えた。

しかしその構えはまったくの見様見真似でしかない。しかも、逸美はトリガーを絞る瞬間、目を瞑《つむ》ってしまった。

ベレッタの銃口が火を噴いた。

その瞬間、竜二は咄嗟に床に転がったミイラを盾にした。

ボスッと音がして、ミイラの胴体が吹き飛ばされた。

「射撃を舐めるな、このブス！」

竜二はミイラを放り出して、逃げた。

普段なら、竜二の意識は大介と共有する肉体の潜在能力を完璧に使いこなす。しかし今は抑制薬の効果が残っているので、思うように走れない。

後ろから追ってくる逸美は、安物のアクション映画のように、ばんばんと派手に撃ってくる。

「ベレッタの弾を無駄遣いするな！　それ高いんだぞ！　スペアのマガジンもないしな！」

憎まれ口を叩きながら、竜二は階段を駆け上った。深い考えがあってのことではない。たまたま駆け出す方向を間違えてしまったというだけのことだ。

「馬鹿な犯人が追いつめられるために上に上に上がっていく、そのキモチが今ようやく判ったぜ！」

下からの銃撃を受けた竜二は二階の展望レストランを抜け、さらにその上の展望台に逃げるしかなかった。展望台から裏の道に飛び降りるとか、手はあるだろう。

さいわい展望台へのドアは施錠されていなかった。さっき大介の目を通じて見たように、ここは断崖絶壁の真上になる。しかも建物の下の階や道の上にオーバーハングするように、海に突き出していた。下を見ると、波が激しく磯《いそ》にぶつかって、派手なしぶきを上げている。

「東映のマークを上から見る羽目《はめ》になるとはな」

「そういう無駄口も、もうこれまでね」

銃を持った逸美に、さすがの竜二も追いつめられて進退きわまった。

後ずさりした竜二の背中に手すりが当たった。が、それは海水を含んだ海の空気ですっかり錆びつき、腐食していた。

「うわっ！」と奇声を残して、突然、展望台から竜二の姿が消えた。

「なに？　転落したの？　事故死？　つまんないな。あたしの手で息の根をとめたかったのに」

逸美が憎まれ口を叩きながら、展望台の縁まで足を進めた。

「あいにくだな。おれは……大介と違って、そう簡単にはくたばらねえんだ」

竜二の声が下から聞こえた。

彼は、バルコニーの縁からぶら下がっていた。彼の下には、数十メートルの空間をへだてて、岩礁《がんしょう》が牙を剝いている。このまま手を滑らせれば、確実に、死ぬ。

「ヒッチコック映画が実体験できるとは思ってもみなかったぜ」

この期に及んでまだ竜二は軽口を叩いている。

「ざまあないわね。そこから勝手に落ちて死んでくれる？　もしもあたしを抱いてくれてて、イカせてくれてたら、助けてあげようって気になってたかもしれないのにね。ほんっとにバカな男。どう？　今からでも遅くないのよ。あたしを抱く気ない？　抱きたくない？」

逸美は、あくまでも役どころに忠実に、ベレッタを構えながら、コンクリートの縁に懸命にしがみついている竜二の指を、踏みつぶそうとした。

「馬鹿。おれは痛みを感じないんだ。ついでに言えば、恐怖もな」

「でも、確実にあなたは死ぬのよ？　それでも怖くないって言うの？」

逸美は、竜二の指の上に足を載せ、じわり、と体重を掛けた。

「しかしテメエは、最高のワルだな。頭も悪いが、根性はもっと悪いや。緋沙って女は、ありゃ仕方がない。病気だったんだしな。そんな彼女をテメエは好きなだけ利用したんだ。添島から得た情報を緋沙に流した上に、インチキセラピーであの女の憎しみを煽りに煽ってクソガキどもを次々に殺させ、あんたはそれを本に書く。自分の手を汚さずに、オイシイところは全部アンタがイタダキってわけだ。テメエはあの哀れな女を、自分の売名のための踏み台にした最低の女だ！　オマンコ繋がりの添島のダンナはそれを黙認したのか追認したのか知らねえが、情報が漏れてるのを葉子先生のせいにしたりして、もう、やりたい放題だな」

逸美は、ふふふと笑いながら、ぶら下がった竜二に向かってしゃがみ込んだ。

「ねえ、教えてくれる？　どこにそんな証拠があるの？　あなたが言うとおり、あたしが直接手を下したことなんか何ひとつないわよ。あたしはただ、緋沙にいくつかの情報を教えてあげただけ。そして、少年犯罪が如何に憎むべきもので、犯人の更生なんてことが如何に甘ったるいフィクションかってことを、教えてあげただけ。あたしのどこが悪いって言うの？　教えてよ」

「そういうのを、殺人教唆《きようさ》って言うんだよ！」

あらそう？　と逸美はベレッタを置くと、勝利の笑い声を上げながら竜二の指を一本ずつ剝がしにかかった。

「おい、やめろ。そんなことされたら、落ちる」

「落ちればいいでしょう。考えてみれば弾を使うのはもったいないわ」

月光に照らされた逸美の顔は、化粧でごまかしていた本来の造作が露わになって、さながら醜い悪鬼のようだ。

「どう？　怖いでしょう？　怖かったら命乞いしなさいよ。お願いです逸美さん、ボクが悪かった。助けてくれたらあなたのお尻の穴でもどこでも舐めますって、言ってごらん、この馬鹿男！」

「怖くなんかねえよ」

竜二はしごく平静ではあった。楽天的な左脳に支配されている竜二の人格は、恐怖にも不安にも縁がないのは本当なのだ。

「あんたのケツの穴舐めるぐらいなら、マジで、ここから落ちるほうを選ぶ」

「もうっ……信じられない」

逸美はついに、竜二の右手の指を五本とも全部剝がしてしまった。今や彼は、左手の指だけで全身を支えていた。

「最期に教えてあげようか。あたしがどうやって添島さんをトリコにしたか」

得意そうに逸美が喋り出したその時。

宙ぶらりんになっていた竜二の右手が、しゃがみ込んで今度は竜二の左手の指を剝がしにかかっていた逸美の左手首を、むんずと摑んだ。

「え？」

思いがけないことが起こって、逸美が一瞬にして蒼ざめた。

次の瞬間。彼女の左腕は強く引っ張られ、その身体が宙に浮いた。逸美は竜二の頭上を越え、大きな放物線を描いて、落下していった。

「いやあーっ」という悲鳴がドップラー効果とともに、ゆっくりと遠ざかっていった。

後に聞こえるのは、どどーんという波濤の音だけだ。

「助かった……が、一難去ってまた一難か。そろそろ腕が限界だ」

逸美は始末したが、竜二自身も限界だった。

だが、そのとき展望台の縁から顔を出して、手を差し伸べたのは、淳二だった。

「お前……いつからここに？」

「竜二さん。姉ちゃんを助けてくれたんだね。外の非常階段から、こっそり上ってきてたんだ」

淳二が全力を出して竜二を上まで引き上げた。

「でかした若造。君、おれの弟子にならねえか？」

危機を脱した竜二が軽口を叩き始めるのを見計らったように、添島が展望台に上がってきた。

「さすが、悪の裏街道で鍛え抜かれただけのことはあるな、沢竜二」

彼の手には、S&Wがあった。

「こういうベタな台詞は言いたくなかったんだが……どうやら、残りは自分でやらなければならなくなったようだな」

警察庁のキャリアが、淳二と竜二に銃を向けようとした、そのとき。

咄嗟に竜二がベレッタを拾い上げて添島に向けた。

一瞬顔を歪めた添島だったが、次の瞬間、ニヤリと笑った。

「お前さんは私と対等になった気でいるんだろうが、そのベレッタに弾が何発残ってるか、知ってるのか？　さっき逸美が盛大に撃ちまくってたよな？」

そう言われて、竜二もハタと動きを止めた。

「十五発か十発か。そのベレッタのタイプが判らないから正確なことは言えないが」

「そうやって、おれがマガジンを改めようとしたときに撃つんだろ？　その手は食うか。つーか、お前さんもあの女が何発撃ったか覚えてないだろ？　そもそもマガジンがフルだったかどうかも判らないしな」

こうなると、気迫で竜二が勝った。

「とにかく、ここを降りよう。ヤバい要素は少しでも減らしたい」

「お前……案外アタマいいんだな」

添島は口で応戦しながら、竜二の指示に従って展望台を降りた。

「……これから、どうする気だ？」

「理想を言えば、アンタをふん縛って警察に突き出して、コトのすべてを明らかにしたい。……まあ、この状況じゃなかなか難しいだろうけど」

三人は外の非常階段を使って下まで降りた。簡単な鉄階段の降り口は、通用口のすぐ脇にある。階段の陰にあるプロパンのボンベにまだガスが残っていたらヤバいかもな、と竜二は思った。

「で？　どうする気だ？」

先を歩いていた添島が、竜二に向き直った。

「こっちにも銃があることを忘れるな。それに、私も法務省時代に刑務所に配属されて、銃を扱う訓練も受けた。ヤクザが見様見真似で撃つのとレベルが違うんだぞ」

「オリンピックの射撃じゃないんだから、こういう場合は腕より気合いだろ。あんたは完全に負けてるし、弱みはこっちが握ってるんだぜ」

竜二と添島は、正対して正面から対峙する格好になった。

「おい、淳二。お前は逃げろ。逃げて中にいる姉ちゃんを助けろ。半分凍ってて、かなりヤバい」

竜二の言葉にうんと返事して、淳二は通用口のドアを開けようとした。

「勝手な真似をするな！」

添島がS&Wを構えるのと竜二がベレッタを突き出すのは同時だった。

が。

トリガーを引かれたベレッタは、虚しくカチリと撃鉄が空打ちする音を立てた。

次の瞬間、竜二は淳二の背中を突き飛ばし、自分も横っ飛びに飛んだ。

そこに、添島の撃った弾丸が飛んできて、ぱす、と音を立てて地面に着弾した。

添島はずんずん竜二に近づきながら二発目を撃った。

淳二は腰が抜けそうなへっぴり腰で逃げ出し、竜二は的を絞らせないように地面をゴロゴロと左右に転がるしかなかった。

「馬鹿め。弾がなければ銃は鉄屑《てつくず》だ」

「そうでもないぜ」

竜二は思いっきりベレッタを投げつけた。それは、添島の頬を掠《かす》めた。

「舐めた真似してくれたな。私が生きている以上、いつかお前を死刑にしてやる！」

ぱんぱん、と二発続けて撃ったが、どれも竜二には当たらない。

「こんな至近距離でも、ヘボが撃ったら当たらないんだな！」

竜二は必至で煽った。今や使えるものは口とカラダしかない。

「それ、弾は五発だろ。あと一発か！」

竜二は必死になって左右にゴロゴロと転がった。

添島も必死になって照準をつけようとしたが、竜二が激しく左右に動くので的を絞れない。

「クソ野郎が！」

焦れてきた添島が、引き金を引いた。

ちょうど竜二は非常階段側に転がっていたので、弾は空を切って、その背後に飛んだ。

カーンという澄んだ音がした。

「！」

本能的に、これはヤバいと思った竜二は地面を這うように逃げた。あれは間違いなく、弾がボンベに当たった音だ……。

その、次の瞬間。

鉄階段の陰に取り付けられていたプロパンガスのボンベが爆発した。

火の玉が一気に膨らんで、巨大な玉になった。

「う、うわあああーっ！」

竜二の目に飛び込んだのは、全身を火に包まれて燃えあがる、添島だった。

「淳二、大丈夫か！」

う、うんという声が近くから聞こえた。

「早く、中にいる姉ちゃんを助け出すんだ！　これは、一気に火が回るぞ！」

　火事場の馬鹿力が出た。

　なんとか立ち上がると、竜二は廃墟の中に飛び込んで、まだグッタリしている明子に駆け寄った。

「逃げよう！　すぐ燃え広がる！」

　足がもつれる明子を淳二に任せて、冷凍庫から転がり出たミイラもなんとかしようとした竜二だが、火の回りは予想を遥かに上回って燃え広がってきた。

　と、添島に撃ち殺されたと思っていた緋沙が、ぴくりと動いた。咄嗟に首筋に指を触れると、弱いがまだ脈を感じた。

「お前……生きてたのかよ！」

　とんでもなくイカレた女だが、さすがに見捨てて逃げるのは寝覚めが悪い。それに、この女を見殺しにすると大介から未来永劫《えいごう》、恨まれるだろう。

「仕方ない。助けてやるぜ。すぐに警察に引き渡すがな」

　ミイラを床に投げ捨てた竜二は瀕死《ひんし》の緋沙を抱き上げ、淳二と明子に続いて、必死に出口へと向かった。

　その時、また、もの凄い爆発音が轟いた。

　最初のボンベの爆発炎上で熱せられた、隣のボンベが爆発したのだ。

ボンベはまだ数本あったはずだ。

「とにかく、遠くまで走ろう！」

必死だった。

道路を越えて、空き地に転がり込んだとき、どおおぉん、と腹の底に響く轟音が湧き起こって、とてつもない火柱が上がった。プロパンガスだけではなく、廃墟に残っていたガソリンか灯油かなにかに引火したのだろう。

呆然とした三人と、虫の息状態の緋沙の目の前で、廃墟は完全に火の海と化し、ガラガラと崩れ始めた。緋沙の血に染まった腹部を竜二が手で強く押さえ、少しでも失血を防ごうとするうちに、ようやくパトカーや消防車のサイレンが聞こえてきた。

「……間に合わなかったか」

菅原の声がした。

「千葉県警がようやく動いてくれたのに……」

息を切らした刑事の後ろには、葉子もいた。

「先生！　この人を診察してくれ！　ずっと冷凍庫の中に閉じ込められていて、半分凍ってるんだ！　いや、それよりこの女だ。出血多量で死にかけてる！」

葉子は、緋沙の血に染まった服を脱がせ、腹部の銃創を見た。

「止血しなきゃ！」

なにも道具を持っていない葉子が一瞬狼狽《ろうばい》するのを見た竜二は、咄嗟に自分のシャツを脱いで切り裂いた。葉子はそれを包帯代わりにしてなんとか応急の処置をした。

「次はこっちだ！」

葉子は言われるままに明子の脈を取り、身体のあちこちに触れて体温を見た。

「低体温症のようだけど、この人は大丈夫。命に別状はなさそう」

菅原は、遠くから走ってきたパトカーや救急車に「こっちだ！」と怒鳴っている。

「それと……今燃えてるあそこに、ミイラが二つあるんだ」

「ミイラ？」

「ああ。たぶん、緋沙の両親じゃないかな……それに」

竜二は顎で崩れ落ちていく廃墟を示した。

「添島もあそこで燃えてるぜ」

菅原と葉子は息を呑み、全く衰えない火の勢いを見つめるしかなかった。

「……誠に遺憾に存じます、だな」

竜二はそれだけ言うと、隣にいた淳二の肩をぽんぽんと叩いた。

# エピローグ

ドライブインの焼け跡の子細な検証の結果、冷凍庫でミイラ化して燃えてしまった遺体は、DNA鑑定で緋沙の両親のものであることが判明した。

緋沙は、両親をも殺し、その死体を冷凍庫に隠していたのだ。そのため周囲は園田一家が失踪したと思いこみ、殺人が露見しなかった。電気を止められて死体が腐臭を放ち、発見されることを恐れて、緋沙は電気料金だけは払い続けていたのだろう。

女子高生監禁殺人事件の加害者ないし関係者の連続殺人は、被疑者不明のため捜査打ち切りが決定した。いや、公式には「連続殺人」とすら発表されることはなかった。

事情を知る少数の者――竜二と葉子には、「警察上層部全体」が、緋沙の暴走の背後に添島の意志があったことを隠蔽するべく動いた、としか思えない結末だった。添島は死んだが、事態は彼の思惑どおりに決着したのだ。

だが、ネットの掲示板には『あの事件』の犠牲者が怨霊となって甦り、次々に復讐を重ねていった、という都市伝説が何度も繰り返しては書き込まれ、広まっていった。それは、無数の名も無い書き手が共有する、無意識の願望のようなものだ。

だが、その陰に一人の『ネメシス』……復讐の女神が実在し、消えていったことを知る者は少なかった。

事件後しばらく経ったある日。竜二は葉子のクリニックで定例のカウンセリングを受けていた。

「……で、その後、大介さんは出てこないのね？」

「ああ。せいせいするかと思ったが、いなきゃいないで寂しいもんだな」

「あのね、いなくなったわけではないの。ショックで引きこもっているだけ。あなたのやったことは酷いわよ」

「たしかに。おれも自分で酷いと思う。それはそうなんだが……」

竜二は言葉を探すように、しばらく黙った。

「しかし、どうにも気になって仕方がないことがあるんだが」

葉子は黙って話を聞く態勢を見せた。

「あの緋沙って女のことだけど」

気になっていたので見舞いに行ってきた、と竜二は言った。

「大介なら見舞いに行くだろうと思ってな。だけどアイツがいっこうに出て来ないんで、代わりにおれが行ってみた。完全に意識不明で、おれとしては胸糞悪かったが、ぼくだ、大介だ、と名乗って声までかけてみたのに無反応だった。デカい酸素マスクが顔を覆ってたし、カラダ中にチューブが刺さってたんで、長居しないでとっとと帰ってきた。意識が戻ったら知らせてくれ、と頼んでおれの携帯番号を教えてきた」

「出血がひどくて、一時は危篤状態だったのよね。命を取り留めたのが奇跡的だって」

葉子は立場上、緋沙が入院している警察病院から報告を受けているし、自身も何度も見舞いに行っている。

「ああ、先生はそんなことはおれより詳しく知ってるよな」

緋沙は意識が戻り次第、回復を待って、取り調べを受けることになっている。少なくとも二件の連続殺人事件の容疑者なのだ。

「意識が戻った場合は、取り調べの前に、精神鑑定をしなければならないわね。その結果によっては、心神耗弱で不起訴ということになるかもしれないし」

これは個人的な意見だけど、と葉子は続けた。

「彼女のこれまでの苛酷な人生を考えると、不起訴が妥当《だとう》ではないかと思うの」

「まったくだよな。あの女はどうしようもなくイカレてたが、その全部が全部あの女のせいってわけじゃない。実の娘を犯した鬼畜親父に、よってたかってあの女を輪姦した近所の糞ガキどもに、きわめつけはあの女を利用してのしあがろうとした樋口逸美の三連コンボかよ」

あげく起訴されて死刑では救いがなさすぎる、と竜二も思った。

「けど警察は本当のところ、その不起訴を狙ってるんじゃないのか？　だって、今更あの事件を蒸し返したくないわけだろ？　だったら犯人に責任能力はなく、犯行の理由も不明ってことで、幕を引くのが一番だよな」

「……そういうことになるでしょうね、彼女が意識を取り戻せば、の話だけど」

不起訴にして事件に蓋をするには、緋沙の心の病はまたとない口実になるはずだ。

「いや、それより、意識がこれっきり戻らないほうが警察には好都合か。おれが警察上層部の人間だったら絶対、誰かを病院に送り込んで、緋沙の生命維持装置をひっこ抜かせるけどな」

「馬鹿なことを言わないで！　いくら何でもそこまでは……」

葉子は否定しかけたが、すべてを闇に葬ろうとした添島の行動を思い出し、その言葉は途中で消えた。

「しかし、あの女、一見普通に見えたのに、どうしてあんなことをしたんだろう？　それがどうしても判らないんだ」

と、竜二は葉子に訊ねた。

「よく似たケースはあるわね。これは一見、何不自由ない家庭に育った女子大生のケースなのだけれど」

その女性は出会った男にそそのかされて変態的なセックスにのめりこみ、揚げ句の果てに、財産目当てに男と共謀して両親を殺したのだという。

「もちろん精神鑑定が行なわれたけれど、その中に、子供の頃いつか自分は両親を殺すことになるだろうと彼女が思った経験がある、というくだりがあったの。その理由としては、幼時に軽度の近親姦があった可能性が指摘されている。父親が娘を入浴させながら、その性器を見たり触ったり、という程度のものだけれど」

「アソコ触ったぐらいでぶち殺されるんじゃ、おれなんか命がいくつあったってなあ」

「あのね。父親と娘の関係においては、そうじゃないの。親はどんな意味でも、子供から何かを奪ってはいけないの。たとえ性器を触らなくたって、裸を見なくたって、父親が性的な視線で自分を見ていれば、娘は気がつく。そこで何かが決定的に損なわれてしまうのね」

えーっ、と竜二は困惑して見せた。

「そんなの、ナンクセに近いじゃねえか。親なんだから子供の様子は見るだろうが。それがいけないって、過敏すぎるんじゃねえのか？　なんでも問題にすればいいってコトでもないだろ？」

「それはそうだけど」

「だからって、そんな理由で、何もM女になって変態AVに出なくてもいいじゃないか」

「それは『反復強迫』というものよ。耐えられないような経験があった場合、忘れようとする人もいるけど、逆に、似たような体験を何度でも繰り返さずにはいられない人もいる。繰り返すことによってコントロールしようとするのね」

「つくづく運のない女だよなあ。けっこう綺麗に生まれたのに、親父にはいたずらされ、近所の悪ガキには輪姦され……そうか。大介のやつがヤバい女にばかり引っ掛かるのも『反復強迫』か」

「そうかもしれないけど、今大介さんが不幸になっているのは、主にあなたのせいね。反省して」

　さすがに葉子も今回は手厳しい。竜二も反論できなかった。

　クリニックを出た竜二は、明子の見舞いに行くことを思い立った。たしか、数日前に退院しているはずだ。

　さて手土産をどうしよう。花束というのも芸がないし、果物や菓子というのはもっと芸がない。イッパツで彼女のハートを震わせるほどの効き目があるものはないか、と思案しながら車を走らせていると、道路際のペットショップが目についた。

そうだ。猫缶だ。将を射んと欲すればまず馬を射よ、というじゃないか。馬には飼い葉だなと、竜二の頭には一気に「明子〜弟〜飼い猫〜猫缶」の図式が浮かんだ。

車を止め、店に入って、店員に声をかけた。

「猫缶をくれ。最高級のだけ、各種とりそろえて五十個ばかり」

自分で探すのは面倒だし猫缶のブランドやグレードなんか知らない。

棚の整理をしていた店員が手を止めてやってきた。それが淳二だったので竜二は驚いた。

淳二は「久しぶりです」と挨拶して、ぺこりと頭を下げた。

「お前……働いてたのか。引きこもりは治ったのかよ」

淳二はそれには答えずに、棚から猫缶を選び始めた。その手つきはまだぎこちない。

「姉ちゃんにばかりいつまでも苦労かけてるわけにいかないし……それにあの日、思い切って外に出てみて、おれにもやれる、案外大丈夫だって思えたんです」

以前は表情すら乏《とぼ》しかった淳二が、にっこりと笑った。

「そうか。よかったな。頑張れよ」

と言いつつ、彼は淳二にまだ礼を言ってなかったことを思い出した。

「あの夜のことだが……ありがとよ。お前のおかげで命拾いだ」

「それはいいんですけど」

淳二は口ごもり、思い切って顔を上げると竜二を見た。

「あの……姉ちゃんを苦しめないでください。お願いします」

その顔には、決然としたものがあった。

それを見た竜二は苦笑した。

おいおい、姉ちゃんとはまだそんな仲でもないのに、悪人扱いかよ。

竜二は猫缶の代金を払い、品物はカウンターに置いたまま、レジを後にした。

「これはお前んとこのギコにプレゼントだ。姉ちゃんによろしくな」

ありがとうございますっ、という声を背後に聞きながら、やっぱり明子には会わずに帰ろう、それが一番いいのだ、と竜二は思い……ペットショップを後にしたところで、携帯が鳴った。

『……もしもし、沢竜二さんの携帯でよろしいでしょうか？　こちら東京警察病院ですが、園田緋沙さんが意識を取り戻されましたので、お知らせします』

礼を言って竜二は通話を切った。

「そうか、よかった。これでアイツもまた出てこれるよな」

思わず独り言を言っている自分に気がついて苦笑した。

「ったく、どうしておれが大介のアホのことを気にしなくちゃならないんだよ？」

そう言いながらも車に乗り込み、緋沙が入院している病院にカーナビの目的地を設定する。これからは自分か、配下の誰かを病院に張りつけるつもりだった。

「言っとくが大介、これはお前のためじゃないぞ。おれと、添島のバックにいる悪党どもとのあいだの話だからな」

誤解のないようにクギを刺し、竜二はアクセルを踏み込んだ。

# あとがき

この作品は、平成十五年に発表された『ざ・れいぷ』を大幅に改訂したものです。『ざ・だぶる』から始まる「大介《だいすけ》／竜二《りゅうじ》」シリーズの第三作として書かれましたが、この度、大幅な改題・改稿の上、新装刊の運びとなりました。

ところで、この作品では、ひとつの事件について「加害者側からも」描いているのですが、そうすることがどうしても必要だと強く感じていたにもかかわらず、なぜ必要なのかをきちんと認識して説明することが出来ませんでした。

しかし最近になって、たまたまある文章を読む機会がありました。多くの人たちが言葉を失うようなひどい事件が起きてしまったあと、人と社会は、その事態にどう対処すれば良いのか、ということについて書かれたものです。「犯人さがし」以外にも、ただひたすら「物語る」という方法が、日本古来の伝統芸能に長く存在してきたことを知りました。

『能楽には、加害者・被害者の両方から物語っていく手法があります。（中略）一つの忌《い》まわしい事件を対立する二つの立場からそれぞれ主観的に語らせるのです。それによって事件は立体的に再構成され、そのときはじめて怨《うら》みを残して死んだ鵺《ぬえ》の霊は鎮《しず》められる。起きてしまったことはもう取り返しが付きません。でも、物語を語ることを通じて、失敗事例を学び、死者を弔《とむら》うことができる』（ブログ『内田樹《うちだたつる》の研究室』二〇一二年一〇月五日付エントリーより）

これを読んで、初版に足りなかったものが何かが判ったような気がしました。

安達瑶

（本書は、平成十五年二月に刊行した『ざ・れいぷ』を、大幅に加筆・修正し、『ざ・りべんじ』と改題したものです）

この作品はフィクションであり、登場する人物および団体は、すべて実在するものと一切関係ありません。

ざ・りべんじ

一〇〇字書評

切・り・取・り・線

| 購買動機（新聞、雑誌名を記入するか、あるいは○をつけてください） | |
|---|---|
| □（　　　　　　　　　）の広告を見て | |
| □（　　　　　　　　　）の書評を見て | |
| □ 知人のすすめで | □ タイトルに惹かれて |
| □ カバーが良かったから | □ 内容が面白そうだから |
| □ 好きな作家だから | □ 好きな分野の本だから |

・最近、最も感銘を受けた作品名をお書き下さい

・あなたのお好きな作家名をお書き下さい

・その他、ご要望がありましたらお書き下さい

| 住所 | 〒 | | | | |
|---|---|---|---|---|---|
| 氏名 | | 職業 | | 年齢 | |
| Eメール | ※携帯には配信できません | 新刊情報等のメール配信を 希望する・しない | | | |

この本の感想を、編集部までお寄せいただけたらありがたく存じます。今後の企画の参考にさせていただきます。Eメールでも結構です。

いただいた「一〇〇字書評」は、新聞・雑誌等に紹介させていただくことがあります。その場合はお礼として特製図書カードを差し上げます。

前ページの原稿用紙に書評をお書きの上、切り取り、左記までお送り下さい。宛先の住所は不要です。

なお、ご記入いただいたお名前、ご住所等は、書評紹介の事前了解、謝礼のお届けのためだけに利用し、そのほかの目的のために利用することはありません。

〒一〇一・八七〇一
祥伝社文庫編集長　坂口芳和
電話　〇三（三二六五）二〇八〇

祥伝社ホームページの「ブックレビュー」からも、書き込めます。
http://www.shodensha.co.jp/
bookreview/

祥伝社文庫


ざ・りべんじ

平成24年12月20日　初版第1刷発行

著　者　安達《あだち》 瑶《よう》

発行者　竹内和芳

発行所　祥伝社《しょうでんしゃ》


東京都千代田区神田神保町3-3
〒101-8701
電話　03（3265）2081（販売部）
電話　03（3265）2080（編集部）
電話　03（3265）3622（業務部）
http://www.shodensha.co.jp/


印刷所　錦明印刷
製本所　関川製本
カバーフォーマットデザイン　芥 陽子




ISBN978-4-396-33804-6 C0193

# 祥伝社文庫の好評既刊

安達 瑶
ざ・だぶる
一本の映画フィルムの修整依頼から壮絶なチェイスが始まる！男は、愛する女のためにどこまで闘えるか!?

安達 瑶
ざ・とりぷる
可憐な美少女に成長した唯依《ゆい》は、予知能力まで身につけていた。そして唯依の肉体を狙う悪の組織が迫る！

安達 瑶
悪漢刑事《わるデカ》
「お前、それでもデカか？ ヤクザ以下の人間のクズじゃねえか！」罠と罠の掛け合い、エロチック警察小説の傑作！

安達 瑶
悪漢刑事《わるデカ》、再び
最強最悪の刑事に危機迫る。女教師の淫行事件を再捜査する佐脇《さわき》。だが署では彼の放逐が画策されて……。

安達 瑶
警官《サツ》狩り 悪漢刑事《わるデカ》
鳴海署の悪漢刑事・佐脇は連続警官殺しの担当を命じられる。が、その佐脇にも「死刑宣告」が届く！

安達 瑶
禁断の報酬 悪漢刑事《わるデカ》
ヤクザとの癒着は必要悪であると嘯く佐脇。マスコミの悪質警官追放キャンペーンの矢面に立たされて…。

# 祥伝社文庫の好評既刊

岡崎大五　**アフリカ・アンダーグラウンド**

ニッポンの常識は通用しない!!　自由と100万ユーロのダイヤを賭けて、国境なきサバイバル・レースが始まる！

岡崎大五　**北新宿多国籍同盟**

恋人の死の裏に、日本の大企業とアジアの裏社会を揺るがす謀略が!?　新宿を舞台に、タフな奴らが大攻防！

岡崎大五　**裏原宿《ウラハラ》署特命捜査室　さくらポリス**

若者の街、原宿で猟奇殺人が発生。不気味な犯人と女刑事コンビの息詰まる攻防！　気鋭が放つ本格痛快警察小説。

岡崎大五　**汚名　裏原宿署特命捜査室**

人気作家の娘は一体どこに……。捜査妨害をしてしまった女刑事コンビが、不気味な誘拐事件に挑む！

香納諒一　**アウトロー**

殺人屋、泥棒、ヤクザ…切なくて胸を打つはぐれ者《アウトロー》たちの出会いと別れ、そして夢。心揺さぶる傑作集。

香納諒一　**冬の砦《とりで》**

元警官と現職刑事の攻防と友情、さらに繊細な筆致で心の深淵を抉《えぐ》る異色の警察小説！